UN SECRET MORTEL

LES ENQUÊTES DE DÉTECTIVE KAY HUNTER

RACHEL AMPHLETT

CHAPITRE 1

Ses mollets la brûlaient et son souffle s'échappait en une fine brume.

Le silence, seulement troublé par le bruit de ses pas.

Ses poumons se pressaient contre ses côtes alors qu'elle prenait une nouvelle goulée d'air et sautait par-dessus une barrière basse en bois qui séparait l'asphalte d'un chemin accidenté, sa surface de terre et de cailloux crissant sous ses chaussures.

Des formes fantomatiques émergeaient du brouillard épais qui l'entourait de chaque côté – des arbres rabougris qui luttaient pour pousser dans le sol maigre abandonné par les promoteurs qui avaient achevé les dernières additions au lotissement, et des arbustes tenaces qui tendaient leurs vrilles épineuses pour s'enrouler autour de son sweat-shirt en coton.

Plus vite maintenant, loin des ombres, loin des fenêtres obscures des maisons qui donnaient sur le sentier, elle accéléra son rythme pour contrer l'air froid qui s'accrochait à sa peau.

Une lueur orangée ondulait devant elle, le lampadaire se transformant en une tache de lumière qui projetait un arc pitoyable sur l'extrémité de la rue suivante alors que ses pieds retrouvaient le trottoir.

Puis elle trébucha, les lacets défaits d'une chaussure s'accrochant sous l'autre et la projetant en avant.

Elle étendit ses mains sur les côtés pour se stabiliser, et ralentit jusqu'à s'arrêter, puis examina ses pieds.

— Merde.

L'inspectrice principale Kay Hunter s'accroupit et tendit la main vers les lacets fautifs, tandis que son regard balayait le brouillard qui enveloppait le lotissement.

De fines volutes d'humidité s'accrochaient à ses cheveux pendant qu'elle nouait le lacet, et elle écarta une mèche de ses yeux avant de se redresser. Son souffle forma un nuage devant elle alors qu'elle regardait par-dessus son épaule pour vérifier si des voitures approchaient.

Le brouillard épaississait l'air, étouffant les bruits de la circulation de la route principale à seulement un kilomètre de là, et donnait à l'atmosphère une teinte laiteuse qui causerait le chaos sur l'autoroute M20 ce soir.

Ses collègues de la division de la circulation auraient du pain sur la planche.

Kay chassa cette pensée et reprit un jogging tranquille, désireuse de terminer son parcours et de rentrer chez elle avant vingt heures.

Levant son bras, elle jeta un coup d'œil à l'écran de sa montre et arrêta le chronomètre.

Elle ne battrait pas son meilleur temps, pas maintenant.

À la place, elle décida d'ajouter un tour supplémentaire pour augmenter sa distance et renforcer les muscles qui avaient pâti de trop longues journées, de trop de nuits tardives dans la salle des opérations, et d'une tendance à s'endormir devant la télévision en rentrant chez elle.

Sa lèvre supérieure se retroussa alors qu'une crampe menaçait dans son mollet droit.

Ce soir était la première occasion depuis longtemps de se détendre, de reprendre sa vieille routine. Malgré le temps morne de mars, elle sourit. C'était le début d'une nouvelle semaine avec quelques jours de congé avant son prochain service, et rien dans son agenda.

Il ne restait que deux mois avant qu'elle et son compagnon, Adam, ne s'envolent pour le Portugal pour des vacances en mai, et Kay était déterminée à rentrer dans le short en jean actuellement rangé dans une valise poussiéreuse sur le dessus de son armoire avec ses autres vêtements d'été.

Courir était un remède, ainsi qu'une alternative bon marché aux frais exorbitants que certaines salles de sport locales facturaient. Elle adorait ce moment pour elle, pour laisser les problèmes de la journée s'évaporer tandis qu'elle retrouvait son rythme.

Elle traversa un mini rond-point et tourna à droite, saluant d'un signe de tête un homme qui promenait un vieux lévrier qui regardait son mouvement rapide avec envie.

Zigzaguant à travers un trou dans une clôture en bois qui coupait la route à la fin du lotissement, Kay utilisa sa manche pour essuyer l'humidité de son front et sentit la pente dans ses genoux alors que la rue plongeait vers la route principale et vers le parc du quartier.

Presque arrivée.

Une sirène retentit au loin, suivie de près par une autre, et son cœur se mit à battre contre ses côtes en réponse quand elle reconnut d'abord une voiture de patrouille, puis le son clairement reconnaissable d'une ambulance pressée.

Elle expira pour essayer de relâcher la tension qui montait dans sa poitrine, puis elle tourna à gauche, s'éloignant de la lueur qui brillait à travers les fenêtres d'un pub à quelques centaines de mètres, l'odeur de fumée de bois s'accrochant à l'air épais.

Encore à gauche, et elle était dans la dernière ligne droite, le long de l'étroite ruelle qui précédait le lotissement. Il y avait des maisons plus anciennes ici, et en été, elle aimait passer devant et admirer les toits de chaume et les cheminées en brique rouge tout en s'imprégnant de l'histoire de son environnement.

Ce soir, un sentiment d'urgence renouvelé la traversa au son d'un second véhicule de police. La sirène s'estompa rapidement, le brouillard étouffant le bruit aussi vite qu'il était apparu, et elle n'entendait plus rien alors qu'elle atteignait le prochain mini rond-point.

Elle ralentit en s'engageant dans la portion de ruelle où elle vivait.

Lorsqu'elle atteignit le pub local et jeta un coup d'œil à travers les fenêtres en passant, elle remarqua la petite foule qui se rassemblait dans le bar d'entrée. Le rire d'un homme lui parvint à travers la pénombre, et l'un des fumeurs debout sous la tonnelle en bois à l'extérieur – pas plus qu'une ombre – la salua d'un geste.

Elle sortit son téléphone portable de son brassard sur son bras gauche, se demandant si elle devait appeler Adam pour savoir s'il avait presque fini sa journée à la clinique vétérinaire, puis elle gémit en voyant l'écran noir.

— Bon sang.

Regrettant l'optimisme qui lui avait fait croire que la batterie tiendrait jusqu'à la fin de sa course, elle le remit en place et se promit de le brancher dès qu'elle franchirait la porte d'entrée.

Elle n'était pas d'astreinte ce soir, ni pour les deux prochaines nuits, mais un sens du devoir persistait alors qu'elle se réprimandait pour cet oubli.

Kay leva la main vers le groupe de fumeurs et décida de traîner Adam là-bas après avoir eu la chance de prendre une douche, un sourire aux lèvres en réalisant l'ironie de prendre un verre alors qu'elle essayait de retrouver sa forme physique.

Elle ralentit jusqu'à marcher et étira ses muscles des jambes pour calmer son rythme cardiaque. Kay regarda par-dessus son épaule au son d'une voiture qui approchait et fit un pas sur l'accotement alors que des phares flous tournaient au coin et perçaient la ruelle brumeuse.

L'herbe haute balaya ses chevilles nues, et elle leva une main pour protéger ses yeux des lumières, étouffant un reniflement de dégoût alors que le conducteur passait en trombe, clairement au-dessus de la limite de vitesse.

Elle remonta sur la chaussée et commença à étirer ses muscles des bras, et elle vit la voiture freiner brusquement.

Ses feux arrière s'allumèrent, taches rouges pixelisées dans le brouillard avant que le véhicule ne dévie vers la droite et s'arrête.

— Qu'est-ce qu'il fabrique ? marmonna-t-elle, un froncement de sourcils plissant son front.

Une faible lueur émanait de la vitre arrière, puis elle entendit une portière claquer avant qu'une silhouette masculine ne s'élance de la voiture. Ses chaussures crissèrent sur l'allée en gravier de la maison au-delà d'une basse haie de troènes, puis il disparut, ses pas résonnant avec détermination.

Un malaise parcourut les veines de Kay tandis qu'elle se précipitait vers le véhicule, un pressentiment s'emparant d'elle et faisant courir un frisson sur sa peau.

Elle entendit un poing marteler une porte en bois, suivi d'une voix étouffée portée par l'air.

Kay retint son souffle en approchant de la voiture et en reconnaissant la plaque d'immatriculation de l'un des véhicules attribués au commissariat de Maidstone.

Les pas crissèrent à nouveau sur le gravier.

— Chef ?

Elle se retourna au son de cette voix familière pour voir un homme aux cheveux hérissés, âgé d'une vingtaine d'années, émerger de son allée, le visage troublé.

— Gavin ? Qu'est-ce que tu fais ici ? Barnes n'est pas de garde ce soir ?

— Il l'est, chef.

L'enquêteur fit un geste vers la voiture et ouvrit la portière côté passager.

— Je suis désolé, mais il a pensé que tu voudrais être informée immédiatement, alors il m'a dit de venir te chercher.

— Me chercher ?

Kay déglutit.

Les traits de son collègue étaient gris dans la faible lumière du réverbère en face de sa maison. Elle cligna des yeux pour chasser la soudaine sensation que son monde basculait, et elle prit une respiration tremblante.

— Gav ? Que se passe-t-il ?

— Tu dois venir avec moi. Il y a eu un cambriolage à main armée à la clinique vétérinaire, et Adam a été transporté d'urgence à l'hôpital.

CHAPITRE 2

Kay observait, impuissante, un brancardier s'approcher de l'infirmière en chef qui gérait le tri des patients affluant aux urgences, tout en grignotant le coin de son ongle de pouce.

La gorge sèche, elle luttait contre l'envie de traverser jusqu'au bureau pour demander une nouvelle mise à jour malgré le mal qui la rongeait, malgré la peur.

Après s'être approchée du bureau d'accueil, on l'avait dirigée vers une zone avec des chaises, rangée après rangée de sièges en plastique de couleurs vives boulonnés au sol qui ressemblaient à ceux utilisés dans le quartier de détention du commissariat de Maidstone.

Clignant des yeux face à la surface orange vif, elle se percha au bout de la deuxième rangée, puis tendit le cou pour voir autour d'un homme costaud d'une trentaine d'années qui se balançait d'un côté à l'autre sur le siège devant elle et marmonnait de façon incohérente.

Elle plissa le nez pour échapper à l'odeur d'alcool qui

émanait de lui par vagues, et elle s'efforça de ralentir son rythme cardiaque.

Les urgences étaient bondées, les voix des proches teintées de peur alors qu'ils attendaient des nouvelles de leurs êtres chers, tandis que le personnel hospitalier, dans différentes blouses de couleur indiquant leur expertise, se hâtait d'un côté et de l'autre avec des expressions harassées.

Elle expira, se rappelant qu'Adam recevait les meilleurs soins, qu'il était au moins conscient lorsqu'il avait été emmené par l'ambulance, et elle était reconnaissante que ses collègues étaient déjà en train de traiter la scène de crime.

— Kay.

Elle se retourna au son de la voix de Gavin, et se leva alors qu'il s'arrêtait à côté d'elle, ses yeux scrutant le fond de la salle où un groupe de brancardiers était rassemblé.

— Des nouvelles ?

— Rien pour l'instant. Ils m'ont dit d'attendre ici.

Elle serra ses bras autour de sa poitrine, la chair de poule parsemant ses bras et ses jambes exposés avant qu'elle ne se tourne vers le bureau d'accueil, ses chaussures de sport couinant sur le carrelage.

— Tu veux que je t'apporte un café ou quelque chose, ou une bouteille d'eau, ou...

Gavin agitait ses mains sur les côtés, et elle remarqua une tache humide sur sa veste avec des traces de sang étalé sur les bords.

— Non, ça va. Merci.

— Allons nous asseoir au fond, il n'y a personne, et ce sera plus calme.

Kay le suivit docilement, et jeta un œil par-dessus son épaule en direction du bureau d'accueil.

Les entendrait-elle s'ils l'appelaient ?

— Voilà.

Gavin désignait deux sièges – bleus cette fois – et attendit qu'elle s'assoie.

— J'ai appelé Barnes. Il semble que tout soit sous contrôle de ce côté-là.

— Tu as du sang sur ta veste.

— J'ai essayé de le laver tout à l'heure, mais...

— Qu'est-ce qui s'est passé ?

Elle fixait droit devant elle, son regard passant des femmes de ménage aux brancardiers qui se déplaçaient dans un flou.

Gavin expira bruyamment.

— D'après ce qu'on a pu comprendre, Adam travaillait tard dans son bureau à l'arrière du cabinet...

— C'est derrière les salles de consultation. Il aime être à portée de main si quelqu'un a besoin de lui.

— Oui. Son ordinateur était allumé. Il était en train d'écrire—

— Il a une date limite pour un article de journal qui doit être rendu à la fin de la semaine...

Sa voix s'estompa alors qu'elle réalisait qu'elle babillait maintenant, pour traiter son choc.

— Ils ne s'attendaient probablement pas à ce que quelqu'un soit là à cette heure de la soirée, dit-il. D'après ce qu'on a pu déterminer, ils cherchaient des médicaments anesthésiques, antidouleurs, ce genre de choses.

— Le chlorhydrate de kétamine et le chlorhydrate de méthadone, dit Kay, d'une voix morne. Ils sont gardés dans une armoire derrière la porte du bureau d'Adam pour plus de sécurité. C'est fermé à clé.

— Ils ont pris ses clés, après qu'ils... après...

Gavin s'interrompit et se mordit la lèvre.

Elle poussa un soupir tremblant.

— Que lui ont-ils fait ?

— Il avait verrouillé les portes d'entrée alors ils sont passés par l'arrière au niveau de la sortie de secours. Ils ont cassé la fenêtre à côté—

— Celle dans les toilettes.

— Oui, et puis ils ont fait leur chemin le long du couloir jusqu'à son bureau. On pense qu'il s'est retourné quand ils sont entrés.

Gavin secoua la tête.

— Il n'a pas eu le temps de réagir, Kay... pardon, chef. Ils l'ont frappé avec quelque chose, en bois, on pense. Il était inconscient quand l'ambulance est arrivée, mais il a repris connaissance pendant que j'étais avec lui, puis à nouveau quand ils l'ont mis dans l'ambulance.

— Est-ce qu'il a dit quelque chose ?

Gavin secoua la tête.

— Je n'ai pas compris ce qu'il a dit, désolé.

À côté de lui, Kay retint un gémissement.

— Qui a appelé ?

— Stephanie, la réceptionniste. Elle était partie après le dernier rendez-vous mais avait oublié son téléphone portable. Elle l'avait laissé branché à son ordinateur, alors elle est repassée en allant rejoindre une amie au cinéma. Elle a appelé le numéro d'urgence depuis le parking quand elle a vu la fenêtre cassée et le 4x4 d'Adam dehors.

Un souffle tremblant s'échappa de Kay.

— Si elle n'était pas venue—

— Oui, mais elle est venue, chef, et les ambulanciers sont arrivés très vite. Barnes et moi étions sur Sittingbourne Road quand on a reçu l'appel alors on est arrivés en quelques minutes, et ils sont arrivés juste après nous.

Kay serra ses bras autour de sa poitrine pendant qu'elle écoutait.

— Barnes est au cabinet, chef. Stephanie est restée, elle voulait aider, et l'associé d'Adam—

— Scott.

— Il est arrivé juste au moment où je partais pour venir te chercher. Barnes veut que je reste avec toi pendant qu'il traite la... la scène.

Il ferma la bouche, ses joues rougissant.

— Si ça te va.

— Merci, murmura-t-elle.

CHAPITRE 3

L'inspecteur Ian Barnes arpentait le sol carrelé du cabinet vétérinaire de Turner et il lança un regard noir à une jeune technicienne de la police scientifique qui passait en trombe, les pieds protégés par des surchaussures.

Ce n'était pas la faute de la jeune femme – le voleur avait été bien préparé, ses mains, à elle ou à lui, couvertes de gants jetables et son visage dissimulé par une cagoule.

Les chances de trouver quoi que ce soit à comparer aux fichiers ADN des condamnations antérieures s'amenuisaient rapidement.

Il tripotait les gants de protection qui couvraient ses mains, le matériau humide contre sa peau chaude collait à ses paumes tandis qu'il examinait l'équipement informatique sur le bureau de réception couleur hêtre.

— La personne qui a fait ça ne semblait pas s'intéresser à tout cela.

Une voix féminine le tira de ses pensées, et il se retourna alors qu'une femme d'une cinquantaine d'années s'approchait.

Elle lui adressa un léger sourire et lui tendit une tasse de café fumant.

— J'ai pensé que vous pourriez tous avoir besoin de quelque chose à boire. C'est de l'instantané, j'en ai peur.

— Si c'était autre chose, ils commenceraient à en vouloir au commissariat.

Barnes lui fit un clin d'œil en prenant la boisson chaude.

— Merci, Stephanie. Comment est-ce que vous tenez le coup ?

— Aussi bien que possible dans ces circonstances.

Les yeux de la réceptionniste s'assombrirent alors qu'elle suivait son regard vers le bureau.

— Ils cherchaient des médicaments, n'est-ce pas ? J-j'ai entendu parler de cambriolages dans d'autres cabinets, mais on pense toujours que c'est le genre de choses qui arrive aux autres... pas à nous.

— Vous avez bien fait de nous appeler et de rester dans votre voiture, dit Barnes.

Stephanie frissonna.

— Je n'ose pas imaginer ce qui se serait passé si je les avais surpris...

— Mais ce n'est pas arrivé.

Barnes tourna le dos à l'ordinateur et fronça les sourcils.

— Avez-vous vu quelqu'un rôder quand vous êtes arrivée sur le parking tout à l'heure ?

— Non, l'endroit était désert à l'exception du 4x4 d'Adam. Pour être honnête, j'étais soulagée quand je l'ai vu. John, mon mari, m'avait dit qu'il valait mieux que je laisse mon téléphone ici jusqu'au matin, mais une amie m'avait envoyé un texto avec des détails sur un spectacle qu'elle voulait voir à Londres le mois prochain et je ne me souvenais pas de son numéro par cœur.

Son visage s'assombrit.

— Ça semble si futile maintenant dans ces circonstances. Nous devions acheter les billets ce soir pendant qu'ils étaient encore à moitié prix. Je devais l'appeler pour lui dire que je l'accompagnerais.

— Quand avez-vous remarqué la vitre brisée ?

— En me garant à côté d'Adam. Les phares l'ont éclairée, et j'ai freiné brusquement parce que je ne voulais pas rouler sur du verre.

— Et vous avez appelé le numéro d'urgence immédiatement ?

— Oui.

Son visage s'affaissa.

— Je me sentais bête, parce que je n'entendais pas l'alarme sonner ni rien de ce genre, mais quand ils sont arrivés et que je leur ai remis mes clés, ils ont trouvé Adam. Si je ne les avais pas appelés, je n'aurais peut-être pas deviné qu'il était à l'arrière et blessé...

Elle frissonna, et Barnes tendit la main pour lui serrer le bras.

— Mais vous les avez appelés, et il reçoit les meilleurs soins possibles.

Il se dirigea vers la porte d'entrée, puis se retourna.

— Comment auraient-ils su où les médicaments étaient conservés ? demanda-t-il.

— Ils ont déjà fait ça, j'imagine.

Le front de la réceptionniste se plissa.

— Je suppose qu'une fois qu'ils ont cambriolé un

cabinet vétérinaire, ils ont une idée de l'endroit où se trouvent les choses. Tous les médicaments sont gardés loin des salles de consultation, ils sont toujours enfermés dans cette armoire sécurisée dans le bureau d'Adam parce que nous devons tout comptabiliser. C'est pourquoi nos procédures exigent deux signatures lorsque les médicaments sont prescrits ou utilisés en chirurgie.

— Et c'est tout ce qu'ils ont pris ?

Stephanie lui adressa un sourire contrit.

— J'imagine qu'ils ont pu voir que les ordinateurs ne valent pas grand-chose. Adam n'arrête pas de dire depuis des mois qu'il faut tous les mettre à niveau. Et nous gardons très peu d'argent liquide sur place, donc ils ne cambrioleraient pas pour ça. Tout le monde paie sans contact avec sa carte de nos jours, n'est-ce pas ?

— C'est vrai.

Barnes se retourna en entendant du mouvement dans l'une des salles de consultation pour voir un autre agent de la police scientifique commencer à saupoudrer de la poudre à empreintes digitales sur le cadre de la porte.

Stephanie soupira.

— Je ferais mieux de commencer à faire une liste des personnes que nous devrons appeler demain matin pour reporter les rendez-vous. J'imagine que ça va nous prendre la majeure partie de la journée pour tout remettre en ordre.

— Phillip a pris votre déposition ?

— Oui, et j'ai dit que je passerais demain pour la signer une fois qu'il aura eu le temps de la taper, dit-elle. Ne vous inquiétez pas, je sais à quel point vous allez tous être occupés ce soir.

— C'est pour ça que nous sommes là.

Barnes laissa la femme s'asseoir à son bureau et il se dirigea vers l'endroit où le technicien de la police scientifique travaillait.

— Tu as trouvé quelque chose, Charlie ?

Le masque de l'homme se plissa.

— Rien de concret. Des traces par-ci par-là, mais on dirait que celui qui a fait ça portait des gants.

— Bien sûr qu'il en portait.

Barnes leva les yeux au ciel.

— Au moins, on a les images des caméras de surveillance, inspecteur.

L'agent Phillip Parker se traîna vers lui, s'affala sur l'un des sièges en plastique face au bureau d'accueil et retira les protections en plastique de ses bottes.

— Scott vient de télécharger les enregistrements de ce soir sur une clé USB pour moi.

Barnes grogna en guise de réponse, puis baissa les yeux vers l'écran de son téléphone qui vibrait.

— C'est Gavin ?

Il leva les yeux en entendant un doux accent du Lancashire pour voir l'enquêteuse Laura Hanway se diriger vers lui, son habituel tailleur élégant remplacé par un jean usé et un t-shirt à manches longues arborant le logo d'une université américaine.

Dès qu'elle avait entendu parler du cambriolage, elle avait laissé son petit ami devant la télé en train de manger les restes de la pizza qu'ils avaient commandée et elle était arrivée quelques instants après que l'ambulance avait quitté le parking avec Adam à bord.

— Il a envoyé un texto, répondit-il lorsqu'elle s'approcha. Adam est conscient, mais ils le gardent en observation. Le pauvre bougre va avoir un sacré mal de crâne pendant les prochains jours.

Laura plissa le nez.

— Je veux bien le croire. Il a eu sacrément de la chance quand même, chef.

— Ça, c'est sûr.

— Et Kay ? Elle va bien ?

— Choquée, évidemment. Gavin la ramènera chez elle quand elle aura fini de parler avec les médecins.

Barnes rangea son téléphone et tendit le cou pour voir par-dessus sa collègue.

— Quoi de neuf là-bas ? Phillip a dit qu'il y avait des images de vidéosurveillance.

— Je commencerai à les examiner dès demain matin.

— C'est ton jour de repos.

Elle balaya ses paroles d'un geste de la main.

— Ne sois pas bête, Ian. Tu ferais la même chose pour moi. Je prendrai un jour de congé quand on aura trouvé les salauds qui ont fait ça.

CHAPITRE 4

Le lendemain matin, Kay réprima un bâillement et ferma la portière de la voiture, puis elle jeta un œil à la camionnette du serrurier garée près de l'arrière de la clinique vétérinaire.

Son réveil avait sonné à cinq heures, lui laissant six heures de sommeil après avoir quitté l'hôpital, avant de passer un appel matinal aux parents d'Adam au Canada.

La conversation l'avait laissée épuisée, ses nerfs à vif après l'entretien tardif avec le spécialiste assigné à Adam, puis la vue de son partenaire emmailloté dans les draps d'hôpital, son visage arborant un mélange de teintes violettes et jaunes.

Pourtant, c'était un homme résistant – et chanceux, selon le médecin qui le soignait.

Elle était restée assise à tenir la main d'Adam pendant que le spécialiste l'assurait qu'il était hors de danger, et que le coup à la tête avait été superficiel. C'était l'effet de sa tête heurtant les carreaux qui l'avait assommé – et la raison pour laquelle il était gardé en observation pour au moins les deux prochains jours.

Un vent frais agita les cheveux de Kay après qu'elle eut verrouillé la voiture et contourné la camionnette du serrurier jusqu'aux portes arrière ouvertes.

Un homme était penché sur une machine à tailler les clés, le grincement aigu du métal contre métal emplissant l'air, de minuscules étincelles volant sur l'asphalte à ses pieds. Il fit une pause dans son travail, jeta un coup d'œil par-dessus son épaule et hocha la tête.

— Bonjour, dit-elle en désignant les clés dans sa main. Ils ont pris tout le trousseau ?

Il secoua la tête.

— Ils ne pensent pas, mais Scott voulait être prudent et changer toutes les serrures. C'est logique.

— C'est vrai.

Elle l'observa travailler un moment, puis fronça les sourcils.

— Je suis la compagne d'Adam. J'ai entendu dire qu'ils avaient pris ses clés pour forcer l'armoire.

— Il semblerait. Scott m'a aussi demandé de la remplacer, mais je vais devoir la commander. C'est un équipement spécialisé.

— Vous avez une carte de visite ?

Elle frissonna.

— Et je pourrais vous demander de remplacer les serrures de notre maison ? Je n'ose pas imaginer qu'ils sachent où nous vivons, et si toutes ses clés ont été prises...

— Bien sûr.

Le serrurier sortit son téléphone et fit défiler son calendrier.

— Je peux vous caser en fin d'après-midi si vous voulez. Seize heures trente, ça vous convient ?

— Parfait.

Kay lui donna son numéro de portable et son adresse, puis se dépêcha de longer le bâtiment et se dirigea vers les portes de la réception, qui s'ouvrirent automatiquement à son approche.

Elle sourit, se rappelant qu'Adam avait investi dans cette innovation pour que les clients avec des animaux blessés puissent passer les portes sans lâcher leurs patients en essayant de manipuler une poignée.

— Kay.

Stephanie traversa la pièce vivement éclairée et l'enveloppa dans une étreinte féroce.

— Steph. Ça va ?

— Si ça va ? Bien sûr que non. Comment va Adam, bon sang ?

— Bien mieux que quand il est parti d'ici hier soir.

Kay se dégagea.

— Je lui ai rendu une courte visite ce matin et il était assis dans son lit. Il est fatigué, et évidemment, il souffre, mais ses médecins sont satisfaits de l'évolution des choses dans ces circonstances. Gavin est avec lui en ce moment pour prendre sa déposition officielle.

— Rien ne cloche avec sa mémoire, alors.

Stephanie rayonna.

— C'est un soulagement. On était tellement inquiets pour lui. Tu lui transmettras nos meilleurs vœux quand tu le reverras ?

— Je n'y manquerai pas, merci.

Kay fit un pas en arrière et balaya la pièce du regard, une sensation de malaise étreignant sa poitrine.

Barnes, son équipe d'officiers, et les enquêteurs de la police scientifique avaient été minutieux, c'était évident.

Les traces révélatrices de graphite noir de la poudre à empreintes couvraient les surfaces de chaque tiroir à côté du bureau de Stephanie, ainsi que les portes menant de la réception aux salles de consultation.

Au-delà, elle pouvait entendre le balayage régulier du verre brisé.

— Ça ressemble à un champ de bataille maintenant, mais Scott a appelé quelques vétérinaires remplaçants pour nous aider pendant qu'Adam se remet, et on aura remis cet endroit en état en un rien de temps.

Kay hocha la tête en réponse, à court de mots.

Elle avait visité tant de scènes de crime au cours de sa carrière, mais elle avait oublié comment les gens faisaient face aux dégâts dans leur vie une fois qu'elle et son équipe étaient parties. Dans son rôle de détective, elle était souvent trop occupée à essayer d'attraper les auteurs des crimes pour considérer les conséquences.

Stephanie faisait bonne figure dans cette situation, mais elle remarqua que les lèvres de la femme tremblaient tandis qu'elle attrapait un chiffon en microfibre et recommençait à frotter son bureau.

— Scott est à l'arrière ? parvint à dire Kay.

— Oui. Il n'est pas encore rentré chez lui.

Stephanie s'essuya les yeux et força un sourire.

— Peut-être qu'il t'écoutera. On a appelé tous ceux qui avaient des rendez-vous non urgents aujourd'hui, et les urgences ont été envoyées à une autre clinique qui s'est proposée de nous aider. Avec un peu de chance, on sera prêts à rouvrir demain.

— Je vais lui en parler.

Elle suivit le bruit du balai à travers la salle de consultation de gauche et sortit dans le véritable cœur de la clinique vétérinaire, une grande pièce ouverte avec des tables d'opération et un attirail qui n'aurait pas déparé dans le service d'urgences de n'importe quel hôpital.

Repoussant cette pensée, elle se dirigea vers une autre porte, celle menant au bureau d'Adam.

Des éclats de bois et de verre jonchaient le sol, et sa gorge se serra à la vue du fauteuil d'Adam renversé sur le côté, le bureau en désordre.

Scott Mildenhall posa son balai contre le mur en plâtre quand elle entra.

— J'aurais dû être là, Kay, dit-il, le visage bouleversé. Je suis parti seulement une demi-heure avant qu'ils ne fassent irruption.

— Ce n'est pas ta faute, Scott.

— Je ne peux m'empêcher de penser que ceux qui ont fait ça avaient planifié le cambriolage, puis ils ont paniqué quand ils ont découvert qu'il y avait encore quelqu'un ici. Si j'avais été là aussi, on aurait peut-être pu les maîtriser, ou au moins les faire fuir...

— On va faire de notre mieux pour les retrouver.

Scott expira.

— Tu dois le faire, Kay. Ces médicaments volés... ils sont mortels.

— J'ai deviné qu'ils cherchaient le chlorhydrate de kétamine.

— Ça, et les autres médicaments qu'on utilise pour

euthanasier les animaux. C'est pour ça qu'ils sont gardés dans une armoire fermée à clé, et que deux d'entre nous doivent signer pour les sortir. On doit tenir des registres stricts pour tout ce qu'on fait avec ces médicaments.

Kay désigna d'un mouvement du menton l'armoire vide.

— Quelle quantité y avait-il là-dedans ?

— On était complètement approvisionnés.

Le vétérinaire se tourna vers le bureau d'Adam et tira un bon de livraison du plateau supérieur.

— La livraison est arrivée hier.

— Barnes en a pris une copie ?

— Oui, avec les coordonnées de nos fournisseurs.

Elle lui rendit le bon et parcourut du regard les marques dentelées sur l'armoire sécurisée et le tas net d'éclats de verre que Scott avait balayés.

— Stephanie a dit que tu étais resté ici toute la nuit.

— J'étais obligé. L'endroit n'était pas sécurisé, et je n'ai pas pu faire venir un serrurier avant il y a une heure.

Il lui adressa un sourire contrit.

— Elle me harcèle pour que je rentre chez moi depuis deux heures.

— Elle a raison. Tu devrais y aller. J'ai vu le serrurier dehors, il a presque fini.

Il pointa du doigt la fenêtre du bureau vers une série d'enclos extérieurs disposés en grille à l'arrière du cabinet.

— Je dois d'abord aller voir les animaux, ceux qui sont en pension chez nous cette semaine, et ensuite je partirai. On rouvrira demain quand les choses se seront calmées.

— Je te recontacterai, Scott. Je sais que Barnes aura

tout sous contrôle, mais tu sais où me trouver si tu as besoin de quoi que ce soit.

— Merci, Kay.

Après s'être assurée que Stephanie prévoyait de partir en même temps que Scott, Kay retourna tranquillement à sa voiture.

La camionnette du serrurier était partie, et la nouvelle vitre installée à la fenêtre des toilettes par le vitrier pendant la nuit brillait de propreté.

Elle ouvrit la portière de la voiture, posa sa main sur le toit, et parcourut du regard le bâtiment.

Adam avait investi tellement de sa vie dans ce cabinet, dans les animaux qu'il soignait, et dans les gens qu'il rencontrait chaque jour.

Ce n'était pas qu'un simple travail pour lui.

C'était une passion, une vocation qu'il ne pouvait ignorer.

Elle ne le décevrait pas, malgré les chances qui jouaient contre elle.

Les cambriolages dans les cabinets vétérinaires étaient trop fréquents, et elle savait qu'il y en avait eu au moins trois autres dans une division voisine au cours de l'année écoulée.

Cette fois cependant, c'était différent.

Cette fois, c'était personnel.

Kay donna un coup de poing sur le toit de la voiture et jura à voix basse.

Elle ferait tout son possible pour trouver les voleurs avant que les médicaments mortels ne fassent une victime.

— Je vous aurai pour ça, espèces de salauds.

CHAPITRE 5

Kay se tenait devant la salle des opérations, le cœur battant.

Derrière la porte fermée, elle entendait des voix étouffées.

Elle regarda sa montre.

Le briefing du matin battait son plein, et tous ceux qui n'étaient pas en intervention ou convoqués au tribunal étaient censés y assister.

Elle jeta un coup d'œil par-dessus son épaule au bruit de pas qui approchaient, puis se mit sur le côté lorsqu'une assistante administrative qu'elle reconnaissait d'une enquête précédente lui adressa un léger sourire avant de se précipiter par la porte, une liasse de documents serrée entre ses mains.

Une voix grondante aboya de l'intérieur, le baryton familier du commandant divisionnaire Devon Sharp donnant des ordres et organisant l'équipe d'enquête, ce qui lui apporta un certain réconfort.

Kay expira, reconnaissante que son supérieur

hiérarchique et mentor ait fait le déplacement depuis le quartier général de Northfleet pour être présent.

En tant que commandant divisionnaire, on attendait de lui qu'il soit disponible pour gérer les crimes les plus graves commis dans le comté, et sa présence la remplissait de soulagement.

Chez elle, elle avait été perdue, sans savoir quoi faire, les premières heures de la nouvelle journée s'étirant alors qu'elle s'était agitée sous la couette jusqu'à ce qu'elle tombe dans un sommeil agité, avant que le réveil ne la tire du lit.

Ici, elle était parmi des amis et des collègues qui feraient tout leur possible pour trouver l'homme responsable des blessures d'Adam et du vol de médicaments.

Elle redressa les épaules et poussa la porte, remarquant l'inquiétude gravée sur les visages de ses collègues avant d'accrocher sa veste au dossier de sa chaise et de se diriger vers le tableau blanc.

— Comment va Adam ?

Sharp rompit le silence qui emplissait l'espace tandis que l'assistante administrative lui remettait un rapport.

— Des nouvelles ?

— Il n'est pas en danger. Merci, chef, dit-elle en hochant la tête vers l'agent Dave Morrison qui s'était levé et lui faisait signe de prendre son siège à côté de Laura.

En s'y enfonçant, elle entendit le soupir de soulagement qui parcourut le groupe rassemblé.

— Son médecin nous a dit ce matin que tant qu'il ne leur donnait pas de raison de s'inquiéter dans les quarante-huit prochaines heures, il pourrait rentrer à la maison.

— C'est bon à entendre, dit Sharp.

Ses yeux pétillèrent.

— J'en déduis donc que nous allons devoir supporter que tu nous harcèles sur nos progrès dans cette affaire ?

— Si ça ne te dérange pas, chef.

— Je ne m'attendais à rien d'autre de ta part. Nous en discuterons après le briefing. Bien, Gavin, c'est à vous. Qu'avez-vous obtenu d'Adam ce matin ?

Kay ouvrit son carnet tandis que son collègue se plaçait devant les officiers rassemblés et prenait place à côté de Sharp.

— Chef, Adam a confirmé qu'il travaillait tard après la fermeture du cabinet l'après-midi. Il a dit qu'il était en retard sur une échéance pour un article de journal et voulait l'envoyer par e-mail à l'éditeur avant de partir pour la journée.

Gavin jeta un coup d'œil par-dessus le document agrafé à Kay et haussa les épaules d'un air d'excuse.

— Il a dit qu'il avait tendance à être distrait à la maison parfois.

Kay rougit alors qu'un rire parcourait les officiers assemblés avant qu'ils ne se taisent lorsque Sharp les fusilla du regard.

— Adam a dit que son collègue, Scott, est parti à dix-huit heures trente. Il devait être de garde ce soir-là, et Adam a verrouillé les portes d'entrée pendant que Scott quittait le parking. Il confirme qu'il n'a vu personne s'approcher du bâtiment, mais le faisceau des lampes de sécurité sur le devant du cabinet n'atteint qu'à mi-chemin environ.

Gavin tourna la page.

— Il pense que si quelqu'un se cachait dans l'ombre, et n'était pas pris dans les phares du véhicule de Scott en partant, alors il ne l'aurait pas repéré. Il faisait trop sombre à ce moment-là.

— Nous avons commencé à examiner les images de vidéosurveillance que Scott nous a données hier soir, dit Barnes. Jusqu'à présent, nous n'avons rien, mais je vais demander à quelqu'un de revoir le film de ce moment-là en se concentrant sur les bords du parking au cas où ils repéreraient quelque chose que nous aurions manqué.

— Merci, Barnes, dit Sharp. Qu'est-ce qu'Adam a dit à propos de l'effraction et de l'agression qui a suivi, Gavin ?

— Il ne les a pas entendus approcher. Il se souvient d'avoir écouté de la musique en travaillant. Il a dit que ça l'aidait à se concentrer.

Gavin baissa les yeux vers la déclaration.

— Il s'est rendu compte de la présence de quelqu'un d'autre quand il a entendu des chaussures grincer sur le sol carrelé à l'extérieur de son bureau. Il a dit que ça lui avait fait peur, et il a baissé le volume de la musique sur son ordinateur portable. Quand il s'est retourné sur sa chaise, il y avait quelqu'un debout derrière lui avec une cagoule sur la tête et ce qui ressemblait à un bout cassé de queue de billard dans la main, la partie avec la poignée autour.

Kay déglutit et sentit la couleur quitter son visage. Elle secoua la tête alors que Laura posait sa main sur son bras, et elle serra la mâchoire tandis que Gavin continuait.

— Il a dit qu'il pouvait entendre l'homme respirer lourdement, comme s'il était surpris de trouver Adam là, mais quand il a commencé à se lever de sa chaise et à lui demander ce qu'il faisait, l'homme a balancé l'arme vers lui et l'a frappé sur le côté de la tête.

Gavin baissa les pages agrafées.

— Il sait qu'il est tombé au sol, mais il ne se souvient de rien après ça, pas avant de reprendre connaissance à l'hôpital. Il ne se souvenait même pas que nous ou les ambulanciers lui avions parlé hier soir.

— Est-ce qu'il se sait s'il y avait plus d'un intrus ? demanda Laura.

— Il a dit qu'il n'avait vu que le type qui l'avait frappé et n'avait entendu personne d'autre. Cela ne signifie pas que son agresseur travaillait seul, bien sûr.

— Merci, Gavin, et c'est un bon point que vous soulevez.

Sharp s'éclaircit la gorge tandis que Gavin retournait à sa place.

— Quelqu'un a-t-il plus d'informations pour confirmer comment l'intrus est entré ? Le rapport préliminaire de la police scientifique est-il arrivé ?

— Pas encore, chef, répondit l'agente Debbie West. J'ai parlé à Harriet il y a une demi-heure et elle dit qu'il est sur son bureau pour examen et signature ce matin, donc elle va faire en sorte de l'envoyer par e-mail d'ici midi. Cependant, elle dit que Charlie confirme qu'ils ont utilisé la petite fenêtre près des toilettes pour sortir du bâtiment plutôt que de risquer de sortir par la porte d'entrée une fois qu'ils avaient les clés d'Adam.

— C'est sur le côté donc il y avait moins de chances qu'ils soient vus par quelqu'un, dit Kay, la voix rauque.

— Ça se tient, acquiesça Sharp. Laura, où en êtes-vous

avec les images de vidéosurveillance des routes qui mènent au cabinet ?

La jeune enquêteuse éleva la voix.

— Nous avons une liste des véhicules qui ont emprunté la route principale dans la demi-heure précédant et suivant l'attaque, et nous avons écarté ceux appartenant aux employés d'Adam. Nous allons continuer d'interroger les propriétaires de tous les autres véhicules et identifier ceux que nous pensons devoir approfondir s'ils nous donnent des raisons de nous inquiéter pendant ces conversations. Nous avons mis de côté pour le moment tous les véhicules commerciaux évidents tels que les bus et les camionnettes siglées, mais je ne les éliminerai pas complètement. Pas tant que nous ne serons pas sûrs qu'ils ne sont pas liés à l'agression.

— Faites-moi savoir si vous avez besoin de plus d'effectifs pour cela, et je ferai jouer mes relations au quartier général, dit Sharp.

Il frappa du poing sur le tableau blanc.

— Je vous rappelle à quoi nous avons affaire ici : certaines des drogues les plus dangereuses utilisées dans les procédures vétérinaires, y compris le chlorhydrate de kétamine. Quinze millilitres de cette substance peuvent assommer un cheval instantanément. Si ça se retrouve dans la rue avant qu'on n'attrape les auteurs de ce vol, les choses vont vraiment mal tourner par ici.

L'équipe d'enquête se tut tandis qu'il arpentait la moquette devant eux, et Kay se mordit la lèvre lorsqu'il s'arrêta et les balaya du regard.

— Étant donné que le cabinet d'Adam venait d'être réapprovisionné avec ces médicaments également, nous devons supposer qu'il s'agissait d'une attaque ciblée, déclara Sharp.

— Sur cette base, chef, dit Morrison, pensez-vous que les intrus ne voulaient que les médicaments, ou est-ce qu'il pourrait s'agir de quelque chose de plus personnel ?

Kay frissonna au souvenir d'une autre affaire, et d'un autre criminel dangereux qui avait menacé sa sécurité et celle d'Adam.

— C'est quelque chose que nous allons devoir examiner dans le cadre de notre enquête, dit Sharp. Mais ce qui est clair, c'est que quelqu'un savait quel serait le moment le plus propice pour risquer une effraction. Cela seul me donne des raisons de croire que le cabinet était sous surveillance depuis un certain temps.

— Le cabinet vétérinaire doit tenir des registres stricts de chaque médicament dangereux sur place, et deux vétérinaires doivent signer pour les sortir à chaque fois, dit Kay. D'après ce que Scott m'a dit plus tôt, les voleurs ont tout pris. Une nouvelle livraison a été faite hier après-midi qui aurait dû durer un mois au cabinet. Ils gardent toujours des extras en cas d'urgence—

— Et si une grande quantité de kétamine est mise en circulation rapidement sur le marché local...

Sharp posa ses mains sur ses hanches et fit face à l'équipe.

— Ce sera comme une bombe qui explose.

CHAPITRE 6

— Kay, un mot s'il te plaît.

Tandis que le groupe d'officiers se dispersait pour retourner à leurs bureaux ou quittait la salle des opérations pour accomplir les tâches assignées par Sharp, Kay suivit le commandant divisionnaire dans un bureau annexe et ferma la porte.

Un vieux bureau en bois délabré avait été abandonné dans un coin, avec deux chaises empilées l'une sur l'autre à côté. De grandes boîtes d'archives rectangulaires avaient été posées le long d'un mur, toutes étiquetées et prêtes à être transportées aux bureaux du ministère public à mesure que chaque enquête terminée atteignait le système judiciaire.

— Tu ne l'as pas encore revendiqué pour toi ? dit Sharp avec un sourire entendu.

— Tu me connais, chef, je préfère de loin être là-bas, au cœur de l'action.

Il rit, puis se dirigea vers le rebord de la fenêtre et s'y appuya.

— Tu sais ce que je vais te dire, n'est-ce pas ?

Kay soupira.

— Tu ne veux pas que je m'approche de cette enquête.

— Pas tout à fait. Même si j'ai besoin de tes compétences et de tes intuitions sur cette affaire, ça ne passera pas auprès de la commissaire si elle découvre que tu es sur la liste. Pas avec un lien aussi personnel avec le crime.

— Je peux quand même aider. En coulisses.

Sharp haussa un sourcil.

— Depuis quand es-tu capable de rester en coulisses ?

— Qui dirige l'enquête ?

— Barnes. Il était en service et le premier sur les lieux hier soir, et il est compétent.

Sharp plissa les yeux vers elle.

— J'ai pensé que si je le mettais en charge, ça ne te dérangerait pas qu'il prenne la tête plutôt qu'un inspecteur inconnu de Northfleet.

— C'est un bon choix, chef.

Kay détourna le regard. Elle prit une profonde inspiration avant que ses yeux ne rencontrent à nouveau ceux de Sharp.

— Mais il apprécierait sûrement une paire de mains supplémentaire. Même si je ne faisais qu'aider pour certains interrogatoires, peut-être une partie du travail d'analyse. Laura et Phillip auront besoin d'aide avec toutes les images de vidéosurveillance qu'ils doivent examiner, aussi.

— Et Adam ?

— Il faut que je fasse quelque chose, chef. Ils ne me laisseront pas venir à l'hôpital en dehors des heures de visite normales, et si je dois me morfondre à la maison, je vais stresser à propos de ce qui aurait pu lui arriver hier soir, et si je pourrais faire quelque chose de proactif pour l'enquête au lieu de rester assise sur mon postérieur.

Le regard de Sharp s'adoucit.

— Et quand il rentrera à la maison ?

— Alors je discuterai avec son médecin pour savoir quelles dispositions je dois prendre. Adam ne va nulle part pour les deux prochains jours, chef, pas avant qu'ils ne sachent qu'il n'y aura pas de complications, et quand il rentrera à la maison, je pourrai travailler à distance, non ?

Kay se leva de sa chaise pour le rejoindre à la fenêtre qui surplombait le parking à l'arrière du commissariat. Elle prit une profonde inspiration et serra ses bras autour de son ventre en se tournant vers Sharp.

— J'ai peur, Devon. J'ai peur que celui qui a fait ça s'en tire. Parce que s'il le fait, il recommencera. Ils reviendront, et ils cibleront le cabinet d'Adam. Tu sais aussi bien que moi que c'est ce qui se passe dans des cas comme celui-ci. Il pourrait ne pas avoir autant de chance la prochaine fois.

Après un moment, il inclina la tête.

— Je vais dire à la commissaire que tu travailles sur autre chose mais que ton nom pourrait apparaître dans certains documents concernant l'effraction au cabinet d'Adam, étant donné ton lien, et que nous nous attendons à pouvoir te poser des questions sur la disposition des lieux et d'autres sujets de temps en temps. C'est le maximum que je suis prêt à compromettre, Kay.

— Merci.

Elle sourit.

— Et ne t'inquiète pas, je ne lui donnerai aucune raison de soupçonner que je suis impliquée dans l'enquête.

Le commandant divisionnaire leva les yeux au ciel en s'éloignant du rebord.

— Tu as intérêt. Bon, allons trouver Barnes avant que tu ne retournes à l'hôpital cet après-midi. Il devait parler à certaines associations locales d'aide aux toxicomanes pour leur demander de garder l'oreille ouverte concernant de nouveaux approvisionnements disponibles. Je ne pense pas qu'il soit déjà parti.

Barnes était appuyé contre un bureau face à la porte quand Sharp l'ouvrit, les bras croisés et un grand sourire sur le visage lorsque Kay émergea.

— Je vous avais dit qu'elle n'accepterait pas un non comme réponse, chef.

CHAPITRE 7

Gavin tira le frein à main avant de poser sa main sur le volant et de fixer du regard le bâtiment bas devant lui à travers le pare-brise.

Il ferma les yeux un instant, une profonde lassitude l'envahissant malgré la canette de boisson énergisante à moitié vide dans le porte-gobelet à côté de lui.

Après avoir conduit Kay à l'hôpital la nuit dernière, il avait attendu pendant qu'elle parlait d'abord avec le médecin assigné à Adam, puis qu'elle disparaissait dans les entrailles de l'hôpital pour voir son partenaire.

Deux heures plus tard, elle était réapparue, les yeux vitreux et le teint pâle.

Ils étaient retournés à Maidstone en silence, Kay s'était endormie avant même qu'il ne dépasse l'embranchement pour Leeds Castle, et quand il s'était garé dans son allée, elle était sortie de la voiture en trébuchant, le remerciant profusément.

À deux heures du matin, il était enfin rentré chez lui, se réveillant à peine quelques heures plus tard pour s'assurer d'arriver à la salle des opérations prêt à commencer l'enquête.

Il ne s'attendait pas à ce qu'on lui dise qu'il allait la co-diriger.

Sa poitrine se serra à cette pensée.

Bien sûr, il savait qu'il pourrait demander conseil à Kay ou à Barnes quand il en aurait besoin, mais avec les instructions de Sharp selon lesquelles Kay devait être écartée de l'enquête autant que possible, la responsabilité pesait sur lui.

Il savait aussi que les chances étaient contre lui.

Les cambriolages comme celui du cabinet d'Adam devenaient de plus en plus fréquents à mesure que la demande de drogues bon marché augmentait et que les approvisionnements des dealers en provenance d'Europe étaient limités – ironiquement par la même bureaucratie qui entravait de nombreuses importations moins néfastes du pays maintenant qu'il ne faisait plus partie d'un marché commun.

Il secoua la tête, ouvrit les yeux et prit une dernière gorgée de la canette de soda avant de pousser la portière et de sortir.

Une enseigne au-dessus de l'entrée piétonne à gauche de la partie entrepôt du bâtiment était de nature ambiguë, et alors qu'il s'arrêtait en dessous pour appuyer sur le bouton d'un panneau de sécurité, Gavin réalisa que rien dans cet endroit n'indiquait sa fonction.

Un grésillement statique retentit dans le haut-parleur au-dessus du bouton d'appel et la voix d'un homme filtra.

— Je peux vous aider ?

— Enquêteur Gavin Piper, je viens voir Marion Blanchett.

— Merci. Veuillez pousser la porte quand vous entendrez le bourdonnement et suivre le couloir jusqu'à la réception.

Gavin fit comme la voix le lui demandait et la porte se referma en chuintant derrière lui.

Ses chaussures résonnaient sur le sol carrelé tandis qu'il avançait dans le couloir, et il ralentit pour examiner les divers articles de presse et récompenses encadrés et accrochés aux murs.

Après un moment, il émergea dans une zone de réception brillamment éclairée, qui entourait un escalier central en spirale s'élevant vers un niveau de bureaux en mezzanine ouverte.

Un homme leva les yeux de son écran d'ordinateur et lui fit signe d'approcher.

— Détective Piper, si vous pouviez signer le registre des visiteurs, je vais informer madame Blanchett de votre arrivée.

Gavin signa la page d'un geste ample, nota l'heure à côté de sa signature et prit le badge de sécurité que le réceptionniste lui tendait.

— Vous avez trouvé facilement ? demanda-t-il.

— J'avoue que je me suis perdu et que j'ai pris un mauvais virage, répondit Gavin avec un sourire penaud. Cet endroit est difficile à trouver.

— C'est l'idée, détective Piper, étant donné le type de médicaments que nous développons et produisons.

Il se retourna au son de la voix pour voir une femme

dans un tailleur-pantalon couleur étain descendre les escaliers vers lui.

Elle lui tendit la main en guise de salutation alors qu'elle traversait la réception, sa poignée de main chaleureuse et ferme.

— Je suis Marion Blanchett, directrice générale.

— Merci de m'accorder du temps ce matin, madame Blanchett.

— Marion, je vous en prie. Voulez-vous me suivre ? Nous pouvons parler dans la salle de conférence. Thé ou café ?

— Rien, merci.

— D'accord, très bien. Peter, pourriez-vous retenir tous mes appels pour ce matin ? dit-elle en jetant un coup d'œil à l'homme derrière le bureau de la réception. J'ai des documents à examiner après ma réunion.

Le réceptionniste leva la main en signe d'acquiescement avant que Gavin ne se tourne pour suivre la directrice dans les escaliers et à travers une double porte.

La salle de conférence contenait une grande table ovale en verre et en métal pouvant accueillir douze personnes, ainsi qu'une variété d'équipements de vidéoconférence le long d'un mur, incluant le plus grand écran de télévision qu'il ait jamais vu.

Marion le vit regarder et sourit.

— Nous avons huit membres du conseil d'administration et quatre dirigeants, moi incluse, donc si même la moitié d'entre nous appellent à distance, ça peut devenir un peu serré sur un petit écran. Je vous en prie, asseyez-vous.

Gavin s'enfonça dans l'un des fauteuils en cuir rembourré le plus proche de lui et sortit son carnet et son stylo de la poche de sa veste.

— Merci de me recevoir si rapidement.

— Pas de problème.

Marion fit le tour de la table jusqu'à ce qu'elle soit en face de lui, puis s'assit et joignit ses mains devant elle.

— Vous avez dit que ça concernait un vol dans un cabinet vétérinaire la nuit dernière ?

— Une effraction, oui. Le propriétaire, Adam Turner, a été blessé et est actuellement à l'hôpital avec des blessures à la tête.

Gavin fit une pause, écrivit la date en haut d'une nouvelle page puis releva la tête.

— Il a de la chance, elles ne mettent pas sa vie en danger.

Marion expira.

— C'est bon à entendre. Mais en quoi mon entreprise est-elle impliquée ?

— Selon les dossiers qui nous ont été remis, la majorité des médicaments volés ont été fournis par vous. Nous aimerions savoir si votre chauffeur-livreur a été suivi avant de se rendre au cabinet hier après-midi.

— Vous pensez que le vol a été planifié pour coïncider avec une nouvelle livraison ?

— C'est l'une de nos pistes d'enquête, oui.

La directrice générale se renversa dans son fauteuil et passa un doigt sur le sous-main en cuir devant elle.

— C'est une pensée inquiétante, détective.

— Quelle entreprise utilisez-vous pour les livraisons ?

— Nous n'en utilisons pas, nous le faisions avant, mais

les coûts impliqués sont devenus trop élevés, alors il y a environ quatre ans, nous avons commencé à employer nos propres chauffeurs. Nous en avons huit qui desservent la région locale et jusqu'au Hampshire à l'ouest et le Bedfordshire au nord. Tous ces chauffeurs font l'objet de contrôles de police avant leur embauche et nous effectuons régulièrement des contrôles de drogue et d'alcool pour tout notre personnel ici aussi.

— Avez-vous déjà eu un vol de l'un de vos véhicules par le passé ? Je n'ai rien trouvé dans le système.

Marion secoua la tête.

— Non, nous n'en avons jamais eu. C'est pratiquement impossible. Vous avez vu les véhicules utilisés pour livrer de l'argent aux banques ?

Gavin acquiesça.

— Eh bien, les nôtres sont conçus de la même manière, sauf que contrairement aux sociétés de sécurité, nous n'affichons pas notre livrée sur le côté. Ainsi, les véhicules ne se démarquent pas lorsqu'ils sont garés devant les cabinets vétérinaires.

Marion se pencha en arrière dans son siège, s'animant sur le sujet.

— Nous équipons également les véhicules de caméras de surveillance et d'un bouton d'appel d'urgence. Il y a eu trop de cas de détournements de livraisons comme les nôtres ces dernières années pour que nous prenions le moindre risque.

Après avoir mis à jour ses notes, Gavin fronça les sourcils.

— Que capturent ces caméras de surveillance ? Je veux dire, pourraient-elles repérer un véhicule qui suivrait ?

— Elles le pourraient. L'une des caméras est fixée à l'arrière du véhicule, très similaire à une caméra de recul sur une voiture familiale normale. Il y en a une autre à l'arrière, où les médicaments sont conservés dans un environnement à température contrôlée.

— Serait-il possible pour nous d'obtenir des copies des enregistrements des véhicules utilisés pour effectuer des livraisons au cabinet vétérinaire de Turner au cours des deux derniers mois, disons ?

— Ça devrait être possible. Je vais devoir demander à notre responsable informatique de s'en occuper, mais j'imagine que nous pourrions vous avoir quelque chose d'ici la fin de la semaine.

Marion soupira.

— Honnêtement, tout ce que nous pouvons faire pour vous aider, détective, nous le ferons. Ce genre de vols devient de plus en plus fréquent, et ce n'est qu'une question de temps avant que quelqu'un ne soit tué, n'est-ce pas ?

Gavin ferma son carnet d'un coup sec et se leva.

— Malheureusement, je pense que vous avez raison. C'est pourquoi nous sommes déterminés à mettre un terme aux agissements de ceux qui font cela et à arrêter ceux qui ont agressé Adam.

CHAPITRE 8

Kay s'arrêta devant l'entrée de la salle principale de l'hôpital, pressa le distributeur de gel antiseptique fixé au mur et se frotta les mains tout en regardant à travers les panneaux de verre des épaisses portes doubles.

La pièce était divisée en deux rangées de lits de chaque côté d'une allée centrale carrelée, le long de laquelle trois infirmières marchaient d'un pas résolu entre leurs patients. Les stores des fenêtres au fond étaient baissés, occultant un ciel nocturne chargé de pluie.

À mi-chemin le long de la rangée de six lits sur la gauche, un ensemble portable de rideaux bleus était placé autour d'un des patients, le cachant à la vue.

Lorsque Kay poussa la porte, l'une des infirmières leva les yeux de sa conversation avec une femme âgée dans un lit à la droite de Kay.

— Je cherche Adam Turner, demanda-t-elle.

— Quatrième lit à gauche, répondit l'infirmière avant de reporter son attention sur sa patiente.

Kay la remercia et parcourut la courte distance carrelée jusqu'au lit entouré de rideaux.

Une médecin émergea de derrière les rideaux et parla à l'infirmière la plus proche, les deux femmes chuchotant, têtes baissées.

— Tout va bien ? demanda Kay en s'approchant.

Elle reconnut la médecin comme l'une de celles qui avaient soigné Adam la veille au soir et maîtrisa l'accélération de son rythme cardiaque lorsque la femme se tourna vers elle.

— Madame Turner—

— Hunter.

— Mademoiselle Hunter, ravie de vous voir.

La médecin sourit.

— Rien d'inquiétant. Adam montre de bons signes de rétablissement suite à son traumatisme crânien, bien qu'il souffre de nausées. Nous le surveillons de près, et je suis satisfaite des résultats des tests de cet après-midi. Nous le maintenons hydraté pour le moment jusqu'à ce qu'il puisse supporter de la nourriture, et nous lui administrons des antidouleurs pour l'aider avec ses maux de tête.

Kay expira, relâchant une partie du stress accumulé dans sa poitrine et ses épaules.

— Est-ce que je peux le voir ?

— Bien sûr.

La médecin s'écarta et tira le bord du rideau.

— Mes collègues sont juste à l'extérieur si vous avez besoin de l'un d'entre nous.

— Merci.

Adam était adossé dans son lit, ses bras reposant sur la couverture et le drap qui le recouvraient, ses bras nus dépassant d'une blouse d'hôpital blanche à motifs de points. Un tube en plastique sortait du dos de sa main gauche, et un petit pansement adhésif couvrait le site d'injection.

À côté de lui, un liquide clair pendait d'un crochet attaché à un cadre en acier inoxydable tandis que le liquide s'écoulait dans une ligne en plastique et dans le tube.

Des ecchymoses couvraient le côté droit de son visage – d'affreuses teintes violettes et rouges qui s'étendaient sur son orbite et sa mâchoire. D'autres ecchymoses s'étalaient sous le ruban chirurgical qui couvrait l'arête de son nez. Sa paupière droite tombait, mais pas assez pour couvrir l'iris vert strié de sang qui la regardait.

Il lui fit un clin d'œil avec son œil gauche, puis grimaça.

— Aïe.

— Adam...

Kay se précipita vers le lit tandis qu'il tendait sa main droite pour saisir ses doigts entre les siens et l'attirer vers lui.

— Je vais mieux que la nuit dernière. Ne pleure pas.

Elle renifla et cligna des yeux pour chasser les larmes.

La colère, la frustration, la peur – tout ce qu'elle avait retenu face à ses collègues toute la journée remonta à la surface et menaça de la submerger tandis qu'elle caressait ses cheveux.

— Est-ce qu'ils me disent la vérité ? Est-ce que tu vas aller bien ?

Il hocha la tête, retenant un gémissement, et ferma les yeux.

— Oui, si j'arrive à me souvenir de ne pas faire de mouvements brusques.

— La médecin a dit que tu avais des nausées.

Il réussit à sourire.

— Ne t'inquiète pas, je suis sûr que je mangerai comme quatre dans quelques jours.

Il ouvrit les yeux et lui serra la main.

— C'est une commotion. Apparemment, ça arrive quand on se fait frapper à la tête et qu'ensuite on se fracasse le visage sur le sol de son bureau.

— Gavin a dit que tu lui avais dit ce matin que tu ne les avais pas entendus entrer par effraction.

— Non, j'avais de la musique à ce moment-là. Je pensais que ça m'aiderait à mieux me concentrer. Je l'ai baissée quand je... je ne sais pas, j'ai eu comme le pressentiment que quelque chose n'allait pas. J'ai cru entendre quelque chose, parce qu'ensuite j'ai entendu du mouvement derrière moi.

Il baissa les yeux.

— Je ne me souviens de rien d'autre.

— C'est normal, étant donné ce que tu as vécu.

Kay lui laissa un moment, sachant par expérience que les victimes de traumatismes avaient besoin de temps pour assimiler ce qui leur était arrivé, mais elle luttait contre un sentiment de colère écrasant que cela soit arrivé à Adam, de toutes les personnes.

Il était la personne la plus douce qu'elle connaisse, toujours à faire passer les animaux dont il s'occupait en premier, et les traitant, ainsi que leurs propriétaires, avec dignité. À la maison, il était un partenaire aimant, son roc, son confident.

— Je vais trouver qui t'a fait ça.

Elle serra les dents.

— Et quand je les aurai trouvés, je vais leur faire payer pour ça.

Il tendit la main et lui releva le menton pour la regarder dans les yeux.

— Ne te mets pas en danger, Kay. Je ne sais pas ce que je ferais sans toi.

— Je ne vais pas me mettre en danger.

— Promets-le-moi.

— Je te le promets.

Elle tripota un fil lâche sur la couverture à côté d'elle.

— Je suis allée voir Scott ce matin. Stephanie a dit qu'il était resté à la clinique toute la nuit. Elle aussi. Ils prévoient de rouvrir demain.

Adam se laissa aller contre son oreiller, sa paupière droite tombante.

— Bon sang, de toutes les semaines. Nous avons eu tellement d'urgences hier que nous étions déjà en retard sur tout le reste. Et maintenant ça.

Kay passa ses doigts sur le dos de son bras.

— Ils semblaient avoir tout sous contrôle. Stephanie a appelé quelques amis dans d'autres cliniques pour le travail non urgent, et il y avait un serrurier qui travaillait pendant que j'étais là. Je lui ai aussi fait changer les serrures de la maison avant de venir ici, juste au cas où.

— Il faudra que je parle à Scott et que je passe en revue les rendez-vous du reste du mois avec lui, dit Adam en essayant de se redresser, avant de devenir blême. Oh, ce n'est pas bon.

Le rideau s'écarta brusquement et une infirmière passa la tête.

— Toujours nauséeux ?

— Oui, marmonna-t-il.

— Plus de repos, dit-elle, ses gestes efficaces tandis qu'elle repoussait le rideau et s'avançait vers la poche de perfusion pour vérifier son contenu avant de se tourner vers eux.

Elle lança un regard appuyé à Kay.

— *Beaucoup* de repos.

— Je m'en vais, dit Kay en se levant tout en serrant une dernière fois les doigts d'Adam.

— Dis à Scott de m'appeler, dit Adam en agrippant sa main. On passera en revue les rendez-vous ensemble et je pourrai lui donner un coup de main à partir de la semaine prochaine. Je devrais sortir d'ici après-demain, de toute façon.

L'infirmière laissa échapper un rire sans joie.

— Vous ne retournerez pas au travail avant au moins deux semaines. Quand vous franchirez ces portes, Adam Turner, je ne veux plus vous revoir ici, c'est compris ?

Kay lui adressa un sourire reconnaissant tandis que le regard d'Adam passait d'elle à l'infirmière et inversement.

— On dirait que je n'ai pas le choix, dit-il. Je suis en minorité, n'est-ce pas ?

CHAPITRE 9

Margaret Swinton marchait d'un pas décidé vers les bornes de paiement à l'extrémité du centre commercial, la mâchoire serrée.

Une musique joyeuse et bruyante résonnait dans les haut-parleurs au-dessus de sa tête, irritant ses nerfs déjà à vif.

Elle rejoignit la file d'attente pour payer le stationnement et elle lança un regard noir à un bambin qui pleurait à côté de sa mère harassée, puis fouilla dans son sac à main et en sortit son ticket.

Elle fronça les sourcils, son ressentiment face à l'augmentation des tarifs fixés par la municipalité cette semaine-là s'ajoutant à la colère grandissante qui lui serrait la poitrine lorsqu'elle réalisa qu'une seule des deux bornes de paiement fonctionnait et qu'elle n'avait toujours pas installé l'application de stationnement sur son téléphone comme son mari le lui avait suggéré.

Elle ne savait pas ce qu'elle allait lui dire en rentrant, mais elle savait qu'elle ne regretterait pas d'avoir dit à l'avocat au visage impassible pour lequel elle avait travaillé ces huit dernières années où il pouvait se mettre son emploi.

Surtout après avoir promu une jeune assistante administrative arrogante au poste de secrétaire personnelle, malgré son manque d'expérience, et malgré le fait que Margaret avait occupé ce poste pendant les six derniers mois après le départ de la précédente.

Même alors, elle avait eu la décence d'attendre que tout le monde ait quitté le bureau pour la journée avant de le confronter, au cas où il changerait d'avis.

Il n'avait pas changé d'avis, et c'était ainsi qu'elle était finalement partie à dix-huit heures trente.

Pour de bon.

Les gens devant elle avancèrent, et elle expira lorsque le bambin et sa mère disparurent par la porte de sortie de secours vers les ascenseurs, les cris de l'enfant résonnant contre les murs de béton.

Elle regarda sa montre.

Presque dix-neuf heures, et tous les niveaux du parking, à l'exception du toit, allaient fermer pour la nuit.

L'homme devant elle tâtonna maladroitement sa monnaie, et fit tomber des pièces sur le sol carrelé dans un tintement. Margaret se pencha pour ramasser les deux pièces de deux livres qui avaient roulé près de ses pieds et les lui tendit avec un soupir exaspéré.

Le sourire de l'homme s'évanouit, ses remerciements mourant sur ses lèvres face au regard noir qu'elle lui lança.

Finalement, ce fut son tour.

Quelques pressions sur les boutons et c'était fait. Elle se demanda pourquoi il fallait tant de temps aux autres pour effectuer une transaction aussi simple tandis qu'elle se précipitait vers les portes des ascenseurs.

Son cœur se serra lorsqu'elle entra dans le large couloir et aperçut la mère et le bambin qui attendaient à côté de deux autres personnes chargées de caddies et de sacs de courses.

— L'un des ascenseurs est en panne, dit un homme près d'elle, souriant d'un air désolé comme si c'était de sa faute.

Margaret le fusilla du regard, puis le bouscula et ignora les grognements surpris et les commentaires murmurés tandis qu'elle se frayait un chemin vers les escaliers.

— Certains d'entre vous pourraient bien faire un peu d'exercice, lança-t-elle sèchement.

Ses lèvres se retroussèrent à la vue du chewing-gum collé au bout de la rampe avant qu'elle ne commence à monter, son nez se plissant face à l'odeur écœurante d'eau de Javel qui imprégnait la cage d'escalier.

Il n'y avait que cinq étages jusqu'à l'endroit où sa voiture l'attendait sur le toit.

Lorsque Margaret atteignit l'étage le plus élevé, la sueur perlait sous les bretelles de son soutien-gorge et elle respirait lourdement.

Les places de stationnement sur le toit étaient pour la plupart vides à l'extrémité, la majorité des travailleurs étaient partis une heure ou deux plus tôt, et les clients de la salle de sport du rez-de-chaussée préféraient se regrouper près des ascenseurs.

Une brume froide rampait sur la surface de béton, enveloppant les caddies abandonnés et couvrant ses épaules de fines gouttelettes.

Elle lança un regard noir à la silhouette de sa voiture au loin, et regretta le fait qu'elle se soit retrouvée coincée dans les embouteillages du matin et n'ait pas pu se garer à sa place habituelle au deuxième étage.

Un froncement de sourcils plissa son front tandis qu'elle s'approchait, et elle ralentit le pas en réalisant que quelqu'un se tenait à côté de la portière du conducteur, lui tournant le dos.

Elle s'arrêta, fouilla dans son sac à la recherche de ses clés et les serra dans son poing.

Jim lui avait expliqué qu'une bonne tactique d'autodéfense consistait à les tenir en faisant dépasser les clés entre ses phalanges, malgré le risque de se casser les doigts si elle essayait de frapper quelqu'un de cette façon.

Néanmoins, une audace s'empara d'elle tandis qu'elle se dirigeait vers sa voiture.

— Je peux vous aider ? lança-t-elle.

Plus près maintenant, elle vit que la silhouette était celle d'une femme – une petite chose dont les contours apparaissaient et disparaissaient dans la brume tourbillonnante.

Qui qu'elle soit, elle ne se retourna pas et Margaret se demanda un instant si la brume avait étouffé ses paroles.

Il y avait encore au moins cinquante mètres entre elles, et comme elle atteignait une rangée de caddies bien alignés, elle éleva la voix.

— Qu'est-ce que vous faites ?

Les cheveux de la femme étaient mouillés, collés au fin t-shirt qu'elle portait. Sa main gauche reposait sur le dessus d'un petit sac en cuir, dont la bandoulière soulignait sa taille et ses épaules maigres.

Puis sa tête tressaillit comme si elle sortait d'un rêve.

Elle chancela contre la voiture puis trébucha vers le parapet de béton qui longeait le toit.

Margaret se figea, la gorge sèche.

Qu'est-ce qu'elle faisait ?

La femme tendit la main vers le grillage de sécurité en acier, la lueur des réverbères en contrebas éclairant sa jupe tachée et ses pieds nus.

Elle s'était souillée à un moment donné mais semblait ne pas s'en rendre compte tandis qu'elle se hissait.

La brise attrapa ses cheveux blonds emmêlés, obscurcissant son visage alors qu'elle rampait sur le grillage puis tendait les bras.

Margaret se mit à courir.

— Non, non, attendez, ne faites pas ça !

Elle courut, ses cris résonnant dans l'air du soir avant que le corps de la femme ne bascule par-dessus le bord.

CHAPITRE 10

Ian Barnes griffonna son nom sur un bloc-notes tenu par une agente en uniforme, puis baissa la tête sous le ruban de la scène de crime qu'elle soulevait.

Le cordon en plastique bleu et blanc se remit en place alors qu'il se précipitait vers la base du parking à étages.

Un petit groupe d'agents en uniforme et de techniciens de la police scientifique en combinaison de protection s'affairaient autour d'une tente blanche, dont la silhouette se détachait nettement dans la pénombre d'une allée de service du centre commercial.

La brume du matin s'était transformée en crachin, une pluie fine qui s'accrochait à son pantalon et ruisselait sur les épaules de sa veste imperméable.

Il aperçut Laura en train de parler à l'agent Aaron Stewart et se dirigea vers l'endroit où ils se tenaient, à côté d'un deuxième cordon qui les séparait de la tente blanche.

— Que s'est-il passé ? demanda-t-il en s'approchant.

En réponse, Laura pointa le dernier étage du parking et jeta un coup d'œil sous la capuche de son manteau.

— Une femme est tombée du toit.

— Suspect, ou un suicide ?

— Nous ne pensons pas que quelqu'un d'autre soit impliqué, chef...

— Mais ?

— Il y a un témoin qui dit qu'elle pense que la victime était peut-être droguée ou quelque chose comme ça.

— Bon sang.

Barnes leva la tête vers le toit et vit deux techniciens de la police scientifique travailler à côté du parapet en béton.

— Que sait-on de la victime ?

— Elle avait un petit sac à main attaché sur son corps, dit Stewart. Le genre de chose que mes filles emmènent aux concerts ou en boîte de nuit. La plupart du contenu s'est répandu quand elle a heurté le sol, donc l'équipe de Harriet cherche tout ce qui pourrait avoir un rapport avec son identité.

Il fronça le nez.

— Il y a tellement de détritus et de saletés ici, ça prend du temps. Nous avons quand même trouvé un portefeuille avec un permis de conduire. Son nom est Felicity Gregor. Elle vit à une adresse à Wrotham Heath.

— Merde.

Barnes baissa les yeux, les sourcils froncés.

— Tu la connais ? demanda Laura.

— Je la connais de nom. Son père est Peter Gregor. C'est le type qui est censé lancer sa campagne le mois prochain pour être élu préfet de police.

— Oh.

Elle fronça les sourcils.

— Sois prévenue, Hanway, cette affaire pourrait devenir politique.

Il se tourna vers Stewart.

— Quel âge avait-elle ?

— D'après son permis de conduire, elle avait vingt-deux ans, chef.

— Quelqu'un a parlé aux proches ?

— J'ai envoyé deux agents à l'adresse il y a cinq minutes, chef. Ils parleront aux parents s'ils sont là, sinon ils me feront un rapport et nous essaierons de les retrouver avant que les médias n'apprennent ça.

— Merci, Aaron. Et le témoin ?

Laura ouvrit son carnet.

— Margaret Swinton. Cinquante-trois ans, vit à Otham. Elle est restée tard au travail et retournait à sa voiture quand elle a vu la victime debout à côté. Elle dit qu'elle lui a crié dessus, pensant qu'elle essayait de la cambrioler. Elle dit que la femme s'est détournée d'elle, a grimpé par-dessus le parapet et s'est juste... eh bien, elle s'est juste élancée dans le vide.

Barnes déglutit.

— Pas moyen de l'en dissuader ?

— Apparemment pas, chef. Elle n'en a pas eu le temps. Une minute, la femme grimpait par-dessus la barrière de sécurité, la suivante elle avait disparu.

— Et elle est sûre qu'elle a franchi la barrière sans rien dire ?

— Si elle a dit quelque chose, madame Swinton ne l'a pas entendue.

— Et une note de suicide ? Quelque chose ?

— Rien là-haut.

Stewart pointa son pouce vers le toit du parking.

— Remarquez, ça aurait pu s'envoler avec ce temps.

— L'équipe de Harriet n'a pas non plus trouvé de note près du corps, ajouta Laura.

Il se retourna alors que le rabat de la tente bruissait et que le médecin légiste du quartier général émergeait, abaissant son masque après avoir négocié le cordon.

— Je vais organiser l'autopsie pour demain matin, dit Lucas Anderson en guise de salutation. Nous pourrons peut-être déduire ce qu'elle a pris, si elle a pris quelque chose.

— Quelles sont les chances ? demanda Barnes. Certaines des drogues qui circulent de nos jours peuvent disparaître en quelques heures.

Le médecin légiste haussa les épaules.

— Je ne peux que faire de mon mieux, Ian. Je te préviens maintenant, les résultats de laboratoire sont aussi en retard de plusieurs semaines.

Barnes gémit.

— Ian !

Il se retourna en entendant la voix pour voir Harriet émerger de la tente.

La responsable de la police scientifique traversa jusqu'au cordon et brandit un petit sac en plastique scellé dans ses mains gantées.

Une poudre de couleur pâle était scellée à l'intérieur, tassée dans un coin.

— Où est-ce que tu as trouvé ça ? demanda Barnes.

— Caché dans son soutien-gorge.

Harriet fit tourner le sac entre ses doigts.

Laura fit un pas en arrière et leva les yeux vers le parapet.

— Donc elle était peut-être complètement défoncée quand elle a sauté après tout.

— Ok, Aaron, fais enregistrer ça comme preuve. Jusqu'à ce que nous ayons confirmation de ce qu'est cette substance, nous interrogerons toutes les connaissances de Felicity, ses collègues de travail, sa famille, tout le monde. L'un d'entre eux pourrait être capable de nous dire où elle a acheté cette chose.

Barnes fit un signe du menton à Laura.

— Quelqu'un a vérifié ses profils sur les réseaux sociaux ?

Elle montra son téléphone en réponse.

— La plupart de ses comptes sont privés, sauf celui-ci, on dirait qu'elle est impliquée dans une sorte d'entreprise de design d'intérieur.

Barnes plissa les yeux sur la grille de photos montrant des pièces artistiquement aménagées et il souffla dans sa barbe.

— Demain matin, arrange-toi pour avoir accès à tous ses autres profils, et découvre quelle est son implication sur ce compte. Demande à Andy Grey du service de criminalistique numérique de s'en occuper, nous allons être assez occupés comme ça.

— Entendu, chef.

Laura rangea son téléphone puis regarda deux hommes entrer sous la tente blanche avec une civière.

— Une vie gâchée.

Barnes observa le visage pâle et brisé de la femme allongée sur le béton à l'intérieur du rabat de la tente et soupira.

— Tu n'as pas tort, Hanway. Peut-être que nous pourrons découvrir où tout a mal tourné pour elle.

CHAPITRE 11

Lorsque Kay entra dans la salle des opérations le lendemain matin, elle fut surprise par le nombre d'officiers présents.

— Tout ça pour un cambriolage, Ian ? dit-elle en allumant son ordinateur et en s'asseyant en face de Barnes.

Il la regarda par-dessus ses lunettes de lecture, puis lui tendit un rapport agrafé.

— Si seulement. Non, une femme est tombée du haut du parking à étages hier soir. Il s'avère que c'était la fille de Peter Gregor, Felicity.

— Merde.

Kay lui arracha le rapport des mains et parcourut les pages.

— Il a été prévenu ?

— Harry Davis lui a annoncé la nouvelle, à lui et à sa femme, juste avant dix heures hier soir. Il les a retrouvés à un dîner privé au club de golf de Gregor.

— Sharp est au courant ?

— Je l'ai appelé dès que nous avons découvert qui elle

était, dit-il. Il a téléphoné il y a dix minutes pour dire que la circulation est horrible en venant de Gravesend, mais il veut assister au briefing de ce matin, donc on l'attend avant de commencer.

— Que s'est-il passé ?

Elle fronça les sourcils tandis que Barnes la mettait au courant pendant qu'elle parcourait le rapport. Quand il eut fini, elle secoua la tête avec un soupir et le lui rendit.

— Une idée de ce qu'elle a pris ?

— Pas encore. L'autopsie est prévue pour treize heures aujourd'hui, donc nous aurons peut-être plus d'informations après ça.

Kay jeta un coup d'œil aux e-mails sur son écran, se mordit la lèvre puis se décida.

— Ça te dérange si je viens pour l'autopsie ? J'aurai peut-être des idées sur ce que Lucas découvrira.

— Je t'en prie. Harriet a trouvé un sachet de poudre caché dans le soutien-gorge de Felicity, donc ils devront faire les tests habituels pour confirmer ce que c'est si Lucas ne peut pas nous le dire.

— Ça pourrait prendre du temps.

— C'est ce qu'elle a dit, même si je ne peux m'empêcher de penser qu'une fois que Gregor aura contacté le directeur de police ce matin, on nous dira de faire tout notre possible pour découvrir ce que c'est et d'où viennent ces drogues.

— Sans aucun doute.

Kay regarda par-dessus son épaule alors que la porte de la salle des opérations s'ouvrait et que Sharp s'avançait vers eux, son attention sur son téléphone portable tandis qu'il fixait l'écran d'un air renfrogné.

— Bonjour, chef, dit Barnes.

— Ian, Kay.

Sharp rangea son téléphone dans la poche de sa veste et pointa du menton les papiers éparpillés sur le bureau de l'inspecteur.

— J'ai déjà eu la commissaire au téléphone deux fois ce matin, et elle et le directeur de police attendent un compte rendu quand je retournerai à Northfleet ce matin. On commence le briefing ?

— Oui, chef.

Kay suivit les deux hommes vers un second tableau blanc que quelqu'un avait installé à l'avant de la salle des opérations, et se mordit la lèvre en remarquant que le tableau concernant le cambriolage de la clinique vétérinaire avait été poussé sur le côté.

C'était l'équilibre naturel des enquêtes, rien de plus, mais la promesse qu'elle avait faite à Adam la veille au soir lui taraudait la conscience.

Si toute l'équipe concentrait désormais son attention sur la mort de Felicity parce que son père était un candidat politique qui déterminerait leur avenir à tous s'il était élu dans quelques années, alors tout élan menant à l'arrestation du voleur de kétamine serait rapidement perdu.

La voix de Sharp interrompit ses pensées et elle s'appuya contre le mur à côté de Gavin alors que le briefing commençait.

— Quels progrès ont été faits depuis notre conversation d'hier soir, Ian ?

— Andy Grey et son équipe de la police scientifique numérique nous ont fourni une liste d'amis tirée des comptes de médias sociaux de Felicity. Son ordinateur portable était encore chez ses parents et ils nous l'ont remis hier soir, dit Barnes. Nous allons commencer par interroger ceux qui semblent la connaître depuis le plus longtemps, en partant du principe qu'ils sont moins susceptibles d'être de simples connaissances passagères. Ils pourront peut-être nous éclairer sur la façon dont elle s'est impliquée dans la drogue.

— À moins que l'un d'eux ne soit la personne qui les lui a fournies, dit Sharp. Soyez prudents, Ian, vous savez aussi bien que moi qu'ils vous mentiront effrontément s'ils pensent que cela leur évitera un casier judiciaire. Qu'en est-il des tests toxicologiques ?

— Cela pourrait prendre un certain temps avant que nous n'obtenions les résultats, chef, à moins que—

— J'ai compris. Je vais faire remonter l'information et voir quelles faveurs je peux demander pour que ces tests soient effectués plus rapidement.

— Merci, chef.

Sharp fit un geste vers le second tableau blanc.

— Où en sommes-nous avec le cambriolage chez le vétérinaire ?

Gavin leva la main.

— Chef, j'ai parlé hier avec la directrice générale de l'entreprise pharmaceutique, et elle s'arrange pour m'envoyer les images de vidéosurveillance des véhicules qui ont effectué des livraisons au cabinet d'Adam dans les deux mois précédant le vol. De cette façon, j'espère que nous pourrons voir s'il y a une indication que les véhicules ont été suivis pour avoir une idée des habitudes du conducteur.

Il fit une pause et pointa du pouce vers Laura.

— Nous allons retourner examiner les images de vidéosurveillance ce matin. Jusqu'à présent, nous avons éliminé tous ceux que Scott et Stephanie ont identifiés comme des clients connus, beaucoup de ces personnes reviennent chez le vétérinaire depuis des années avec leurs animaux, ce qui a réduit un peu la liste.

— Combien de noms vous reste-t-il à examiner ?

— Environ vingt-cinq, chef. Cela inclut tous les clients sans rendez-vous des trois dernières semaines, les personnes dont les chiens sont tombés malades pendant qu'ils étaient en vacances dans la région, ce genre de choses. Nous allons demander aux agents en uniforme d'appeler aujourd'hui toutes les personnes qui vivent en dehors de la région pour réduire davantage la liste, puis nous commencerons à interroger les personnes restantes dès que possible.

Kay exhala et adressa un sourire à son collègue, reconnaissante qu'il assume le rôle d'enquêteur en charge pour le vol à la clinique vétérinaire pendant que Barnes se concentrait sur la mort de Felicity.

Gavin lui fit un clin d'œil quand il croisa son regard, puis reporta son attention sur Sharp alors qu'il cédait le briefing à Barnes.

— Bien, les tâches pour aujourd'hui concernant l'affaire Felicity Gregor, dit l'inspecteur en parcourant l'ordre du jour de la base de données HOLMES2. Dave et Phillip, pourriez-vous commencer par ses e-mails qu'Andy nous a envoyés ? Signalez tout ce qui mérite un examen plus approfondi, et nous verrons à partir de là. Laura, pourrais-tu travailler avec les agents en uniforme et parler aux amis de Felicity de la liste que nous avons établie ? La plupart d'entre eux sont du coin, et il semble qu'elle en connaisse deux ou trois depuis sa sortie de l'école.

Barnes fit une pause et plia l'ordre du jour en deux.

— Je vais interroger Peter Gregor et sa femme avec Kay ce matin avant l'autopsie pour savoir ce qu'ils peuvent nous dire sur les amis et les relations de Felicity, dans le but de déterminer où elle aurait pu se procurer la drogue et s'ils ont remarqué un changement chez leur fille ces derniers jours.

Kay hocha la tête en réponse, reconnaissante d'avoir maintenant quelque chose à faire plutôt que de s'inquiéter de l'avancement de l'enquête sur le cambriolage dont elle avait été écartée.

Tandis que Barnes faisait le tour du groupe d'officiers rassemblés, distribuant tâches et ordres, elle sentit un coup de coude dans son côté et jeta un coup d'œil sur le côté vers Gavin.

Sa bouche se tordit avant qu'il ne baisse la voix.

— Fais attention, chef. Il va finir par vouloir ton poste à ce rythme-là.

Kay baissa les yeux vers ses pieds et étouffa un ricanement.

— Ne sois pas idiot. Pia le tuerait.

CHAPITRE 12

Kay engagea la voiture dans la voie de décélération et jeta un coup d'œil à Barnes après avoir ralenti derrière un camion articulé.

— On arrive bientôt à l'échangeur de Wrotham Heath, où est la maison ?

Il scruta à travers le pare-brise, puis consulta ses notes.

— À gauche au rond-point, chef. Ensuite à droite au feu. Leur maison est sur Windmill Hill, en haut à gauche près du sommet.

— Merci.

Barnes leva le profil que Debbie West avait compilé pour eux et soupira.

— Elle a presque le même âge qu'Emma. Quel gâchis sanglant...

— Quelque chose d'utile là-dedans ?

— Isobel, sa mère, a dit à Harry hier soir que Felicity est à son compte depuis dix-huit mois, depuis que son compte de design d'intérieur sur les réseaux sociaux a décollé.

Barnes montra une capture d'écran affichant le compte de la femme et des motifs en grille soignés de chambres et de salons incroyablement ordonnés.

— Avant ça, elle travaillait à la caisse d'un des supermarchés locaux après avoir passé son bac.

— Et elle gagne sa vie avec ce compte ?

— On dirait bien. Rien sur le site du registre des sociétés cependant, donc elle opère probablement toujours en tant qu'entreprise individuelle.

Barnes rangea les papiers tandis que Kay quittait l'A20 pour s'engager sur Windmill Hill.

— D'après les notes de Debbie, Felicity gagne de l'argent grâce aux gens qui lui demandent de présenter leurs produits sur son profil, et elle gagne probablement aussi de l'argent grâce aux liens d'affiliation et autres sur sa page de profil et les articles de son blog. Et puis il y a le travail de design d'intérieur proprement dit, bien sûr.

Kay fronça les sourcils, ralentissant en approchant de la maison des Gregor sur le côté gauche de la route sinueuse.

— Combien d'abonnés a-t-elle sur ce compte ?

— Soixante-quinze mille. J'ai vérifié.

— Bon sang.

Elle trouva une place de stationnement sur une aire gravillonnée en face de la propriété en briques rouges et regarda dans le rétroviseur la façade de la maison.

— Ok, étant donné que nous savons que Peter Gregor pourrait être notre prochain préfet, mon conseil est de commencer avec prudence, Ian. Évalue sa réaction à l'interrogatoire et agis en conséquence.

— Ça va être un choc pour eux s'ils ne savaient pas

qu'elle prenait de la drogue, dit-il en ouvrant sa portière et en enfilant sa veste de costume sur ses épaules tandis qu'elle verrouillait la voiture. Je n'imagine pas que ça va bien passer quelle que soit la façon dont on le formule.

— Exactement.

Elle lui adressa un sourire désabusé alors qu'ils traversaient la route.

— Heureusement que je ne vise pas une autre promotion, hein ?

Après avoir poussé un portail en fer forgé à hauteur de taille enchâssé dans un muret bas en pierre, Kay sonna et prit un moment pour réguler sa respiration.

— C'est parti, murmura Barnes au son d'un loquet qu'on soulevait de l'autre côté de la porte.

Kay redressa les épaules tandis qu'un homme ouvrait, les yeux gonflés par le chagrin.

Peter Gregor était une figure imposante, dépassant Kay d'une dizaine de centimètres et de forte corpulence. Sa moustache grisonnante tressaillit à la vue des deux détectives sur le pas de sa porte, puis il s'écarta.

— Susan m'a dit de m'attendre à une visite, dit-il d'une voix rauque. Vous feriez mieux de venir dans le salon, Isobel y est.

Kay nota l'utilisation par Gregor du prénom de la commissaire Greensmith et elle le suivit par une porte à gauche de l'escalier, ses yeux s'adaptant à la pénombre de la propriété classée monument historique avec ses murs lambrissés de chêne.

Interroger les familles des victimes n'était jamais une tâche facile et c'était même l'une des plus désagréables, mais c'était essentiel pour chaque enquête. Cela aidait à humaniser la personne dans son esprit et à ouvrir des pistes d'investigation qu'elle et ses collègues pourraient suivre.

Et pourtant, au fond de son esprit, il y avait cette pensée lancinante qu'elle serait jugée sur la façon dont elle aborderait les prochains moments pour le reste de sa carrière si elle se trompait.

En entrant dans le salon, une femme se leva d'un canapé en cuir trois places au fond près d'une cheminée ouverte, sa silhouette menue enveloppée dans un long cardigan qui lui descendait en dessous des genoux.

— Ma femme, Isobel, dit Gregor.

Il indiqua deux fauteuils en cuir en face du canapé.

— Asseyez-vous.

— Merci.

Kay se présenta ainsi que Barnes à Isobel, puis sortit son carnet et son stylo de son sac. Cela lui donna un moment pour observer son environnement et jeter un coup d'œil furtif aux parents de Felicity.

Tous deux montraient les signes de tension des événements de la veille au soir, et elle se demanda si l'un d'eux avait réussi à dormir depuis leur retour du club de golf.

Elle soupçonnait que non.

— Merci de nous accorder votre temps ce matin, commença Barnes. Je suis vraiment désolé pour votre perte.

Gregor inclina la tête et lui fit signe de continuer.

— Je réalise que nous nous imposons à vous dans un moment très difficile, dit Barnes, et certaines de mes questions pourraient être perçues comme insensibles. Je veux que vous compreniez que tout ce que je vais vous demander a une bonne raison. Je veux comprendre ce qui est arrivé à Felicity autant que vous, et j'espère qu'en faisant cela, nous pourrons apporter quelques réponses sur les raisons pour lesquelles elle est morte dans des circonstances si tragiques.

Isobel renifla et s'essuya les yeux.

— Nous savons tous les deux que vous avez un travail à faire. C'est pourquoi Peter veut contribuer à l'avenir à travers le rôle de préfet, mais c'est aussi pourquoi je peux vous assurer que nous répondrons à toutes vos questions du mieux que nous pourrons.

— Merci.

Barnes joignit ses mains sur ses genoux.

— Parlez-moi de Felicity, comment était-elle comme fille ?

— Heureuse, confiante, agréable à côtoyer...

La voix de Gregor se brisa, et il chercha la main de sa femme.

— Elle était notre unique enfant, donc je suppose que nous l'avons gâtée, surtout après...

— Notre fils, Tristan, est mort quand il avait trois ans, dit Isobel. Des complications de la méningite.

— Je suis vraiment désolée d'entendre ça, dit Kay.

Une douleur monta dans sa poitrine alors qu'elle regardait les deux personnes en face d'elle, leur chagrin palpable. Dans le silence qui suivit leurs paroles, elle entendit le carillon sonore d'une grande horloge quelque part ailleurs dans la maison, ses notes résonnant le long du couloir jusqu'à l'endroit où ils étaient assis.

Barnes s'éclaircit la gorge.

— Nous n'avons pas trouvé de note de suicide avec

Felicity, alors nous nous demandions si elle vous avait donné des raisons de vous inquiéter ces dernières semaines. Semblait-elle déprimée ou préoccupée par quelque chose ?

— Non, rien de tout cela, répondit Isobel avec véhémence. Elle avait ses hauts et ses bas comme nous tous, mais elle ne se serait jamais suicidée...

— La mort de Tristan nous a tous affectés, ajouta Gregor. Felicity avait sept ans quand il est mort et elle était dévastée d'avoir perdu son petit frère. Elle n'aurait jamais sciemment ajouté à notre douleur.

— Il n'y a pas de façon facile de vous dire cela, dit Barnes. Un petit sac contenant une substance en poudre a été trouvé dissimulé dans les vêtements de Felicity hier soir, ce qui nous amène à croire—

— Êtes-vous en train de dire que notre fille se droguait ?

Gregor le fusilla du regard, le menton en avant.

— C'est absurde.

— Tout ce que nous savons pour le moment, c'est qu'elle transportait cette poudre, dit Barnes en gardant une voix posée. Nous n'en saurons pas plus avant l'examen médical. Mais j'aimerais savoir si vous avez eu des inquiétudes à son sujet, peut-être si elle s'est comportée de manière inhabituelle ?

— Pas vraiment.

Isobel fronça les sourcils en regardant son mari.

— Je veux dire, elle a fait de longues heures, mais je suppose que c'est normal quand on dirige une entreprise florissante.

— Vous voulez parler de son travail de décoratrice d'intérieur en ligne ?

— Oui. Isobel a raison, nous l'avons à peine vue ces derniers mois, admit Gregor. J'ai pensé qu'elle travaillait peut-être trop dur, mais quand je lui en ai parlé, elle m'a dit qu'elle devait en profiter tant qu'il y avait de la demande.

— Elle n'était pas bête, détective Barnes. Elle savait à quel point les réseaux sociaux pouvaient être mauvais, ajouta Isobel. Je me demandais si elle ne perdait pas trop de poids, mais chaque fois que je lui proposais quelque chose à manger, elle me disait qu'elle était trop occupée.

— Elle utilisait votre adresse sur son permis de conduire, dit Kay. Vivait-elle ici ?

— Oui.

Isobel fit une pause pour renifler dans un mouchoir.

— Elle utilise… utilisait la salle à manger comme bureau.

Kay jeta un coup d'œil à Barnes, puis regarda à nouveau Gregor et sa femme.

— Cela vous dérangerait-il si j'y jetais un coup d'œil ? Cela m'aiderait à mieux comprendre son travail, et Felicity en tant que personne.

— Je suppose que vous voudrez voir sa chambre aussi.

Gregor se leva et redressa son pantalon.

— C'est ce qu'on vous fait faire habituellement dans des circonstances comme celles-ci, n'est-ce pas ?

Kay se mordit la lèvre et hocha la tête.

— Merci. Peut-être pourriez-vous montrer la chambre à l'inspecteur Barnes, pendant que je regarde son bureau avec madame Gregor ?

Ils suivirent le couple dans le couloir, Barnes montant l'escalier derrière Gregor tandis qu'Isobel conduisait Kay vers l'arrière de la maison.

Elle ouvrit une épaisse porte en chêne et s'arrêta sur le seuil.

— Faites attention à ne pas trébucher, il y a une marche pour descendre dans la pièce.

— Merci.

Kay baissa la tête sous une poutre basse et entra dans l'ancienne salle à manger.

Ce qui avait été autrefois une table formelle pour douze personnes était maintenant jonché d'échantillons de tissu, de photographies Polaroid et de mercerie de toutes les couleurs.

— Elle était si heureuse ici.

Isobel dériva vers une chaise en acajou antique au bout de la table et passa ses doigts sur la surface polie.

— L'ordinateur portable que vos officiers ont pris, elle s'asseyait ici avec, la musique à fond. Peter devait souvent lui demander de baisser le son s'il était dans le bureau d'à côté en train d'essayer de parler au téléphone avec ses propres clients.

La femme s'essuya les yeux et renifla.

— Elle devait vous rendre fiers, dit Kay, s'arrêtant pour examiner certaines des photographies montrant le flair stylistique de Felicity. Elles sont vraiment bonnes.

Isobel réussit à former un petit sourire.

— Nous étions fiers d'elle, détective Hunter. Surtout après la façon dont elle a été traitée au travail, et à quel point elle était perdue avant de commencer à faire cela.

— Oh ? De quelle manière ?

La femme baissa la voix.

— Elle était harcelée. Au supermarché. Peter n'aime pas en parler. Des trucs de femmes, vous voyez. Non, Felicity ne voulait pas quitter son travail, mais on lui a fait sentir qu'elle n'était pas la bienvenue. Elle n'avait pas le choix. Elle ne supportait pas bien ses crampes menstruelles, et sa responsable n'était pas compréhensive qu'elle prenne autant de congés à cause de ça. J'aurais pu comprendre si son patron avait été un homme, mais une autre femme ? On aurait pensé qu'elle aurait été plus compréhensive.

Isobel haussa les épaules.

— Enfin, quand il est apparu que les consultations de design d'intérieur de Felicity décollaient, elle a décidé de se lancer là-dedans à la place.

— Il y a combien de temps qu'elle a quitté son emploi au supermarché ?

— Il y a environ trois mois, je suppose. Oui, c'était ça. Juste après Noël, parce qu'elle voulait profiter au maximum des heures supplémentaires avant de se lancer dans sa propre entreprise.

— A-t-elle gardé contact avec quelqu'un de son ancien travail ?

Le nez d'Isobel se plissa.

— Non. Ce n'était pas nécessaire. Je veux dire, une fois qu'elle est partie, elle a trouvé son propre réseau de soutien parmi ses pairs.

Kay s'éloigna de la table, jeta un dernier regard aux vestiges de la vie de Felicity Gregor, et retint un soupir.

— Merci, madame Gregor. Je pense que c'est tout ce dont j'ai besoin pour l'instant.

CHAPITRE 13

Laura frappa du poing sur le panneau de verre inséré dans la porte d'entrée de la maison mitoyenne, puis jeta un coup d'œil par-dessus son épaule à l'endroit où sa voiture était garée au-delà de l'allée en béton fissuré.

Toutes les maisons de cette rue étaient en mauvais état, et celle partagée par deux des amies de Felicity ne faisait pas exception.

La peinture blanc cassé s'écaillait des rebords de fenêtres, exposant le bois pourri en dessous, le crépi était ébréché et fissuré, et il semblait que plusieurs mois s'étaient écoulés depuis que quelqu'un s'était donné la peine de tondre la pelouse de devant.

Le bruit d'une chaîne attira son attention vers la porte, et elle brandit sa carte de police lorsqu'une femme l'ouvrit, le vrombissement d'un sèche-cheveux se faisant entendre à travers l'entrebâillement.

— Enquêteuse Laura Hanway. J'ai téléphoné ce matin—

Les yeux de la jeune femme d'une vingtaine d'années s'écarquillèrent et elle ôta la chaîne.

— Oui, entrez. Je suis Sarah Avendale.

Elle ferma la porte et indiqua un salon sur la gauche.

— Excusez le désordre. On n'a pas d'inspection du propriétaire avant deux mois, alors...

Laura résista à l'envie de se couvrir le nez lorsqu'elle entra dans la pièce, son état ne lui rappelant que trop bien sa première année à l'université jusqu'à ce qu'elle en ait assez de l'aversion de ses colocataires pour les tâches ménagères et qu'elle trouve un logement ailleurs.

Comme si elle lisait dans ses pensées, Sarah se précipita vers un meuble de télévision, saisit un aérosol et le vaporisa généreusement au-dessus de sa tête.

— Désolée. Le chat a vomi ici ce matin. Vous voulez vous asseoir ?

Elle fit signe à Laura de s'installer dans un fauteuil affaissé avant de se laisser tomber sur un pouf à côté de la télévision.

— Elena va descendre dans une minute, elle sort juste de la douche.

Comme sur un signal, le sèche-cheveux cessa de rugir et Laura entendit des pas à l'étage au-dessus.

Quelques instants plus tard, une grande femme aux cheveux fraîchement lavés apparut à la porte.

— Bonjour, désolée, je suis rentrée il y a seulement quelques heures. Je suis Elena Travis.

Elle adressa un sourire timide avant de traverser la pièce pour s'asseoir sur un canapé deux places sous la fenêtre, puis renifla en s'installant sur les coussins.

— Mon Dieu, pas encore.

Laura sortit son carnet de son sac et prépara son stylo en s'éclaircissant la gorge.

— Donc, au téléphone, Sarah, vous avez dit que vous connaissiez toutes les deux Felicity à l'école ?

— Oui, on s'est retrouvées dans la même classe pour l'anglais en terminale, répondit-elle.

— On s'est tout de suite bien entendues, ajouta Elena. Je n'arrive pas à croire qu'elle soit partie. Surtout comme ça.

Elle frissonna et s'essuya les yeux.

— Ce qu'elle veut dire, c'est que Felicity était toujours la plus raisonnable, expliqua Sarah. À l'époque, Elena et moi, on était...

— Des vrai fouteuses de merde.

Elena sourit.

— Honnêtement, quand je repense à certaines des choses qu'on faisait. Mes pauvres parents...

— Mais pas Felicity, poursuivit Sarah. Elle avait tendance à rester en marge.

— Comment êtes-vous devenues amies ? demanda Laura.

— Elle se faisait harceler, rien de grave, juste mise à l'écart par les autres parce qu'elle était trop snob. Nous, on s'en fichait de ce que les gens pensaient de nous, alors elle s'est un peu accrochée à nous. Je suppose qu'on la faisait paraître bien, ou au moins acceptable aux yeux des autres. Ils l'ont laissée tranquille après quelques semaines à traîner avec nous, expliqua Sarah. Et une fois qu'on a quitté l'école, on ne lui servait plus à rien alors elle nous a larguées.

Laura fronça les sourcils.

— Il y a combien de temps ?

— Environ dix-huit mois, dit Elena. Elle a d'abord commencé à refuser nos invitations à sortir ensemble, on allait toujours en boîte au moins toutes les deux semaines, parfois en ville et parfois dans le coin. On sortait aussi les week-ends et tout, l'une de nous conduisait et on trouvait un endroit sympa pour la journée...

— Puis, comme elle dit, tout s'est arrêté.

Le front de Sarah se plissa.

— On n'a jamais su pourquoi.

— Est-ce qu'il y a eu une dispute, ou quelque chose comme ça ? demanda Laura.

Elena haussa les épaules.

— Elle n'a rien dit de particulier. Elle a juste arrêté de nous parler, puis a arrêté de nous suivre sur les réseaux sociaux pour qu'on ne puisse plus lui envoyer de messages ou savoir si elle allait bien.

— Je suppose qu'une fois qu'elle a commencé à gérer sa propre entreprise, on n'était plus assez bien pour elle.

Les lèvres de Sarah firent la moue.

— En fait, elle a été un peu garce la dernière fois que je lui ai parlé.

— Ah bon ? Comment ça ?

Le stylo de Laura s'arrêta au-dessus de ses notes.

Sarah soupira.

— Je suppose qu'avec le temps, elle a commencé à nous regarder de haut, enfin, moi en tout cas, parce qu'elle n'avait pas les mêmes difficultés que nous. Financièrement, je veux dire. Avec le recul, je pense qu'elle ne traînait avec nous que parce qu'on lui était utiles...

— Comme Sarah l'a dit, elle se faisait harceler quand elle est arrivée à l'école alors elle traînait avec nous pour être protégée, dit Elena sans rancœur. Sarah ici présente ne se laissait marcher sur les pieds par personne, c'est toujours le cas...

À ces mots, sa colocataire laissa échapper un petit rire.

— Mon Dieu, on était terribles à l'époque.

Laura leva les yeux de ses notes et observa les deux femmes.

— Nous avons trouvé un paquet contenant ce que nous pensons être une substance illégale caché dans le soutien-gorge de Felicity hier soir. Saviez-vous qu'elle prenait de la drogue ?

— Felicity ? De la drogue ?

Elena se tourna sur son siège pour regarder sa colocataire.

— Mon Dieu, non. Je n'en savais rien en tout cas.

Sarah plissa le nez.

— Moi non plus. Je veux dire, on en voit tout le temps évidemment quand on sort, mais ça ne m'a jamais vraiment attirée.

— Donc vous n'avez aucune idée de quand elle aurait pu commencer, ou si elle en consommait régulièrement ? demanda Laura. Ou même où elle aurait pu s'en procurer ?

— Non, répondit Elena. Comme on l'a dit, on a perdu contact avec elle. Elle ne voyait personne à l'époque, et je ne sais pas quelle est sa situation maintenant... enfin, quelle était sa situation.

— Est-ce que Felicity parlait déjà de créer sa propre entreprise au moment où vous avez perdu contact ? demanda Laura.

— Non, elle travaillait toujours au supermarché. C'était tout ce qu'elle avait pu trouver, même si elle avait mentionné s'inscrire dans des agences de recrutement pour trouver un travail administratif.

Un triste sourire passa sur le visage de Sarah.

— Je pense qu'elle a toujours considéré que le travail au supermarché était en dessous de son statut et qu'elle était destinée à de plus grandes choses.

— Et c'est ce qui rend sa mort d'autant plus difficile à comprendre.

Elena renifla et s'essuya à nouveau les yeux.

— Felicity n'était tout simplement pas le genre de personne à se suicider.

CHAPITRE 14

Kay se tenait sous le porche en béton de l'hôpital de Derwent Valley et plissait les yeux à travers la pluie tandis qu'une autre ambulance passait en trombe devant elle pour entrer dans les urgences.

Elle se détourna du véhicule lorsque le conducteur en sortit, l'ambulancier vêtu d'une combinaison verte se précipitant à l'arrière pour aider sa collègue à descendre un brancard.

Le bruit des roulettes sur les plaques de béton s'estompa dans le bâtiment tandis que Barnes se hâtait vers elle, son manteau tenu au-dessus de sa tête et ses chaussures éclaboussant les flaques d'eau.

— Je crois que j'ai trouvé la dernière place du parking, marmonna-t-il en baissant son col et en la suivant à l'intérieur.

— Et la plus éloignée, à en juger par ton allure, sourit-elle. Tout est prêt ?

— Autant que possible. Et toi, ça va ?

Kay hocha la tête.

— Je suis juste contente de pouvoir contribuer. Je n'arrête pas de penser que Sharp va m'écarter de la salle des opérations à cause du cambriolage.

Barnes secoua la tête, envoyant des filets d'eau couler le long de son visage avant de sortir un mouchoir en coton pour s'essuyer.

— Il a besoin de toi. Tu sais à quel point nous manquons de personnel en ce moment. En plus, j'imagine que jusqu'au retour d'Adam, tu as besoin de quelque chose pour te distraire, non ?

— Tu me connais trop bien, Ian.

Il sourit en guise de réponse et tint la porte menant à la morgue.

— Je suis content que Gavin garde un œil sur cette enquête aussi. Ça va lui faire du bien.

— Tu as raison, ça va lui faire du bien.

Kay tourna son attention vers un homme élancé debout derrière un petit bureau de réception, concentré sur son écran d'ordinateur.

— Salut, Simon.

— Bonjour, détectives. Allez-y directement dès que vous vous serez enregistrés et que vous aurez enfilé vos tenues, s'il vous plaît, dit l'assistant du médecin légiste sans lever les yeux. Nous avons un emploi du temps serré aujourd'hui, alors Lucas a déjà commencé, j'en ai peur.

— Merci, dit Barnes. À tout de suite, chef.

Une fois que Kay eut enfilé une combinaison de protection, des gants et des surchaussures, elle quitta le vestiaire des dames et traversa une série de doubles portes en acier pour entrer dans une zone fraîche éclairée par des lumières au plafond.

L'odeur l'assaillit lorsque les portes se refermèrent en glissant, et elle fit involontairement un pas en arrière.

Barnes lui lança un regard compatissant par-dessus son masque, puis reporta son attention sur la table d'examen où travaillait Lucas Anderson.

Le médecin légiste s'arrêta, le scalpel en l'air, lorsqu'elle s'approcha.

— Bonjour, Kay. Je disais justement à Ian que votre victime de suicide était plus qu'une simple consommatrice occasionnelle.

Kay fronça les sourcils et s'approcha de l'endroit où il se tenait, près des épaules nues de la femme.

— Des traces d'aiguilles ?

— Non, ici.

Lucas s'écarta des lumières pour que les deux détectives puissent mieux voir et il utilisa son petit doigt ganté pour pointer le nez de Felicity.

— Vous voyez ici ? Le septum est cassé à certains endroits, sous ces plaies. On voit ça dans les cas où les gens sont des consommateurs fréquents de drogues en poudre. Avec le temps, ça brûle la peau et le cartilage. Dans son cas, nous avons trouvé des traces de kétamine dans les échantillons d'urine que nous avons prélevés plus tôt, ainsi que de l'alcool, une combinaison mortelle.

— L'alcool a amplifié l'effet de la drogue, tu veux dire ?

— Il l'aurait considérablement amplifié, oui. À elle seule, c'est un puissant hallucinogène dissociatif. Mélangée à l'alcool, elle aurait provoqué des hallucinations, une perte de conscience de son environnement...

La mâchoire de Kay se crispa.

— Donc c'était une consommatrice régulière ?

— Je dirais que oui.

Lucas indiqua un bol en acier inoxydable sur le côté.

— Sa vessie montre tous les signes du type de dommages causés par la kétamine. Un de mes collègues du service gastro-intestinal de Maidstone dit qu'il fait au moins six cystectomies par an maintenant, toutes à cause de l'abus de drogues. Avant, la plupart de son travail provenait du service d'oncologie.

— Est-ce que Felicity aurait souffert de cela ? demanda Barnes.

— Certainement. Des crampes abdominales, des difficultés à aller aux toilettes.

Lucas soupira.

— Je pense qu'elle aurait dû chercher de l'aide dans les mois à venir, étant donné les dommages que nous constatons dans ses organes internes.

— Cela correspond à ce que sa mère nous a dit à propos du fait que Felicity avait besoin de beaucoup de temps libre au travail à cause de crampes menstruelles, dit Kay.

— Cela aurait du sens. J'imagine que la douleur aurait irradié dans son abdomen régulièrement, plus encore dans les jours suivant immédiatement la prise de drogues.

— Je me demande comment elle était au travail, dit Barnes. Peut-être qu'on devrait parler à son responsable au supermarché.

— Bonne idée. Peut-être que certains de ses collègues là-bas pourraient savoir qui lui fournissait cette substance.

Kay reporta son attention sur Lucas.

— Y avait-il quelque chose dans son dossier médical suggérant des antécédents de dépression ?

— Rien du tout. La dernière fois qu'elle a consulté le médecin de famille, c'était il y a trois ans pour un vaccin antitétanique.

Elle entendit Barnes soupirer derrière son masque, faisant écho à sa tristesse face à une autre vie gâchée.

Pendant que Lucas terminait l'autopsie, ses pensées dérivèrent vers l'attaque contre Adam et le vol de kétamine à la clinique vétérinaire.

Si Gavin et son équipe d'officiers ne parvenaient pas à trouver les responsables avant qu'une nouvelle vague d'hallucinogènes bon marché ne devienne disponible dans la ville du comté, il y aurait encore plus de décès.

Felicity Gregor avait peut-être été la première, mais elle ne serait pas la dernière.

CHAPITRE 15

Barnes ouvrit la porte de la salle des opérations pour Kay et lui emboîta le pas tandis qu'elle slalomait entre les bureaux jusqu'au tableau blanc.

Il déposa les clés de voiture à côté de son clavier d'ordinateur en passant, puis hocha la tête en signe de remerciement lorsqu'elle lui tendit un gros marqueur noir et désigna le tableau.

— Comment veux-tu qu'on aborde ça ? demanda-t-elle tandis qu'il commençait à écrire.

— Ça va être délicat de parler à nouveau aux parents, je pense.

Il fronça les sourcils, puis sortit ses lunettes de lecture de sa poche et examina les autres notes qui recouvraient la surface du tableau avant d'ajouter les points saillants des résultats de l'autopsie.

— Peut-être qu'on devrait essayer de parler d'abord à la mère, Isobel. Je veux dire, c'est elle qui semblait être la confidente de Felicity et c'est elle qui a signalé que

Felicity prenait des congés au supermarché à cause de fortes crampes.

— Je suis plutôt d'accord avec toi sur ce point-là.

Kay croisa les bras et s'appuya contre un bureau proche.

— Au moins, on pourra établir une chronologie de quand elle a pu commencer à prendre de la drogue, mais ça doit faire un moment. D'après ce que disait Lucas, Felicity faisait face à un avenir sombre sur le plan de la santé. Ces crampes n'étaient que le début, son état s'était sûrement dégradé depuis.

— Il faudra aussi essayer de comprendre ce qui, ou qui, l'a poussée à commencer à se droguer, et qui était son fournisseur, dit Barnes.

Il reboucha le marqueur et se retourna pour parcourir la salle des opérations du regard jusqu'à ce qu'il voie Laura debout à côté de son bureau, et il lui fit signe d'approcher.

— Les deux amies à qui tu as parlé ce matin, ont-elles mentionné que Felicity se droguait ?

— Elles ont perdu contact avec elle il y a environ dix-huit mois, mais elles ont confirmé qu'à leur connaissance, elle ne se droguait pas à l'époque.

Laura désigna le tableau blanc du menton.

— Ce sont les résultats de l'autopsie ?

— Oui, on devrait recevoir le rapport complet plus tard cette semaine, dit Barnes, mais il semble que Felicity était une consommatrice régulière de kétamine. Lucas est certain que la combinaison de cela et de l'alcool trouvé dans son système indique qu'elle avait peut-être des hallucinations quand elle est morte.

Il vit Kay se ronger un ongle en écoutant, les yeux fixés sur le tableau.

— Tu vas bien, chef ?

— Oui, marmonna-t-elle en baissant la main. Je pensais juste qu'avec le vol à la clinique vétérinaire, il y a encore plus de cette drogue qui circule maintenant.

— Inspecteur ? Vous avez une minute ?

Barnes se retourna en entendant la voix de Dave Morrison pour voir l'agent en uniforme s'approcher d'eux.

— Bien sûr. Qu'est-ce que tu as trouvé ?

— Les vérifications des antécédents des personnes avec lesquelles Felicity était régulièrement en contact par e-mail et sur ses réseaux sociaux, gracieuseté de l'équipe d'Andy Grey à Northfleet.

Morrison leur tendit à chacun une page photocopiée.

— Voici un résumé de ceux par lesquels je pense qu'on devrait commencer. Il y a un fournisseur local de matériaux à qui elle envoyait un e-mail au moins une fois par semaine, et Andy a aussi réussi à reconstituer sa liste de clients. Il y a quatre clients actifs en ce moment pour lesquels Felicity créait des briefs de design, et deux qui lui doivent de l'argent pour des services de décoration d'intérieur qu'elle a terminés le mois dernier. Il travaille encore sur les relevés de son téléphone portable.

— C'est une liste exhaustive. Bon travail, dit Kay. Comment veux-tu qu'on se répartisse ça, Ian ?

Barnes se gratta le côté du nez.

— Dave, tu peux appeler les deux clients qui doivent de l'argent et peut-être leur rendre visite si tu penses que les conversations le justifient ?

— Je m'en occupe.

— Merci, ça nous laisse donc les quatre clients actifs...

— Je peux m'occuper de deux d'entre eux, Ian, dit Laura. Je peux leur parler entre deux visionnages des images de vidéosurveillance de la clinique vétérinaire, si Gavin n'y voit pas d'inconvénient...

— Parle-lui, assure-toi qu'il est d'accord pour que tu partages ta charge de travail entre nous deux, dit Barnes. Kay et moi nous occuperons des deux autres clients demain matin alors.

— Et les relevés bancaires ? dit Kay. Ils sont arrivés ?

— Ils sont sur mon bureau.

Morrison retourna en trottinant à son siège, ramassa une pile de documents et les leur tendit.

— Vous pouvez voir d'après les soldes récapitulatifs en haut que Felicity ne s'en sortait pas aussi bien qu'elle le laissait entendre sur les réseaux sociaux. Vous avez là un compte courant avec une capacité de découvert épuisée et j'ai aussi vérifié son relevé de carte de crédit, elle était à quelques centaines de livres de la limite, et n'effectuait que le remboursement minimum chaque mois.

Barnes grimaça en regardant par-dessus l'épaule de Kay.

— On dirait que la plupart de son argent passe dans des vêtements. Je reconnais certains de ces noms de magasins.

— Quand j'ai regardé son profil sur les réseaux sociaux pour son entreprise, elle ne porte jamais deux fois les mêmes vêtements, dit Laura. Je pensais qu'elle les avait peut-être empruntés ou achetés d'occasion...

— Pas d'après tout ça, non.

Kay croisa son regard en rendant les relevés bancaires à Morrison.

— En plus de ça, elle finançait une sérieuse dépendance à la drogue. Je vais me renseigner discrètement auprès d'Isobel Gregor pour savoir si Felicity contribuait aux factures quand elle vivait à la maison, et voir si elle est au courant d'autres sources de revenus.

— D'accord, merci.

Barnes se retourna et balaya du regard la myriade de notes sur le tableau blanc avant de soupirer.

Il semblait que plus ils découvraient de choses sur le mode de vie de Felicity Gregor, plus les questions se multipliaient.

— Et on n'a aucune foutue réponse, marmonna-t-il.

CHAPITRE 16

Laura repoussa son clavier d'ordinateur et tendit la main vers son café, fronçant le nez en réalisant qu'il était devenu froid pendant qu'elle travaillait.

Elle frotta ses yeux fatigués, puis se pencha en avant et appuya sur le bouton « lecture » à l'écran, tout en jetant un coup d'œil à l'horloge dans le coin en bas à droite.

— Au revoir, Laura.

Levant les yeux alors que Debbie passait avec son sac sur l'épaule, elle parvint à esquisser un petit sourire.

— Tu travailles demain ?

— J'ai un jour de repos programmé, mais je reviens le jour d'après. J'ai aussi réussi à me faire affecter au service de week-end ici.

L'agente en uniforme sourit.

— C'est mieux que d'être dehors en ville un samedi soir.

— Ok, à bientôt alors.

— Au revoir.

Laura regardait déjà les images défiler sur l'écran au

moment où Debbie s'éloignait, désireuse d'atteindre les trois quarts de la liste des fichiers qui attendaient encore d'être évalués avant qu'elle ne parte pour la journée.

Elle posa son menton dans sa main, décidant de regarder trois fichiers de plus avant de se faire une autre tasse de café, et elle s'installa pour regarder.

Selon l'horodatage qui clignotait en haut de l'écran, l'enregistrement datait de lundi en fin d'après-midi à la clinique. Laura accéléra la lecture pour regarder à double vitesse et elle se pencha en avant alors qu'Adam et ses collègues s'occupaient de leurs clients et de leurs animaux.

La clinique prenait soin d'une grande variété d'animaux, et Laura savait grâce aux informations fournies par Scott Mildenhall qu'il était sorti pour ses visites locales pendant qu'Adam s'occupait de la clinique en fin d'après-midi.

C'était une période chargée, et trois clients avec leurs animaux attendaient dans la zone d'accueil lorsqu'une femme entra en tenant une cage de transport pour chat et s'approcha de Stephanie.

La réceptionniste parla avec la femme pendant quelques instants, puis lui fit signe de s'asseoir près de la fenêtre de devant et lui tendit un bloc-notes.

Laura savait, pour avoir regardé les enregistrements précédents, que des formulaires pour nouveaux patients étaient attachés au bloc-notes, et elle réprima un bâillement tandis que la femme prenait place face aux salles de consultation, posait la cage à ses pieds et baissait la tête pour se concentrer sur sa tâche.

Quelques instants plus tard, elle retourna au bureau et rendit le formulaire rempli.

En s'asseyant, la femme se pencha vers la cage et tapota sur la porte grillagée, puis se redressa lorsque l'homme à côté d'elle avec le plus gros berger allemand que Laura ait jamais vu fut appelé.

Un par un, Adam s'occupa des patients, et Laura remarqua que, même si Stephanie l'avait informée qu'ils allouaient des créneaux de vingt minutes à chaque animal, il prenait souvent plus de temps, sortant avec les clients et leur offrant une tape rassurante dans le dos ou riant et plaisantant pendant qu'ils payaient.

— Comment ça se passe ?

Laura sursauta en entendant la voix de Gavin et mit l'enregistrement en pause.

— Bien. Je comptais regarder celui-ci et m'arrêter là pour la journée après avoir mis à jour mes notes sur HOLMES2, et toi ?

— Je commence à loucher à force de regarder les séquences des camions de livraison de l'entreprise pharmaceutique.

Il sourit et prit sa tasse de café à moitié vide.

— Tu en veux un autre ?

— Allez, vas-y, si tu en prends un. Merci.

Elle relança l'enregistrement et regarda la file de patients se dissiper.

Finalement, il ne restait plus que la femme arrivée tardivement et une femme plus âgée avec une autre cage pour chat jusqu'à ce qu'Adam réapparaisse et fasse signe à son avant-dernière cliente.

La dernière arrivée les regarda disparaître dans la salle de consultation de gauche et se rongea un ongle, puis elle se leva subitement, prit la cage de transport et se précipita vers la porte d'entrée.

Laura fronça les sourcils, son doigt suspendu au-dessus du bouton de sa souris alors qu'elle regardait Stephanie se lever et marcher vers la porte, appelant la femme avant de retourner à son bureau, l'air perplexe.

— Tout va bien ?

Gavin posa une tasse de café fraîche sur son bureau et resta debout près d'elle.

— Tu as l'air confuse.

— Je le suis.

Elle appuya sur le bouton de retour en arrière sur l'écran et fit un geste vers une chaise proche.

— Approche-toi et jette un coup d'œil à ça.

Son collègue fit rouler la chaise et s'y laissa tomber, manquant de renverser du thé sur lui avant d'en prendre une gorgée prudente et de pointer sa tasse vers l'écran.

— Lance-le, je suis prêt.

Laura ralentit la lecture et tapota du pied pendant que Gavin regardait l'enregistrement, ses yeux cherchant tout ce qu'elle aurait pu manquer la première fois.

Quand ce fut fini, son collègue leva un sourcil.

— À quoi penses-tu ?

— Elle semblait agitée quand elle est arrivée, ce qui est compréhensible si son chat était malade et qu'elle essayait d'obtenir un rendez-vous au pied levé.

Sur l'écran, Stephanie retournait à son bureau alors que la porte de la salle de consultation s'ouvrait et que l'homme avec le berger allemand en sortait, suivi d'Adam.

Laura mit l'enregistrement en pause et se tourna vers Gavin.

— Si c'était urgent, pourquoi partir à ce moment-là ? Si elle avait changé d'avis, pourquoi attendre que le dernier patient entre ?

— Peut-être qu'elle a décidé que ce n'était finalement pas urgent.

— Peut-être.

— Tu n'as pas l'air convaincue.

— Je ne le suis pas. Pas encore.

Laura regarda sa montre puis prit son téléphone portable et fit défiler sa liste d'appels récents jusqu'à trouver celui de la clinique vétérinaire.

On répondit à son appel au bout de deux sonneries.

— Stephanie, c'est l'enquêteuse Laura Hanway. Désolée de vous déranger au milieu des rendez-vous, mais je regarde les images de vidéosurveillance de lundi après-midi et je me demandais si vous connaissiez la femme qui est arrivée en retard mais qui est partie avant que son rendez-vous ne soit appelé... Vous ne la connaissez pas ? D'accord, avez-vous gardé par hasard le formulaire de nouveau patient qu'elle a rempli ? Fantastique... oui, si vous pouviez, ce serait génial. Merci.

Mettant fin à l'appel, elle ouvrit ses e-mails et retint son souffle.

— J'imagine qu'elle va l'envoyer ? dit Gavin.

— D'un moment à l'autre. Elle doit juste le scanner d'abord.

Laura tambourina des doigts sur le bureau, incapable de contenir son impatience.

— Voilà, c'est arrivé.

Elle cliqua sur le nouveau courriel en haut de l'écran et ouvrit la pièce jointe.

— Daisy Stiles.

Gavin sortit son carnet et copia l'adresse du formulaire.

— Essaie le numéro de portable qu'elle a donné.

Laura le composa, puis secoua la tête.

— Il n'est pas actif. Le message dit qu'il n'est pas reconnu.

— Ok, et les listes électorales ? On peut au moins vérifier si l'adresse est correcte.

— Attends.

Laura rapprocha son clavier, ouvrit un nouvel onglet dans le navigateur Internet et tapa dans la case de recherche.

— Ok, je l'ai trouvée. On dirait qu'elle vit avec ses parents. J'ai une Sharon et un Kevin Stiles à la même adresse.

Elle jeta un coup d'œil à Gavin.

— Tu veux qu'on aille lui rendre visite ?

Gavin sortit ses clés de sa poche et fit un geste vers la tasse de café à côté de son clavier.

— Ça valait la peine de t'en faire un...

— Je te revaudrai ça.

Elle sourit et tendit la main.

— Je conduis.

CHAPITRE 17

Vingt minutes plus tard, Gavin détacha sa ceinture de sécurité tandis que Laura se garait devant une élégante maison mitoyenne à la périphérie de Maidstone.

Une allée soignée traversait une pelouse bien entretenue, et lorsqu'il appuya sur la sonnette, il remarqua que la porte avait reçu une couche récente de vernis.

La rue était bien éclairée et, pendant qu'il attendait que quelqu'un réponde, il se retourna pour regarder les propriétés voisines, apercevant les traits pâles de Laura dans la lueur d'une lumière qui s'alluma au-dessus avant qu'un verrou ne soit tiré.

Une femme d'une cinquantaine d'années jeta un coup d'œil, les yeux pleins de suspicion.

— Qui êtes-vous ?

— Madame Stiles ? Enquêteur Gavin Piper, et ma collègue l'enquêteuse Laura Hanway. Est-ce que Daisy vit ici ?

— Daisy ? Oui, elle vit ici. Que se passe-t-il ?

— Pouvons-nous entrer ? Ce serait plus facile que de rester sur le pas de la porte.

— Je suppose que oui.

Elle recula d'un pas, leur fit signe d'entrer et ferma la porte alors qu'une ombre apparaissait en haut des escaliers.

— Maman ? Que se passe-t-il ?

Sharon Stiles croisa les bras sur son abdomen et répondit par-dessus son épaule.

— La police est là. Ils veulent nous parler.

Gavin jeta un coup d'œil par-dessus son épaule en entendant un miaulement indigné et il vit un chat tigré sortir en trombe d'un salon qu'il apercevait par une porte ouverte à sa droite. L'animal se précipita vers la cuisine.

Des bruits de pas attirèrent son attention vers les escaliers, et la femme des images de vidéosurveillance releva le menton en descendant.

— La police ? Pour quoi ?

Il nota une pointe d'anxiété dans sa voix et sourit.

— Juste quelques questions de routine avec lesquelles nous espérons que vous pourrez nous aider dans le cadre d'une enquête en cours. Êtes-vous Daisy Stiles ?

— Oui, c'est moi.

Elle repoussa une mèche de cheveux derrière son oreille avant d'adopter la même posture que sa mère.

— Quelle enquête ?

— Nous pouvons nous asseoir et en discuter ?

— Venez par ici.

Sharon Stiles fit un geste vers le salon avant de montrer le chemin, mais pas avant que Gavin n'ait surpris le regard échangé entre les deux.

Il était évident que Daisy aurait des explications à donner une fois que lui et Laura auraient terminé, mais il remarqua que, malgré cela, elles s'assirent l'une à côté de l'autre sur le canapé.

Il prit place dans un fauteuil en cuir face à une télévision tandis que Laura restait debout, son carnet ouvert.

— Tout d'abord, Daisy, pouvez-vous confirmer que c'est vous ?

Il sortit une impression de l'image de vidéosurveillance du cabinet vétérinaire et la tendit à la jeune femme.

Elle se pencha, déglutit, puis hocha la tête.

— Oui, c'est moi.

— Pourquoi êtes-vous allée là-bas ?

Daisy cligna des yeux.

— J'étais inquiète pour Lily, le chat que vous venez de voir.

— Quel âge a Lily ?

— Pardon ?

— La chatte, quel âge a-t-elle ?

— Douze ans et demi.

— Vous êtes nouvelles dans le quartier ?

Les deux femmes secouèrent la tête.

Sharon se pencha en avant.

— Mon mari et moi avons vécu dans la région toute notre vie. Pourquoi ?

— Où emmenez-vous habituellement Lily quand elle est malade ?

— Chez le vétérinaire près de Downswood.

Sharon fronça les sourcils.

— Détective Piper, je ne suis pas sûre de comprendre pourquoi—

— Si le vétérinaire habituel de Lily est à Downswood, pourquoi l'avez-vous emmenée au cabinet vétérinaire Turner à la place, Daisy ?

— Le cabinet habituel était occupé et a dit qu'ils ne pourraient pas la voir avant le lendemain matin... J'ai paniqué alors je l'ai simplement emmenée là-bas au cas où je pourrais avoir un rendez-vous.

— Tu ne m'as pas dit que Lily était malade.

Le ton de Sharon était accusateur lorsqu'elle se tourna vers sa fille.

— J'étais juste inquiète pour elle pendant que tu étais absente, Maman. Elle n'a rien mangé pendant vingt-quatre heures, et elle ne fait jamais ça, n'est-ce pas ? Honnêtement, vu sa taille, on se demande où elle met tout ça.

Elle se tourna vers Gavin et sourit.

— C'est pour ça que ça semblait si inhabituel pour elle.

— Et pourquoi êtes-vous partie avant votre rendez-vous ?

Un haussement d'épaules cette fois.

— Je ne sais pas. Je suppose que je pensais être bête, que j'avais exagéré.

Elle renifla.

— Je me suis dit que je finirais par payer beaucoup d'argent pour rien.

— Bien.

Gavin fit une pause, prenant un moment pour regarder

les photos de famille encadrées sur le mur d'en face avant de reporter son attention sur la jeune femme.

— Juste une dernière question, Daisy. Une question standard dans des cas comme celui-ci : où étiez-vous entre seize heures et dix-neuf heures trente il y a deux jours ?

— Je suis allée chercher Maman et Papa à Gatwick. Leur vol devait arriver à quinze heures trente—

— Nous avons été retardés de plus d'une heure, dit Sharon, donc nous n'avons pas atterri avant dix-sept heures…

— Et bien sûr, ensuite, nous sommes restés coincés dans les embouteillages en revenant par la M25.

Daisy haussa les épaules.

— Je pense que nous sommes finalement rentrés à la maison vers vingt et une heures ce soir-là.

— Oui, juste après vingt et une heures, ajouta sa mère. J'étais impatiente de boire une tasse de thé à ce moment-là, je peux vous le dire.

Laura retint un soupir et rangea son carnet dans son sac.

— Eh bien, merci pour votre temps.

— J'espère que vous trouverez les responsables, dit Sharon en les raccompagnant à la porte. Nous étions tellement bouleversés quand nous avons appris que ce vétérinaire avait été blessé.

— Merci, madame Stiles.

Laura suivit Gavin jusqu'à la voiture et se glissa derrière le volant.

Avant de tourner la clé dans le contact, elle jeta un coup d'œil à la maison des Stiles et se mordit la lèvre.

— Retournons au poste, alors, dit Gavin en se laissant

tomber sur le siège passager et en claquant la portière. On va rédiger ça et en finir pour aujourd'hui.

— Ok.

— Ne sois pas si abattue. Tu sais comment c'est, on va continuer à creuser jusqu'à ce qu'on trouve quelque chose. On y arrive toujours.

CHAPITRE 18

— Ah, ça va mieux.

Adam fit claquer ses lèvres et posa le bol de soupe vide sur la table basse, puis tendit la main vers un flacon de pilules à côté d'un verre d'eau et lut la posologie sur le côté.

— Je laisserais passer une demi-heure avant de prendre ça, si j'étais toi, dit Kay en ramassant son bol avec le sien et en s'arrêtant à la porte du salon.

Il sourit et fit tomber deux comprimés du flacon.

— Ceux-ci ne posent pas de problème. Fais-moi confiance, je suis vétérinaire.

— Tu as besoin d'autre chose ?

— Ça va. Peut-être une canette de soda. Tu vas prendre un verre de vin ?

— J'allais attendre que tu puisses en prendre aussi. Je suis censée perdre un peu de poids avant nos vacances.

— Tu n'as pas besoin de perdre du poids, et ne t'inquiète pas pour moi. Prends un verre.

Il lui fit un clin d'œil.

— Je ne vais pas bouder.

Kay rit, puis se dirigea vers la cuisine.

Après avoir chargé le lave-vaisselle et l'avoir mis en marche, elle alla chercher leurs boissons et retourna à pas feutrés dans le salon, se blottissant contre Adam pendant qu'il zappait.

— Pas de nouvelles du cambriolage ? demanda-t-il.

— Pas encore. Mais Gavin fait de son mieux, et on essaie tous d'aider comme on peut.

— Et ton affaire ?

— C'est encore tôt.

Kay se redressa en entendant la sonnette.

— Tu attends des nouvelles ? demanda Adam.

— Non, ils m'auraient appelée si c'était urgent. Ils savaient que j'allais te chercher et te ramener à la maison, et c'est Barnes qui est de garde cette semaine.

Perplexe, elle posa son verre sur la table et coupa le son de la télévision avant de se précipiter dans le couloir et de déverrouiller la porte.

Laissant la chaîne en place, elle l'ouvrit pour voir Scott sur le pas de la porte.

Avant qu'elle ne puisse ouvrir la bouche pour parler, il posa un doigt sur ses lèvres et fit un geste vers ses pieds.

Un grand Golden Retriever au museau grisonnant lui souriait, la langue pendante. Il haletait d'excitation tandis que sa queue frappait contre les chaussures de Scott.

— Scott ? Tout va bien ?

Kay détacha la chaîne et ouvrit la porte plus grand, incapable de cacher la confusion dans sa voix.

— Absolument, répondit-il en franchissant le seuil.

Stephanie m'a dit que tu ramenais Adam à la maison ce soir.

— Oui, mais...

— Par ici, mon vieux, appela Adam.

Scott lui fit un clin d'œil, puis agita la laisse en cuir dans sa main, faisant tinter le collier du chien.

— Oh, je te présente Oscar au fait.

— Bonjour, Oscar. Entre, Scott. Tu veux boire quelque chose ?

— Non, ça va, merci. Je ne vais pas rester longtemps, j'ai promis à ma copine que je cuisinerais ce soir.

Kay ferma la porte alors qu'il disparaissait dans le salon et elle secoua la tête, essayant de se rappeler si elle savait que Scott avait un chien, tout en se demandant ce que le partenaire d'Adam mijotait.

Lorsqu'elle arriva dans le salon, il était assis dans le fauteuil à côté de la bibliothèque tandis qu'Adam faisait des câlins à Oscar, qui avait élu domicile à côté de lui sur le canapé.

— On pense qu'il a un peu mal aux pattes arrière, tu vois, disait Scott. Il a l'air d'aller bien, mais son propriétaire insiste sur le fait qu'il ne mange pas correctement et qu'il n'est pas en forme. Ils ont dû partir en urgence au Pays de Galles pour une affaire de famille, alors j'ai accepté de m'occuper de lui pendant leur absence.

Il sortit de sa poche un petit flacon de pilules.

— Je lui donne une faible dose d'antidouleurs pour le moment pour voir si ça l'aide, mais si ça ne marche pas, je ferai d'autres tests. Avec tout ce qu'on a en ce moment, je me demandais si ça ne te dérangerait pas de le garder à l'œil quelques jours pour moi ? J'apprécierais ton avis.

— Bien sûr.

Adam baissa son visage vers le chien tout en lui ébouriffant les oreilles.

— Tu veux rester ? Hein ? On va trouver ce qui ne va pas ?

Oscar lui lécha le nez, puis s'affaissa promptement dans les coussins et posa ses pattes avant sur les jambes d'Adam.

— Euh, je ne suis pas sûre que ce soit une bonne idée, dit Kay en regardant tour à tour Adam et Scott. Je veux dire, tu es censé te reposer. L'infirmière qui a rempli tous les papiers de sortie tout à l'heure a beaucoup insisté là-dessus.

— Je vais juste le nourrir et le surveiller pendant qu'il termine ce traitement, dit Adam. On a plein de nourriture pour chien en réserve dans le carton sous l'escalier depuis la dernière fois qu'on a gardé un chien, donc ce n'est pas un problème. Et il a le jardin pour se promener, donc je n'aurai pas à le sortir si je ne me sens pas d'attaque.

Elle entendit la note de désespoir dans ses paroles et soupira.

— D'accord, voyons comment ça se passe. Je vais chercher le lit et tout ce qu'on garde dans le garage.

Quand elle revint, Scott était en train de mettre Adam au courant de la liste des rendez-vous qu'ils avaient eus à la clinique vétérinaire pendant son absence, et son compagnon écoutait avec attention, donnant son avis sur certaines des procédures les plus compliquées que Scott avait prévues pour le reste de la semaine.

— Bon, voilà un panier qui devrait être assez grand, dit Kay en laissant tomber le tapis moelleux sur le sol à côté des étagères. J'ai trouvé des gamelles pour la nourriture et l'eau que j'ai mises dans la cuisine, et aussi quelques jouets en peluche.

Elle fit couiner une tortue en peluche verte, et Oscar glissa du canapé et s'approcha pour lui arracher le jouet des mains avant de le porter jusqu'à son panier.

— Eh bien, il est installé alors, dit Adam. C'est bon signe.

— En effet.

Scott regarda sa montre, puis se leva.

— Bon, il faut que j'y aille sinon je vais avoir des ennuis.

— Merci d'être passé, et pour la mise à jour.

— Pas de problème. J'espère que tu te sentiras mieux bientôt.

Adam sourit, s'approcha du panier du chien et s'accroupit à côté d'Oscar avant d'entamer un jeu de tir à la corde avec la tortue.

— Je suis sûr que je serai de retour la semaine prochaine.

— Ah non, certainement pas, dit Kay. Deux semaines, a dit le médecin. Pas une.

Scott sourit.

— Sur ce, il vaut mieux que j'y aille.

— Je te raccompagne, dit Kay.

Elle vérifia par-dessus son épaule qu'Adam était occupé à câliner le chien, puis fit sortir le jeune vétérinaire dans le couloir, ferma la porte du salon et croisa les bras sur sa poitrine.

— Scott, je sais que tu es débordé à la clinique, mais je ne pense pas que ce soit le moment de demander à Adam de s'occuper d'un chien malade. Il est censé se reposer.

— Ce n'est pas ce que tu crois.

— Qu'est-ce que tu veux dire ? Qu'est-ce qui ne va pas avec lui ?

— Rien.

Scott fit un clin d'œil.

— J'ai emprunté Oscar à un copain pour quelques jours. Je me suis dit que ça pourrait aider Adam à se changer les idées un peu. Soyons honnêtes, il va nous rendre fous tous les deux s'il reste coincé à la maison autrement, non ?

— Et les médicaments ?

— Ils sont faux. Stephanie les a fabriqués à la maison cet après-midi en broyant des biscuits pour chien et en les recuisant. Crois-moi, Adam n'aura aucun mal à faire prendre ça à Oscar.

— Tu es un homme terrible, Scott Mildenhall.

Kay étouffa un rire avant de passer son bras sous le sien et de le diriger vers la porte d'entrée.

— S'il l'apprend un jour...

CHAPITRE 19

Laura noua ses longs cheveux en chignon à la base de sa nuque, ajusta sa veste et se dépêcha le long du trottoir étroit qui bordait le parc du quartier.

Une brume matinale s'accrochait aux bords, adoucissant les contours d'un pub et d'une rangée de petites maisons mitoyennes de l'autre côté.

La maison qu'elle cherchait était cachée derrière un haut mur de pierre et séparée de la route par une épaisse porte en bois avec une alarme de sécurité à côté.

Elle appuya sur le bouton sous l'interphone et recula de surprise lorsqu'une voix féminine aboya depuis le haut-parleur.

— Qui est-ce ?

— L'enquêteuse Laura Hanway, dit-elle. Je me demandais si je pouvais parler à Angela Tasker au sujet de Felicity Gregor.

Un silence suivit ses mots.

— Très bien. Poussez la porte. Suivez le chemin jusqu'à l'arrière de la maison.

Après avoir suivi les instructions de la femme, Laura zigzagua le long d'un chemin en ardoise et leva les yeux vers la maison classée monument historique.

Les branches nues et austères d'une glycine s'enroulaient autour du porche au-dessus de la porte d'entrée et de l'une des fenêtres, et un filet de fumée s'échappait d'une cheminée en brique rouge.

Laura frissonna et serra sa veste autour de ses épaules alors qu'un vent froid tournoyait sur le côté de la propriété, puis elle se dépêcha de contourner l'angle jusqu'à la porte de derrière.

Une femme d'une soixantaine d'années avait sa main sur l'encadrement, son expression traduisant de l'impatience.

Laura força un sourire.

— Merci de me recevoir à l'improviste, madame Tasker.

— Allez, faites vite. Vous allez laisser sortir toute la chaleur. Et appelez-moi Angela.

— Désolée. Merci.

Laura passa devant la femme, surprise par sa taille, et se retrouva dans une cuisine énorme.

Une cuisinière occupait la majeure partie du fond de la pièce, créant une atmosphère chaleureuse qui lui réchauffa immédiatement les joues. Une grande table ronde en pin placée sur un côté était couverte de journaux parsemés de morceaux de porcelaine brisés.

— Vous avez interrompu mon travail, détective. Venez dans le salon.

Laura suivit la femme le long d'un couloir étroit, son regard balayant les vases antiques et les vieilles peintures à l'huile tout en essayant d'éviter de heurter quoi que ce soit, puis elle entra dans l'une des pièces de devant.

Une énorme cheminée à manteau était le point focal de ce grand espace, et Angela fit signe vers l'un des deux canapés disposés de chaque côté de l'âtre.

Elle s'assit et entendit un miaulement indigné avant qu'un chat noir ne se faufile sous une table basse en bois chargée de magazines brillants.

Angela le prit sur ses genoux et s'installa confortablement dans les coussins.

— Posez vos questions, alors.

Après avoir passé en revue les préliminaires d'un entretien avec la femme, Laura retrouva une routine familière, sa confiance s'infiltrant à nouveau dans sa voix.

Angela semblait apprécier le processus, son irritation initiale s'atténuant tandis qu'elle réfléchissait à chaque question avant de répondre.

— Comment avez-vous appris l'existence de l'entreprise de décoration d'intérieur de Felicity Gregor ?

— Pas par ce truc d'Insta-machin, comme vous l'avez sûrement deviné. Non, j'ai su ce qu'elle faisait par sa mère, Isobel. Une fois que j'ai fait l'erreur de demander comment se passait la nouvelle entreprise de Felicity, c'était fini. Je voulais juste être polie.

— Avez-vous demandé à Felicity de faire des travaux de décoration d'intérieur pour vous ?

— Oui, et c'était une erreur. Elle n'était vraiment pas si douée.

Le nez de la femme se plissa.

— Pas pour ce qu'elle facturait.

— Oh ?

— Des illusions de grandeur, celle-là.

Angela haussa les épaules.

— Mais que pouvais-je faire ? Sa mère m'avait demandé de lui passer commande pour l'aider. Je suppose qu'elle pensait que si Felicity pouvait prendre des photos de ce qu'elle avait fait ici, ça pourrait aider son entreprise à décoller. Même si je pense qu'il lui manquait un certain talent naturel.

— Depuis combien de temps connaissez-vous sa mère ?

— Nous sommes allées à l'université ensemble. Nous avons étudié l'anglais à Oxford.

Angela soupira, son regard dérivant vers le feu ouvert.

— Ça semble être il y a une éternité maintenant. Pauvre Izzy. Perdre une fille comme ça.

— Quand Felicity a-t-elle effectué les travaux pour vous ?

— Elle a terminé il y a deux semaines.

Laura prit un moment pour regarder autour de la pièce, puis fronça les sourcils.

Angela leva la main avant qu'elle ne puisse parler.

— J'ai remis la pièce comme elle était dès qu'elle est partie. Les couleurs affreuses qu'elle a utilisées. Terribles.

Elle soupira.

— Enfin, tant que ça a aidé, je suppose. Remarquez, je me serais bien passée de la facture après coup.

— Elle s'attendait à ce que vous payiez pour l'avoir aidée ?

— Eh bien, elle n'a jamais su que sa mère me l'avait demandé.

Angela fit claquer sa langue.

— Non, c'était l'idée d'Isobel. J'ai téléphoné à Felicity pour prendre rendez-vous. Avant que je ne m'en rende compte, la fille était arrivée avec de nouveaux coussins et des bibelots, et bien sûr je vais devoir payer, surtout maintenant.

Laura mit à jour ses notes avant de regarder à nouveau la femme.

— Serait-il juste de dire, alors, que Felicity était peut-être meilleure en vente qu'en exécution d'un projet de décoration d'intérieur ?

Angela rit.

— C'est une façon très diplomatique de présenter les choses, détective, mais oui, je dois être d'accord là-dessus. Ça va sembler horrible dans les circonstances, mais je ne voyais pas son entreprise durer longtemps. Ça me semblait plus être un caprice. Quelque chose à faire pour avoir l'air occupée, plutôt que d'être réellement occupée.

— Quand avez-vous vu Felicity pour la dernière fois ?

— Hmm. Je dirais que c'était lundi de la semaine dernière. Elle a déposé un autre plaid affreux à draper sur le canapé où vous êtes assise.

Angela renifla.

— Dieu merci, je n'avais pas encore enlevé tout ce qu'elle avait fait le vendredi précédent, et c'était uniquement parce que j'étais occupée avec mon propre travail ce week-end-là. Je n'ose pas imaginer ce qu'elle aurait dit.

— Et quel genre de travail faites-vous ?

— Je restaure de la porcelaine ancienne pour des propriétaires maladroits ces jours-ci, détective. Et j'ai géré l'entreprise de restauration de meubles de mon mari pendant trente ans avant sa mort.

Un sourire malicieux traversa les lèvres de la femme.

— Donc vous voyez, détective, j'ai un certain œil pour la décoration d'intérieur. Je sais quand on m'a eue.

CHAPITRE 20

Kay attacha sa ceinture tandis que la barrière du parking se levait et que Barnes engageait la voiture dans la circulation qui rampait le long de Palace Avenue.

Elle sortit son carnet de son sac et trouva la page avec les détails du client de Felicity qu'ils devaient rencontrer et elle les lut à son collègue.

— Il vaut mieux prendre l'autoroute, Ian, ce sera plus rapide que de se battre avec le périphérique ce matin.

— Ok.

Il mit son clignotant à gauche, et Kay regarda le parking à étages alors qu'ils passaient devant.

L'équipe médico-légale avait rangé sa tente et son équipement aux premières heures du jeudi matin, et il ne restait plus rien pour indiquer qu'une jeune femme était tombée vers sa mort. Des piétons se hâtaient sur le trottoir à côté d'eux pendant qu'ils attendaient au feu rouge, ignorant tout de ce qui s'était passé.

— Comment va Adam ? demanda Barnes.

Il passa une vitesse alors que la circulation reprenait et il suivit les panneaux pour l'autoroute.

— Bien, merci. Il semble bien se remettre du coup à la tête. Il a un contrôle à l'hôpital mardi prochain, et ensuite il a juste besoin de se reposer.

Kay remit son carnet dans son sac.

— Cela dit, Scott est passé hier soir et a amené un patient avec lui.

Quand elle lui raconta ce que le gestionnaire du cabinet d'Adam avait dit à propos d'Oscar, Barnes secoua la tête.

— Quand il l'apprendra...

— Il ne le saura pas, et tu ne dois pas lui dire. Pas avant longtemps.

Elle soupira.

— J'aurais aimé que Scott ne nous amène pas quelque chose qui pète autant, cependant.

Barnes éclata de rire.

— Ça pue, hein ?

— Oh mon Dieu, tu n'as pas idée. Dieu sait ce que l'ami de Scott lui a donné à manger. Je vais devoir avoir une conversation avec lui quand il reviendra le chercher.

— Et il fait trop froid pour ouvrir les fenêtres...

— Au moins, à ce rythme, je vais passer plus de temps à courir le soir qu'à m'asseoir devant la télé.

— Tu vois ? Il y a toujours un bon côté.

Kay leva les yeux au ciel et s'installa confortablement pour le court trajet jusqu'à Leybourne.

— Apparemment, ce client de Felicity possède une location de vacances près du château et lui a demandé de rénover la véranda.

— Qu'est-ce qui ne va pas avec une nouvelle couche

de peinture sur les murs ? grommela Barnes en actionnant le clignotant avant de ralentir pour négocier le carrefour. J'ai regardé son fil d'actualités sur les réseaux sociaux hier après-midi et je jure qu'il y avait tellement de coussins sur les canapés qu'on ne trouverait jamais où s'asseoir.

— Pas fan des textiles d'ameublement, alors ?

— Si tu achètes un fauteuil confortable, tu ne devrais pas avoir besoin de coussins.

Kay rit.

— Prends la prochaine à droite, et peut-être que ce serait mieux que tu ne suggères pas ça à madame Daniels quand on lui parlera. Elle a payé beaucoup d'argent pour ces coussins.

Barnes secoua la tête d'incrédulité et ralentit jusqu'à s'arrêter devant une grande maison individuelle avec de hautes cheminées.

— Bon sang, dit-il en regardant au-delà de Kay par la fenêtre côté passager. Pas étonnant qu'elle ait pu se permettre de payer Felicity.

— Voyons ce qu'elle a à dire à son sujet, alors.

Une femme dans la quarantaine ouvrit la porte quelques instants après que Kay avait sonné, une masse désordonnée de cheveux blonds rassemblés en une queue de cheval lâche qui tombait sur son épaule.

— Bien, vous êtes à l'heure.

Elle ferma la porte derrière eux et leur adressa un sourire d'excuse.

— Désolée, j'attends un électricien donc ça m'arrangerait si vous pouviez poser vos questions avant qu'il n'arrive. Les gens ont tendance à commérer par ici. Je suis Beverley Daniels, au fait.

Kay fit les présentations avant que Beverley ne les conduise à une grande véranda à l'arrière de la propriété.

Longue de plusieurs mètres, la pièce était divisée en deux espaces de vie avec des groupes de canapés disposés autour de tables basses en bois. Des bibelots élégants remplissaient les alcôves et des peintures abstraites de bon goût avaient été accrochées aux murs, et Kay secoua légèrement la tête alors que Barnes haussait un sourcil devant la gamme de coussins répartis sur les différents arrangements de sièges.

Un radiateur courait le long d'un des murs bas, mais faisait peu pour compenser le froid dans la pièce.

La femme pointa le plafond où deux chauffages infrarouges étaient suspendus à des supports dans la charpente.

— Normalement, ceux-ci seraient allumés aussi, mais ils ont cessé de fonctionner. D'où l'électricien. J'ai pensé que vous voudriez voir ce que Felicity a fait pour moi ici. Tout cela était son idée.

— Il y a combien de temps qu'elle a terminé les aménagements ? demanda Kay.

— Le mois dernier.

Beverley s'enfonça dans un fauteuil à côté du radiateur et leur fit signe de s'asseoir sur un canapé en face tandis qu'elle resserrait un gros cardigan autour de ses épaules.

— Cette pièce est toujours populaire auprès des invités pendant les mois les plus chauds, mais elle commençait à avoir l'air fatiguée, et mon mari et moi voulions la rendre confortable pour les mois froids aussi. Le salon à l'avant de la propriété peut devenir assez sombre en hiver, et bondé si nous avons beaucoup de gens qui séjournent.

— Avez-vous rencontré des problèmes avec le travail de Felicity ou sa ponctualité ?

— En fait, oui.

Elle soupira.

— Ça va sembler horrible, avec sa mort et tout, mais nous avons dû reprogrammer les décorateurs parce qu'elle a oublié de venir les superviser. Ils n'étaient pas contents, et ils ont fini par facturer un supplément pour revenir la semaine suivante. Nous avons eu de la chance qu'ils le puissent, ils sont parmi les plus populaires dans la région.

— A-t-elle expliqué pourquoi elle avait oublié ? demanda Barnes.

Beverley haussa les épaules.

— Oh, j'ai eu droit à une excuse bidon à propos de jongler avec les engagements professionnels, mais je sais quand quelqu'un ment. Pour commencer, elle ne pouvait pas me regarder dans les yeux, et puis la semaine suivante, je l'ai trouvée en train de vomir dans les toilettes du rez-de-chaussée. Elle semblait désorientée. Je me suis demandé alors si elle avait un problème d'alcool ou quelque chose comme ça.

— Vous a-t-elle dit quelque chose à ce moment-là ? demanda Kay en levant les yeux de ses notes. Quelque chose qui suggérerait que c'était le cas ?

— Non, juste qu'elle ne se sentait pas bien et qu'elle se demandait si elle couvait quelque chose.

Beverley laissa échapper un reniflement dédaigneux.

— Une heure plus tard, je l'ai entendue prendre des dispositions pour aller dîner avec des amis ce soir-là, donc elle ne pouvait pas être si malade. Comme je l'ai dit, je me suis demandé si elle brûlait la chandelle par les deux bouts.

— Avez-vous eu d'autres problèmes après cela avant qu'elle ne termine son travail ici ?

— Non. C'était presque comme si elle savait qu'elle devait faire attention après cette matinée avec les vomissements. Je veux dire, elle s'attendait quand même à ce que je lui donne un avis après avoir terminé le travail et elle m'a envoyé une facture.

— Une fois le projet terminé, avez-vous eu de ses nouvelles ? demanda Kay.

— Seulement pour relancer le paiement. Ça m'a un peu agacée. Il n'avait que deux jours de retard, et étant donné son attitude quand elle était ici avec le retard et tout, j'ai trouvé ça un peu culotté de sa part.

Beverley soupira.

— Je me suis dit que c'était simplement parce qu'elle débutait et qu'elle avait besoin de trésorerie.

Kay ferma son carnet d'un coup sec.

— Merci pour votre temps, madame Daniels.

CHAPITRE 21

Kay prit une pomme dans la corbeille de fruits sur le bureau de Debbie et sourit lorsque l'agente en uniforme revint de la photocopieuse, les mains pleines d'ordres du jour agrafés pour la réunion de l'après-midi.

— Qu'est-ce que c'est ? Tu essaies de nous remettre tous en bonne santé ?

— Comme si.

Debbie sourit.

— Non, c'est un couple âgé qui a été cambriolé la semaine dernière qui les a laissés à l'accueil pour nous. Dave a réussi à retrouver et arrêter les adolescents responsables avant qu'ils n'aient pu vendre les objets volés, y compris des objets de famille. Je n'ai pas eu le cœur de leur dire que vous autres ne vivez que de pizza. Ils auraient dû simplement laisser des bons pour le restaurant à emporter du coin.

L'estomac de Kay gargouilla et elle rit.

— Je prendrai tout ce que je peux avoir.

— Je m'en doutais, chef.

— Bon, allons-y.

La voix de Barnes résonna dans la salle des opérations tandis qu'il faisait signe à l'équipe de s'approcher du tableau blanc.

— Plus vite on fera ça, plus vite Debbie pourra vous donner le planning pour le week-end.

Kay s'approcha et prit place en périphérie du groupe rassemblé, remarquant la confiance qui émanait de son collègue pendant qu'il arpentait la moquette pour rassembler ses pensées, tandis que trois retardataires prenaient place.

— Bien, Gav, tu veux nous faire un rapide point sur le cambriolage du véto pour commencer ? dit Barnes.

— Pas grand-chose à signaler pour l'instant, désolé.

Gavin jeta un regard d'excuse à Kay.

— Nous avons parlé hier soir à une femme qui a été vue en train de quitter le cabinet avant son rendez-vous. Elle aurait été la dernière patiente à voir Adam avant l'attaque, mais elle nous a dit qu'elle avait changé d'avis concernant la dépense. Il n'y a rien sur elle dans le système, et elle a un alibi pour l'heure du cambriolage, elle allait chercher ses parents à l'aéroport. On a encore des images de vidéosurveillance des véhicules de la société de livraison à examiner dans les prochains jours, alors elles pourraient révéler quelque chose.

— Tiens-nous au courant si c'est le cas, et si tu veux discuter de quoi que ce soit, n'hésite pas, dit Barnes. Bien, passons à Felicity Gregor. Laura, comment ça s'est passé aujourd'hui ? Tu devais parler à Angela Tasker ce matin, non ?

Kay écouta l'enquêteuse partager ses découvertes,

attendant qu'elle reprenne sa place à l'avant avant de faire son propre compte rendu à l'équipe.

— Nous avons parlé à Beverley Daniels, qui avait engagé Felicity pour faire la décoration intérieure d'une véranda dans son bed and breakfast. Il semble qu'elle ait eu quelques problèmes, Felicity qui ne s'est pas présentée un matin, et un autre matin où elle était malade.

Kay pointa sa pomme vers les notes sur le tableau blanc.

— Cela nous a fait nous demander si elle prenait de la drogue et n'arrivait pas à gérer les conséquences.

— Sans parler du fait qu'elle aurait conduit sous influence pour se rendre à Leybourne, ajouta Barnes. Et pour le deuxième client que tu devais interviewer aujourd'hui, Laura ?

La jeune enquêteuse feuilleta son carnet.

— Il s'agissait de monsieur et madame Starling, à Pembury. Patricia, la femme, a dit qu'elle avait demandé à Felicity de rénover une chambre pour leur fille de cinq ans. Elle a dit qu'elle était satisfaite du résultat et qu'elle prévoyait de lui demander de travailler sur un projet de maison d'été dans quelques semaines.

— Des problèmes pendant qu'elle travaillait pour eux ? demanda Barnes.

— Aucun dont ils aient eu connaissance. Patricia a dit que Felicity arrivait à l'heure à dix heures chaque matin et restait jusqu'à dix-huit heures la plupart des soirs. Tout le projet a été terminé en deux semaines, il y a eu une période de six jours au milieu pendant qu'ils discutaient des matériaux et des couleurs par e-mail, puis Felicity a tout commandé et installé en deux jours plus tôt ce mois-ci. Elle ne tarissait pas d'éloges à son sujet.

— Eh bien, ça équilibre les avis en ligne, songea Gavin.

— Patricia Starling a-t-elle confirmé avoir reçu une facture de Felicity ? demanda Barnes.

— Oui, et elle devait être payée la semaine prochaine.

Laura ferma son carnet.

— Angela Tasker a dit que la sienne était en retard mais qu'elle prévoyait de payer la semaine prochaine aussi.

— Donc Felicity n'avait pas de revenus entre ses missions, dit Barnes.

Kay finit la pomme tout en écoutant, parcourant du regard les notes supplémentaires que Barnes ajoutait au tableau blanc. Elle avala et agita le trognon en l'air pour attirer l'attention de son collègue alors qu'il se retournait une fois de plus vers l'équipe rassemblée.

— Ian ? J'ai parlé à Isobel Gregor plus tôt, et elle a confirmé que Felicity n'était pas censée payer quoi que ce soit pour les factures du ménage et autres pendant qu'elle vivait chez ses parents. Selon Isobel, elle et Peter ont convenu que comme ils n'avaient pas à payer de frais universitaires, ils pouvaient se permettre de la soutenir pendant qu'elle essayait de lancer son entreprise. Ça pourrait expliquer comment Felicity arrivait à s'en sortir.

— Merci chef. Laura, est-ce que l'un des clients que tu as interrogés a remarqué si Felicity semblait perturbée quand elle travaillait pour eux, ou sous l'emprise de substances ?

— Non, chef. Mais si Felicity consommait depuis aussi

longtemps que le suggère le rapport d'autopsie, elle aurait pu être douée pour le cacher à ses clients, dit Laura. Ses parents n'en avaient aucune idée, n'est-ce pas ?

— C'est vrai.

Barnes laissa tomber le stylo sur une étagère sous le tableau blanc et posa ses mains sur ses hanches en fixant ses notes.

— Quelqu'un a des nouvelles d'Andy Grey concernant les relevés téléphoniques ?

— Il pense qu'ils seront là lundi, répondit Dave Morrison du fond de la salle. Il a eu deux personnes malades cette semaine, alors il a du retard.

— Très bien, merci à tous. Assurez-vous de parler à Debbie en sortant pour obtenir vos plannings.

Barnes mit fin à la réunion, puis se dirigea vers l'endroit où Kay était assise et esquissa un sourire désabusé en s'appuyant contre le bureau à côté d'elle.

— Ça s'est aussi bien passé que possible, dit-il.

— Parfois, ces choses prennent du temps, Ian. Tu le sais.

— Espérons juste qu'on aura une percée sur l'une de ces affaires ce week-end, chef. Sinon, on en a pour un bon moment.

CHAPITRE 22

Jack Moreton sortit la bouteille de lait du réfrigérateur, ouvrit le bouchon et eut un haut-le-cœur.

— Bon sang, ça a pris vie.

Il claqua la porte, traversa la cuisine jusqu'à l'évier en céramique encombré de vaisselle et versa le liquide offensant dans le siphon, faisant couler l'eau froide pour le chasser.

La boîte aux lettres claqua dans le couloir, et en jetant un coup d'œil à travers les rideaux jaunis de la fenêtre, il aperçut le gamin qui distribuait le journal gratuit du samedi s'éloigner rapidement dans l'allée.

Se retournant vers le plan de travail, sa lèvre supérieure se retroussa.

— Ce sera donc un café noir.

Il passa la main dans ses cheveux trop longs et tendit le bras vers un placard pour ouvrir la porte et fouiller jusqu'à ce qu'il trouve un pot de café à moitié vide et une boîte Tupperware à moitié remplie de sucre.

— J'espère que tu n'es pas en train de voler le mien.

Il se retourna au son de la voix, incapable de cacher le sourire coupable qui se formait.

— Désolé, Tina. C'est urgent.

Sa colocataire traversa la cuisine en traînant des pieds dans des pantoufles duveteuses mal ajustées et elle se servit une part de pizza froide dans la boîte ouverte sur le plan de travail.

— Quelle heure est-il ? bâilla-t-elle.

— Onze heures et demie.

— À quelle heure es-tu rentré ?

— Vers deux heures, je suppose.

— Je devais être dans les vapes. Je n'ai rien entendu. Gary n'est pas là ? D'habitude, il est déjà debout à cette heure-ci.

Jack alluma la bouilloire et haussa les épaules.

— Je ne l'ai pas vu. Il doit être là, parce que son téléphone est ici. Il a déjà sonné une fois, c'est ce qui m'a réveillé.

— Il reste de cette pizza ?

— Non, pourquoi, tu veux qu'on en commande ?

— Non, c'est bon. Je vais probablement aller chez mes parents une fois que j'aurai pris quelques antidouleurs. Ma mère a dit qu'elle faisait des spaghettis bolognaise pour le déjeuner, je ne vais pas rater ça.

Il sourit.

— Je croyais que tu réduisais l'alcool ?

— Moi aussi.

Tina grimaça.

— Tu veux que je ramène du lait en rentrant ?

— Ouais, merci.

— À plus tard.

Jack la regarda quitter la pièce, souriant alors qu'elle tirait sur son pyjama froissé et bâillait à nouveau avant de disparaître dans la salle à manger que leur propriétaire faisait passer pour une troisième chambre.

Il y avait eu une attirance mutuelle autrefois, peut-être un an plus tôt lorsqu'il avait emménagé, mais elle s'était vite éteinte une fois qu'ils avaient passé du temps dans l'espace de vie l'un de l'autre et réalisé qu'ils étaient diamétralement opposés par nature.

Le téléphone portable sur le plan de travail sonna, le tirant de ses pensées, et il se pencha pour lire l'écran.

Maman.

— J'suppose que ça pourrait être urgent, marmonna-t-il en saisissant le téléphone.

Les parents de Gary vivaient quelque part près de Sevenoaks, il ne se souvenait jamais du nom du village et ne les avait jamais rencontrés, mais il savait par les conversations avec son colocataire qu'il était proche d'eux.

Il quitta la cuisine et monta les escaliers en courant avant de frapper à une porte au fond de la maison mitoyenne, puis il baissa les yeux quand le téléphone cessa de sonner.

— Gary ? Ton téléphone a sonné, mec. On dirait que c'est le numéro de ta mère.

Il frappa à nouveau à la porte.

— Gary ? Tu es là-dedans ?

Retenant son souffle, Jack tendit l'oreille pour entendre au-delà de la surface en bois, par-dessus le son de Tina en train de parler au téléphone, sa voix portant jusqu'en haut des escaliers où il se tenait.

— Merde, marmonna-t-il. Je n'entends rien. Mec, t'as intérêt à être décent parce que j'entre.

L'odeur âcre de vomi agressa ses narines dès qu'il ouvrit la porte, et il recula, se couvrant le nez de la main tandis que ses yeux s'habituaient à l'intérieur sombre.

Il traversa la pièce, écarta les rideaux et ouvrit grand une fenêtre avant de prendre de profondes inspirations.

En se retournant, il observa la forme endormie emmitouflée sous une fine couette, une touffe de cheveux bruns et bouclés dépassant du haut.

— Gary ? Réveille-toi. Ta mère a essayé de t'appeler.

Pas de réponse.

Il soupira, contourna le pied du lit et aperçut un bras pâle qui dépassait de sous la couette, pendant sur le côté du matelas.

Le visage de son colocataire était caché par les draps qu'il avait tirés sur sa tête.

Souriant, Jack tendit la main vers la couette.

— Debout là-dedans, chantonna-t-il en l'arrachant.

Jack recula en chancelant et cligna des yeux devant la forme immobile.

Les yeux pâles de Gary le fixaient, ses joues, ses narines et ses lèvres couvertes de vomi qui s'était répandu sur le drap et avait imprégné le matelas. Sa peau était d'un bleu marbré, et même avant que Jack ne tende la main pour le toucher, il savait.

Ses entrailles se tordirent, puis il s'enfuit de la pièce.

CHAPITRE 23

Barnes boutonna sa veste et s'arrêta devant le portail métallique ouvert qui séparait l'avenue bordée d'arbres de la maison.

Il jeta un coup d'œil par-dessus son épaule vers l'endroit où Kay s'enregistrait auprès d'un jeune agent au cordon de sécurité et il lutta contre une montée d'adrénaline qui lui comprima la poitrine.

Les seuls détails qui étaient parvenus par radio étaient qu'un homme d'une vingtaine d'années avait été découvert par ses colocataires, mort d'une overdose présumée.

— Je suis prête quand tu l'es, Ian.

Kay s'approcha, suivie de l'agent, et fit un signe de tête vers la porte d'entrée.

— La maison n'a pas l'air en si mauvais état, pour une colocation.

L'agent ricana.

— Attendez de voir l'intérieur, chef.

— Que pouvez-vous nous dire sur les colocataires du défunt ? demanda Barnes, s'écartant pour laisser passer deux hommes qui portaient une civière vide. Lequel l'a trouvé ?

— Jack Moreton, inspecteur. Il travaille à temps plein dans une compagnie d'assurance en ville.

L'agent – Walker, selon son badge – récita les détails de mémoire.

— Il a vingt-deux ans, pas de condamnations. Il nous a dit que Gary, c'est le défunt, avait laissé son téléphone portable dans la cuisine et qu'il y avait un appel manqué de sa mère, alors quand il a sonné à nouveau, il est monté en courant avec le téléphone. Quand il a frappé à la porte de la chambre, il n'y a pas eu de réponse, alors il est entré. C'est là qu'il l'a trouvé.

— Qui d'autre vit ici ? demanda Kay.

— Une femme de vingt et un ans du nom de Tina Lewis. Là encore, casier vierge. Le nom de Gary est sur le bail, et Jack et Tina sous-louent. J'ai parlé à l'agente du propriétaire et elle dit qu'il n'y a jamais eu de rapports de problèmes ou de soucis depuis que tous les trois vivent ici.

— Avez-vous eu l'occasion de prendre leurs dépositions ? dit Barnes.

— Oui, inspecteur. Ils sont tous les deux assis dans la cuisine si vous voulez leur parler.

Walker inclina la tête en s'écartant.

— J'ajouterai ces déclarations au système quand nous aurons terminé ici si ça vous convient. Oh, et Lucas Anderson est à l'intérieur. Il a constaté le décès mais il est resté dans le coin en attendant que l'équipe du médecin légiste arrive avec la civière si vous vouliez lui parler.

— Merci.

Barnes fit signe à Kay de passer devant et la suivit à

travers une allée en béton fissurée et trouée jusqu'à la porte d'entrée où le collègue de Walker attendait.

— Chef, inspecteur.

Il indiqua la cuisine sur la droite et baissa la voix.

— Ils sont ici, à moins que vous ne vouliez voir la victime d'abord avant que l'équipe de Lucas ne la déplace ?

Barnes jeta un coup d'œil dans l'escalier étroit, des pas lourds résonnant quelque part vers l'arrière de la maison.

— Nous n'en aurons pas pour longtemps.

Kay lui fit signe de montrer le chemin, et il monta, suivant le son de voix masculines en train de parler à voix basse.

Le plus petit des hommes du médecin légiste jeta un coup d'œil par-dessus son épaule à Barnes quand celui-ci s'attarda sur le seuil, et il grimaça.

— Ce n'est pas joli à voir.

— Ça ne l'est jamais.

Barnes enfila des gants de protection, en tendit une paire à Kay, puis s'éclaircit la gorge pour contrer l'odeur sous-jacente qui emplissait la pièce malgré la brise qui faisait gonfler les rideaux par la fenêtre ouverte.

— Bonjour, Lucas.

Le médecin légiste, qui était penché sur le corps étendu en travers des draps, se redressa en grimaçant lorsque son dos protesta.

— Détectives. Je demanderai à Simon de programmer l'autopsie pour le début de la semaine prochaine et je vous donnerai les détails une fois qu'il aura une date et une heure.

— Tu ne pourrais pas donner un avis...

— Pas de façon concluante, mais je suggérerais qu'il s'est étouffé avec son propre vomi. Ça pourrait vous aider dans votre enquête.

Lucas se retourna et pointa du doigt un petit sachet posé contre une lampe sur une table de chevet.

— À mon œil non averti, il ressemble étrangement à celui que nous avons trouvé sur Felicity Gregor la semaine dernière.

— En effet. Nous allons le mettre avec les preuves.

— Je vais vous laisser.

Barnes s'approcha du lit double tandis que le médecin légiste quittait la pièce.

Un rayon de faible lumière du jour s'échappait à travers les rideaux tirés, mettant en évidence le bras pâle d'un homme tordu dans un angle maladroit, son visage détourné de la fenêtre.

Du vomi couvrait les draps, l'odeur âcre emplissant l'air humide et se mélangeant aux autres fluides corporels qui avaient imprégné la literie.

Barnes soupira en s'éloignant et porta son attention sur la pièce.

Un vaste ensemble d'écrans d'ordinateur et de serveurs occupait un long bureau contre le mur du fond, un tableau en liège au-dessus affichait des post-it avec divers rappels griffonnés, et un carnet avait été poussé à droite du clavier de l'ordinateur.

Kay passa son doigt ganté sur les griffonnages de la page, le front plissé.

— Qu'est-ce que c'est que tous ces codes de trois lettres ?

— Des actions.

Barnes se retourna en entendant la voix de Walker pour voir le jeune agent qui attendait à la porte.

— J'ai demandé à Tina, dit-il en rougissant un peu. J'espère que ça ne vous dérange pas, chef. Elle a dit que Gary faisait du trading, vous savez, des actions en bourse. Selon elle, il s'en sortait vraiment bien.

— Intéressant. Où est son téléphone portable maintenant ?

En réponse, Walker brandit un sac de preuves en plastique.

— Ici. Nous allons aussi répertorier ces serveurs avant de partir.

Fouillant dans la poche de sa veste, Barnes en sortit une carte de visite.

— Rendez-moi service ? Appelez la salle des opérations quand vous reviendrez et je m'occuperai de la chaîne de possession. Je veux que tout ça soit envoyé à la police scientifique numérique dès que possible.

— Ce sera fait, inspecteur.

— Bien, chef, on va parler aux colocataires ?

CHAPITRE 24

Kay pouvait sentir le choc émaner de l'homme et de la femme assis à la table de la cuisine lorsqu'elle entra dans la pièce.

La femme, Tina, tenait une tasse à moitié vide entre ses doigts fins, son visage d'une pâleur maladive et ses cheveux en désordre.

L'homme – Jack – avait l'air effrayé.

Kay s'appuya contre l'évier tandis que Barnes tirait une chaise à côté des colocataires et posait son bras sur la table.

— Comment est-ce que vous tenez le coup tous les deux ? commença-t-il. Vous avez de la famille ou des amis à proximité chez qui vous pourriez aller aujourd'hui quand nous aurons terminé ici ?

— Ma mère est à West Farleigh, répondit Tina d'une voix tremblante. Elle connaît Jack, et elle a déjà dit que nous pouvions tous les deux rester chez elle un moment. Je... Je n'arrive pas à croire qu'il soit parti. Pas comme ça.

Barnes tourna son attention vers Jack.

— Je comprends que vous avez trouvé Gary et appelé le numéro d'urgence, c'est exact ?

— Oui.

Le jeune homme s'éclaircit la gorge, son regard suivant les bruits des associés du médecin légiste en train de négocier les escaliers avec la civière chargée.

— Même si je savais qu'il n'y avait pas grand intérêt à demander une ambulance.

Kay traversa la cuisine et ferma la porte, avant de faire une grimace compatissante.

— Nous savons que c'est un moment très difficile pour vous deux, mais nous devons poser des questions afin de découvrir comment votre ami est mort.

— Je sais.

Jack haussa les épaules.

— J'ai vu ça assez souvent à la télé.

— Ce n'est pas tout à fait pareil dans la vraie vie, n'est-ce pas ? dit Barnes avec sympathie. Nous allons faire ça aussi vite que possible. Quand est-ce que vous avez vu Gary vivant pour la dernière fois ?

— Hier. Vers dix-neuf heures hier soir. Je m'apprêtais à sortir pour retrouver des amis en ville, et il était ici.

— Tina ? Et vous ?

— Juste après dix-neuf heures trente, je pense. J'avais besoin d'emprunter un chargeur de téléphone et il m'a donné le sien à utiliser. Je... Je devrais probablement le remettre en place ou quelque chose comme ça...

Sa main tremblait alors qu'elle repoussait ses cheveux blonds de son visage.

— J'étais pressée de me préparer avant qu'un ami ne vienne me chercher, et tout ce dont je me souviens, c'est qu'il se tenait près de l'évier là-bas et qu'il m'a dit de ne pas oublier de boire un verre d'eau quand je rentrerais pour ne pas me réveiller avec la gueule de bois. Il est... était... gentil comme ça.

— Est-ce que l'un d'entre vous sait où Gary prévoyait d'aller hier soir ? demanda Barnes.

— Je ne pense pas qu'il avait de grands projets, dit Jack. La dernière fois que nous avons parlé, il a dit qu'il irait probablement boire quelques bières au pub juste au bout de la rue ici. Je crois qu'il devait retrouver des amis ce matin quelque part.

— À quelle heure est-ce que c'était prévu ?

— Je ne sais pas.

— Savez-vous qui il devait rencontrer ?

— Non, désolé. Je veux dire, nous vivons tous ici mais nous ne nous mêlons pas de ce que chacun fait. Pas vraiment.

— Gary était plus raisonnable que nous, moins susceptible de se retrouver à devoir cuver une soirée...

La voix de Tina faiblit, et elle s'essuya les yeux.

— Merde.

— Nous avons trouvé un petit sachet de poudre sur la table de nuit de Gary, dit Kay, observant attentivement les réactions des deux colocataires. Une idée d'où ça pourrait venir ?

Tina pâlit.

— Non, certainement pas de moi...

— Ni de moi.

Jack baissa les yeux.

— Je ne savais pas qu'il prenait encore de la drogue.

— Ah ?

Barnes croisa le regard de Kay et se redressa sur son siège.

— Il a des antécédents ?

— Ça a un peu dérapé il y a un an, murmura Jack. Il s'est fait peur. Je pense qu'il a pris quelque chose qui avait été mal coupé.

— Il n'était pas ici quand c'est arrivé.

Tina regarda Barnes puis Kay, ses yeux implorants.

— Nous n'en avons rien su jusqu'à ce qu'il revienne.

— Revienne d'où ? demanda Kay.

— Je ne sais pas avec qui il était, mais je pense que c'était un groupe d'amis à une fête en ville...

— Il a dit qu'après cette expérience, il ne toucherait plus jamais à rien, ajouta Jack. Ça lui a foutu une trouille pas possible. Des hallucinations et tout.

— Est-ce que vous avez remarqué quelque chose de différent dans le comportement de Gary récemment ? demanda Barnes. Quelque chose d'inhabituel, par exemple ?

Tina secoua la tête.

— Pas vraiment, mais nous ne passons pas beaucoup de temps ensemble. Je veux dire, à part nous voir ici peut-être une ou deux fois par jour, nous avons tendance à être dehors à faire nos propres trucs. Je n'ai jamais vraiment socialisé avec lui.

— Moi non plus, à part l'occasionnel verre au pub avec lui, et ce n'était jamais plus d'une fois par mois, généralement s'ils diffusaient un match de foot que nous voulions tous les deux voir, ajouta Jack. Nous ne pouvions pas nous permettre l'abonnement pour regarder ici, alors le pub était la meilleure option.

— Très bien.

Kay se détacha du plan de travail tandis que Barnes la rejoignait.

— Nous vous contacterons si nous avons d'autres questions. Vous pouvez parler à l'agent Walker ou à son collègue entre-temps si vous avez besoin de quoi que ce soit.

Elle suivit Barnes jusqu'à la voiture, s'arrêtant pour regarder la civière qui portait Gary Lovell être chargée à l'arrière d'une ambulance privée banalisée.

— Ça va, chef ?

La voix de son collègue la tira de ses pensées, et elle le regarda par-dessus la voiture.

— J'ai un très mauvais pressentiment à propos de tout ça, Ian.

CHAPITRE 25

Lorsque Kay poussa la porte de la salle des opérations, une cacophonie de téléphones en train de sonner assaillit ses oreilles.

— Bon sang, dit Barnes. Que s'est-il passé ? On les a laissés seulement quelques heures.

Gavin s'approcha en hâte, son téléphone portable à l'oreille.

— Six personnes ont été transportées d'urgence aux hôpitaux de Maidstone et d'Ashford depuis trois heures ce matin. Trois sont dans un état critique, et ça ne s'annonce pas bien pour deux autres. La plus jeune n'a que seize ans. Ils souffrent tous d'overdoses.

Kay jeta un coup d'œil au visage harassé de l'enquêteur et le dirigea vers son bureau.

— Dis-moi ce que tu sais. La version courte.

— Ok.

Il s'affaissa dans une chaise libre à côté de la sienne et prit une profonde inspiration avant de redresser les épaules.

— On pense que les six personnes étaient dans cette nouvelle boîte de nuit à deux pas d'ici hier soir...

— Y compris celle de seize ans ?

— Elle avait une fausse carte d'identité. Inutile de dire que les propriétaires de la boîte de nuit ont deux mots à dire à leurs agents de sécurité. La boîte a fermé à trois heures ce matin, mais les appels d'urgence ont commencé à arriver à deux heures et demie, les deux premiers cas ont été transportés à l'hôpital de Maidstone à trois heures quinze.

— Et tous les cas viennent de la même boîte ?

— Jusqu'à présent, oui.

Gavin fronça les sourcils.

— Et de ton côté, chef ? Laura a dit qu'il y avait eu un autre décès ce matin.

Kay soupira.

— Lucas pense que le type s'est étouffé dans son propre vomi après une overdose, mais nous avons trouvé plus de ce qui semble être la même poudre que celle trouvée en possession de Felicity Gregor. Même emballage, tout pareil.

— Chef ?

Kay se retourna sur sa chaise tandis que Laura s'approchait, le visage affligé.

— Qu'est-ce qu'il y a ?

— C'était l'hôpital de Maidstone, chef. La jeune fille de seize ans n'a pas survécu.

— Mon Dieu.

Kay passa sa main sur sa bouche en croisant le regard de Gavin.

Ses yeux étaient troublés.

— On arrive trop tard, n'est-ce pas ? Cette substance qui a été volée à la clinique vétérinaire est déjà dans la rue.

— Ce que je ne comprends pas, c'est pourquoi on voit autant d'overdoses, dit Kay. Je veux dire, les gens utilisent de la kétamine tout le temps, elle a remplacé la cocaïne ici parmi les vingt-trente ans ces six dernières années, alors pourquoi cette soudaine augmentation des décès ?

— Peut-être qu'elle a été coupée différemment.

Laura fit une pause tandis que Barnes s'approchait pour les rejoindre.

— On pourrait avoir affaire à quelqu'un de nouveau dans le milieu qui ne se rend pas compte de ce qu'il fait.

Kay fronça les sourcils.

— Est-ce que quelqu'un des crimes majeurs à Northfleet a mentionné quoi que ce soit à propos d'un nouveau gang dans la région, ou d'une opération sur plusieurs comtés ?

Barnes secoua la tête.

— Je viens de parler à Paul Solomon là-bas, et il dit qu'aucun de leurs agents de renseignement n'indique qu'il y a un nouveau système en place.

— Est-ce que d'autres régions ont connu un afflux de cas d'overdose cette semaine ?

— Non, quoi qu'il se passe, c'est limité à Maidstone.

Kay serra le poing et le frappa sur le bureau, fixant l'écran de son ordinateur alors que deux nouveaux e-mails apparaissaient, aucun n'aidant leur enquête.

— Bon sang, on a besoin de ces résultats d'analyses de laboratoire. On doit savoir ce qu'est cette substance, et avoir confirmation s'il s'agit des fournitures volées à la clinique d'Adam, ou autre chose.

— Toujours rien de la part de Harriet ? demanda Gavin.

— Non, et elle pensait que ça prendrait deux semaines avec les effectifs actuels.

Kay repoussa sa chaise et alla d'un pas décidé vers le tableau blanc, fixant les diverses notes et photographies.

— Ian, tu peux appeler Jack Moreton et lui demander si lui ou Tina savent si Gary Lovell est déjà allé dans cette boîte de nuit ? S'il y est allé, on peut avancer sur la base qu'il y était hier soir et demander les images de vidéosurveillance pour soit écarter cette piste, soit trouver quelque chose.

— Je m'en occupe, chef.

— Étant donné que les résultats des tests ne nous parviendront pas avant vendredi au plus tôt, et si on jetait un coup d'œil plus approfondi à la boîte de nuit nous-mêmes pour voir qui vend ce mélange particulier de kétamine ? suggéra Laura. Je veux dire, si celui qui la vend a fait de l'argent hier soir, il sera trop tenté de ne pas réessayer ce soir, non ?

Kay secoua la tête.

— C'est une bonne idée, Laura, mais on n'a pas les effectifs pour surveiller toutes les boîtes de la ville, pas toutes en même temps.

— On le pourrait en faisant venir les maîtres-chiens, dit Barnes.

— Je n'obtiendrai jamais l'approbation des documents à temps pour faire sortir les chiens anti-drogue ce soir.

— Qui a parlé des chiens spécialisés ?

Son collègue sourit.

— Parle à l'unité cynophile et demande-leur de mettre des gilets haute visibilité sur les leurs à la place. On a juste besoin de créer l'illusion autour des autres boîtes qu'il y a des chiens renifleurs aux portes pour rabattre le dealer vers cet endroit en particulier, non ?

Kay laissa échapper un rire étouffé.

— Ian, c'est sournois, même pour toi. Ça me plaît.

— Je pense que je devrais y aller aussi, dit Laura. Si quelqu'un vend de la kétamine volée, je peux servir d'yeux et d'oreilles sur le terrain pour appuyer ce qu'on voit sur les caméras de sécurité.

— Je ne suis pas d'accord avec ça. On ne sait pas qui est cette personne, ni si elle travaille seule. Ça pourrait être dangereux, dit Gavin en s'appuyant contre le bureau.

Son front se plissa.

— Je pense que je devrais y aller à ta place.

Laura lui lança un sourire espiègle et tendit la main pour lui tapoter le bras.

— Tu ne peux pas, Gav. Tu es trop vieux pour aller en boîte.

— Aucun de vous n'ira, dit Kay alors que les rires s'estompaient. C'est Maidstone, pas le Far West. Je vais contacter Northfleet et obtenir de l'aide de Sharp. Nous allons avoir besoin d'agents spécialement formés pour effectuer le travail sous couverture. Le reste d'entre vous sera en attente à proximité au cas où ils auraient besoin de procéder à des arrestations.

Elle vit la déception sur les visages de ses collègues et leva la main avant qu'ils ne puissent protester.

— Nous devons arrêter celui qui fournit ces drogues

avant qu'il ne tue quelqu'un d'autre. Soit ils ont fait une erreur dans la fabrication, soit ils ont délibérément cherché à nuire à quiconque en prendrait. Je ne suis pas prête à prendre des risques.

CHAPITRE 26

Laura tira la manche de son sweat-shirt sur sa main et frotta la condensation qui recouvrait l'intérieur de la fenêtre à simple vitrage.

Trois étages plus bas, une basse vibrante grondait tandis qu'une porte blindée s'ouvrait sur le trottoir et que quatre femmes titubaient hors de la boîte de nuit.

Chancelant sur des talons de dix centimètres, elles gloussaient et lançaient des quolibets en se dirigeant vers une station de taxis avant de s'engouffrer dans une voiture en tête de file.

Elle observa le véhicule s'éloigner du trottoir, le chauffeur secouant la tête en souriant.

La radio posée sur le classeur abandonné à côté d'elle grésilla avant qu'une voix n'émette l'un des indicatifs convenus pour l'opération et que quelqu'un au contrôle central ne réponde.

— Du nouveau ?

Laura jeta un coup d'œil par-dessus son épaule à la voix de Gavin.

— Rien qui puisse nous aider. Les fouilles sur High Street ont révélé les habituels comprimés et de la marijuana. En petites quantités cependant, pas encore de dealers.

— Et aucune trace de cette poudre ?

— Rien qui y ressemble de près ou de loin. Je veux dire, s'ils trouvent quelque chose, il faudra le tester de toute façon, mais jusqu'à présent...

Gavin fit rouler une chaise vers la fenêtre et vérifia sa montre à la lumière de la rue.

— Plus qu'une heure à tenir. Avec un peu de chance, on trouvera quelque chose.

— Je ne m'assiérais pas là-dessus si j'étais toi, tu as vu l'état du dossier ?

Il plissa les yeux dans la faible lumière, puis repoussa la chaise avec dégoût.

— Depuis combien de temps ce bureau est-il vide ?

— Dix-huit mois environ.

Laura observait la vue en contrebas alors que la porte de la boîte de nuit s'ouvrait à nouveau.

— Dave Morrison a dit que le propriétaire essayait d'obtenir un permis pour transformer l'endroit en appartements, il a abandonné l'idée des baux commerciaux. La boutique en bas est vide depuis deux ans.

— Ça explique beaucoup de choses.

Gavin passa sa main sur une couche de poussière qui recouvrait le rebord de la fenêtre.

— J'ai cru entendre des grattements dans le coin là-bas tout à l'heure.

Laura pâlit en scrutant les ombres du bureau.

— Quoi ?

Quand elle le regarda, il souriait, levant déjà les mains en signe de fausse défense.

— Tu es un trou du cul parfois, Piper.

Elle se retourna vers la fenêtre en réprimant le sourire qui menaçait.

— Je ne sais pas comment Leanne te supporte.

— Parce qu'elle m'aime.

— Il faut bien que quelqu'un le fasse, je suppose.

Laura observa un groupe de cinq adultes plus âgés qui déambulaient le long du trottoir, tous vêtus de gilets haute visibilité assortis.

Un homme du groupe s'arrêta à côté de deux jeunes femmes, dont l'une semblait mal en point.

— Je ne sais pas comment ils font ça, murmura-t-elle. Tous ces abus qu'ils subissent de la part de certaines personnes, en plus d'être dehors par tous les temps.

— Mais heureusement qu'ils le font, dit Gavin, alors que le bénévole faisait signe à un taxi et s'assurait que les deux filles montaient en sécurité à l'arrière.

Tandis que la voiture s'éloignait, Laura étira ses bras au-dessus de sa tête et fit craquer son cou. Elle commençait à avoir froid dans le bureau abandonné et se mit à arpenter la pièce pour se réchauffer pendant qu'il continuait de surveiller la rue.

— Des nouvelles de l'agression d'Adam ? demanda-t-elle en tournant en rond au centre de l'espace caverneux, les mains enfoncées dans les poches de sa veste polaire.

— Pas encore. J'ai été trop occupé ces derniers jours de ce côté-ci, pour commencer.

Elle entendit alors la frustration dans la voix de son collègue et revint vers lui.

— Je peux faire quelque chose pour aider ?

Gavin détourna son regard de la fenêtre et força un sourire.

— Pas vraiment, mais merci. J'ai juste besoin de quelques heures pour réfléchir à ce que j'ai en main jusqu'à présent et voir si j'ai manqué quelque chose. Je veux aussi essayer de reparler à Stephanie en début de semaine prochaine. Étant donné qu'elle a été la première sur les lieux après l'agression, elle pourrait se souvenir de quelque chose maintenant qu'elle n'avait pas mentionné lors de notre premier entretien. Ça arrive, n'est-ce pas ?

— En effet.

La radio sur le rebord à côté de son coude les interrompit, un ordre aboyé emplissant l'air.

— Ça pourrait être une autre arrestation, dit Gavin, ajustant le volume tandis que les réponses allaient et venaient vers le centre de contrôle. On dirait que c'est sur Bank Street.

— Croisons les doigts.

Laura enfouit son menton dans le col épais et doux de sa veste, les épaules voûtées alors qu'elle écoutait l'échange qui s'ensuivit entre la paire de jeunes agents dans la rue et le répartiteur.

Cela semblait assez amical, un avertissement fut donné, et l'homme renvoyé sans histoire avant que l'un des agents ne mette fin à l'appel.

En bas de sa position à la fenêtre, une dernière vague de fêtards sortit du club, un groupe de six hommes qui chantaient à tue-tête avant de disparaître au coin de la rue, et Laura vérifia sa montre.

— Trois heures. C'est fini.

Alors que la musique s'estompait, Laura prit la radio et bascula les interrupteurs avant de débiter son indicatif.

— A-t-on trouvé une trace de la poudre de kétamine quelque part ?

— Négatif, vint la réponse. Nous pouvons confirmer deux arrestations pour trafic de pilules, et trois autres pour possession de cannabis, mais c'est tout. Votre dealer de kétamine n'était pas là ce soir.

Laura baissa la radio et son regard croisa celui de Gavin.

Il semblait aussi abattu qu'elle, ses épaules s'affaissant tandis qu'il gonflait ses joues.

— Mieux vaut arrêter là pour ce soir, dit-il, haussant les épaules pour enfiler sa veste en cuir. J'ai le sentiment que nous allons avoir une longue journée.

CHAPITRE 27

Kay ébouriffa les oreilles d'Oscar en entrant dans la cuisine et remplit un verre d'eau avec une carafe filtrante, les yeux encore embrumés.

Après avoir passé la majeure partie de la nuit de samedi à gérer une série de messages avec des mises à jour de son équipe, elle était tombée dans un sommeil agité qui avait été interrompu par le réveil dix minutes plus tôt.

Elle frissonna, serra sa robe de chambre contre sa poitrine, et entendit la chaudière se mettre en marche, un doux grondement en provenance du placard à côté de la porte de derrière et le subtil *tic tic* du radiateur près du lit d'Oscar promettant de la chaleur dans quelques minutes.

En bâillant, elle alluma la machine à café et inhala l'arôme apaisant des grains fraîchement moulus, puis elle remplit le bol d'eau d'Oscar. Elle mesura une tasse de croquettes dans un second bol avant de le placer devant le Golden Retriever en fronçant le nez.

— Je sais que tu n'y peux probablement rien, mais Scott doit vraiment dire à son ami d'arrêter de te donner ce qui te dérange l'estomac, murmura-t-elle, consciente des pas dans la chambre au-dessus.

Oscar écarta sa main d'un coup de museau et enfouit son visage dans sa nourriture, des bruits de lapement joyeux remplissant la cuisine tandis que Kay prenait une tasse de café fumant et retournait au plan de travail central.

Un nouveau message apparut sur l'écran de son téléphone, et elle s'assit sur un tabouret pour lire le texto de Barnes.

Nous serons tous là à partir de 8h pour le débriefing - à tout à l'heure.

— Café...

Elle jeta un coup d'œil par-dessus son épaule lorsqu'Adam entra dans la cuisine, les bras tendus devant lui comme un zombie alors qu'il traînait les pieds sur le carrelage.

Kay glissa son téléphone sous un menu de plats à emporter et força un sourire.

— Je pensais aller voir comment ils s'en sont sortis hier soir.

— Pas d'appels téléphoniques ?

— Quelques messages, c'est tout. Ils n'auraient appelé que si quelque chose d'urgent s'était produit.

Adam se traîna jusqu'à la machine à café et inséra une capsule.

— Pas de nouvelles, bonnes nouvelles, alors.

Son sourire faiblit lorsqu'il se retourna.

Les ecchymoses autour de son œil et de sa pommette commençaient à virer au jaune et au violet, la couleur profonde de sa peau changeant au fur et à mesure qu'il guérissait. La rougeur dans son œil s'estompait, et elle remarqua que la boîte d'antidouleurs sur le plan de travail à côté d'elle n'avait pas été touchée depuis quelques jours.

Et pourtant...

— Qu'est-ce qu'il y a ? dit-il en apportant sa tasse de café là où elle était assise et en passant son bras autour de ses épaules.

Il embrassa ses cheveux.

— À quoi penses-tu ?

Elle attendit qu'il pose sa tasse, puis se retourna sur sa chaise et l'enlaça, posant sa tête contre sa poitrine.

— Je m'inquiète pour toi.

— Je suis hors de danger. Tu vas voir, quand nous retournerons à l'hôpital mardi, ils me donneront le feu vert.

Il inclina son visage vers le sien et embrassa son nez.

— Alors il n'y a pas de quoi s'inquiéter.

Il s'écarta alors qu'il reprenait son café, et Kay soupira.

— Adam, tu sais aussi bien que moi que celui qui a cambriolé le cabinet pourrait revenir. On a déjà vu ça se produire avec d'autres entreprises. Maintenant qu'ils savent ce qui est conservé dans cette armoire, ce sera trop tentant pour eux. Si Gavin ne découvre pas qui a fait ça...

— Écoute, je n'ai pas eu l'occasion de te le dire hier, tu étais trop fatiguée quand tu es rentrée, mais Scott a commandé une nouvelle armoire sécurisée pour ces médicaments vendredi. Elle est meilleure que celle qu'on avait avant. Personne ne devrait pouvoir la forcer.

— Ce ne sont pas les médicaments qui m'inquiètent. Enfin, si, évidemment.

Kay tendit la main et serra la sienne.

— Je m'inquiète pour toi. Et pour Scott, et Stephanie. Celui qui a fait ça n'a pas hésité à t'attaquer pour avoir accès aux médicaments. C'est un tout autre niveau de désespoir, nous n'avons jamais eu de vétérinaire agressé avant. Pas dans le coin.

— Nous mettrons en place de nouvelles mesures de sécurité, alors. Nous ajouterons des caméras à l'extérieur du bâtiment, des choses comme ça.

Elle soupira et baissa les yeux sur ses genoux.

— Génial, comme ça la prochaine fois que tu te feras agresser, on pourra le regarder en haute résolution.

— Que voudrais-tu que je fasse ? Fermer le cabinet ? Démissionner ?

Elle releva brusquement la tête.

— Non. Non, bien sûr que non.

— Alors arrête de t'inquiéter de ce qui pourrait arriver.

Il sourit, embrassa ses doigts puis prit sa tasse de café et glissa de son tabouret.

— En plus, je te connais. Tu n'abandonneras pas tant que tu n'auras pas découvert qui m'a fait ça, et que tu ne les auras pas arrêtés. N'est-ce pas ?

— En effet.

Un léger sifflement rompit l'atmosphère, et Kay se retourna pour voir Oscar lever la tête de son lit, ses yeux bruns troublés.

— Oh, mon Dieu, pas encore !

Elle se précipita vers la porte de derrière, l'ouvrit brusquement et saisit un torchon sur l'égouttoir, l'agitant pour contrer l'odeur nauséabonde qui flottait dans l'air.

— Ce fichu chien, dit-elle en lançant un regard noir au Golden Retriever pendant qu'Adam se penchait pour lui caresser les oreilles. Plus vite Scott le reprendra, mieux ce sera.

— Oh, il n'y peut rien. Il est malade.

Kay pinça les lèvres, retenant la vérité et se promettant d'appeler le collègue d'Adam quand elle arriverait au travail pour lui dire ce qu'elle en pensait.

— Je vais prendre une douche.

Adam se redressa, puis fit un clin d'œil.

— Si ça te dit de m'aider à gaspiller un peu d'eau chaude...

Malgré elle, malgré toutes ses inquiétudes, Kay rit.

— Comment pourrais-je résister à une telle offre ?

CHAPITRE 28

Après avoir relevé le col de sa veste, Kay tendit la main pour prendre la tourte chaude aux champignons que Barnes lui tendait et laissa la chaleur imprégner ses doigts un instant.

Un vent glacial soufflait sur la rivière Medway, créant des vaguelettes à la surface de l'eau qui faisaient tanguer une paire de cygnes en train de remonter le courant.

Le banc en bois était niché contre un mur de calcaire qui l'abritait du plus gros des intempéries, mais elle frissonna quand même lorsque Barnes s'assit à côté d'elle et déballa le plus gros friand des Cornouailles qu'elle ait jamais vu.

— Tu as bien dormi cette nuit ? demanda-t-il.

— Pas vraiment. Et toi ?

Son estomac gargouilla et elle mordit dans la tourte, grimaçant lorsque la nourriture chaude lui brûla la langue, mais incapable de résister à une deuxième bouchée.

— Par-ci par-là.

Barnes lécha les miettes de ses doigts puis plongea la

main dans la poche de son manteau, en sortit son téléphone et plissa les yeux sur l'écran.

— Du nouveau ?

— Juste Parker qui confirme avoir rentré dans le système les dépositions des arrestations d'hier soir. Aucun d'entre eux ne sait rien d'une nouvelle poudre à base de kétamine qui circulerait.

— C'est ce qu'ils disent.

Kay finit la tourte, puis froissa la serviette en papier et s'essuya les lèvres.

— Mon Dieu, j'en avais besoin.

— Moi aussi.

Barnes étouffa un rot, puis prit leurs déchets et les jeta dans une poubelle métallique sur le chemin de halage avant de revenir.

— J'ai parlé à Kyle Walker ce matin, l'agent qui était chez Gary Lovell hier. Il a confirmé avoir remis le téléphone portable de Gary et les serveurs informatiques à Andy Grey hier après-midi. Apparemment, Grey a dit qu'il donnerait la priorité au téléphone, il travaille sur une autre affaire pour la division est ce week-end et son autre expert informatique ne revient que demain.

— Ok. On ne peut pas y faire grand-chose.

Kay soupira.

— Donc la piste de la boîte de nuit est aussi une impasse ?

— On dirait bien. Gavin a enfin eu des nouvelles de Jack Moreton ce matin qui a confirmé que ni lui ni Tina ne se souviennent avoir vu Gary là-bas.

Le front de son collègue se plissa.

— Ou s'il y est allé, il l'a gardé pour lui.

— Et Chantelle Evans, la jeune fille de seize ans qui est morte ? Dave Morrison devait parler à ses parents hier, non ?

— Il l'a fait, et ce n'est pas une histoire joyeuse.

Il se recroquevilla dans son manteau.

— Son père adoptif a dit qu'elle fréquentait des gens plus âgés depuis environ huit mois, et ni lui ni sa femme ne connaissent leurs noms. Quand ils ont adopté Chantelle, ils ont dit que c'était une enfant adorable mais qu'elle était devenue secrète, impolie...

Kay soupira.

— Peut-être qu'elle expérimentait avec la drogue depuis un moment alors.

— C'est ce que Dave pensait. Il prévoit de contacter son école demain et d'organiser une rencontre avec certains de ses camarades de classe.

Le téléphone de Barnes émit un bip, et il gloussa après avoir lu le message avant de le montrer à Kay.

— Emma dit qu'elle s'éclate comme jamais et te passe le bonjour.

Elle tendit la main pour incliner l'écran et sourit à la photo de sa fille, avec un monument emblématique de Sydney en arrière-plan.

— Elle va revenir ?

— Elle a intérêt.

Barnes remit le téléphone dans sa poche.

— Sharp a approuvé mon congé le mois prochain, merci de lui avoir glissé un mot à ce sujet.

— Pas de problème. Je dois avouer que quatre semaines au soleil sont plutôt tentantes en ce moment.

— Adam et toi avez toujours l'intention de partir quelque part ?

— Absolument. Il reste encore quelques mois avant nos vacances, ce qui nous laissera le temps de nous assurer qu'il n'y a pas de complications suite à ses blessures. Au cas où.

— Quand est-ce qu'il aura le feu vert de son médecin ?

— Son rendez-vous est mardi après-midi, donc on le saura à ce moment-là. Cela dit, il ne semble pas avoir d'effets secondaires.

— C'est un homme chanceux. Tu dois être soulagée.

— Je le suis, oui.

Kay observa les cygnes un moment, puis croisa les bras sur sa poitrine alors que le vent changeait de direction et ébouriffait ses cheveux.

— Je m'inquiète que Gavin n'ait pas avancé davantage dans l'enquête sur le vol, cependant.

Barnes fronça le nez.

— Toi et moi savons que c'est une affaire difficile. Il a besoin d'une percée là-dedans...

— J'aimerais...

Elle soupira et se tourna vers lui.

— Et s'il était dépassé ?

— Il ne l'est pas, chef. Ça prendra simplement du temps.

Barnes sourit.

— Après tout, j'ai accaparé beaucoup de son temps cette semaine en l'envoyant à droite et à gauche pour essayer de déterminer si la mort de Felicity est liée au vol, ou si nous pouvons découvrir qui lui a fourni ces drogues, et maintenant à Gary aussi. Il fait de son mieux, comme toujours.

— Je suppose que tu as raison.

Kay secoua la tête et frappa ses paumes contre le siège.

— Bien sûr que tu as raison. C'est juste que—

— Tu veux simplement t'assurer que celui qui a fourni Felicity et Gary, et celui qui est entré par effraction dans le cabinet d'Adam et l'a frappé, reçoivent ce qu'ils méritent.

Les yeux de Barnes s'adoucirent.

— Comme nous tous.

Kay repoussa ses cheveux de ses yeux alors que le vent changeait de direction et la bousculait.

— Écoute, je vais aller parler à Isobel Gregor à nouveau ce matin, peut-être qu'elle pourra nous dire si Felicity connaissait Gary.

— Ça vaut le coup d'essayer, je suppose.

Barnes fronça les sourcils.

— D'après ce que nous savons d'eux jusqu'à présent, il semblerait étrange qu'ils fréquentent les mêmes cercles. Rien ne les reliait sur les réseaux sociaux, tu te souviens.

— C'est un coup de poker, je sais, mais peut-être qu'il y a quelque chose là que nous ne voyons pas encore.

Kay se leva, combattant le sentiment de frustration qui menaçait.

— Écoute, au moins, ça pourrait nous donner une longueur d'avance pendant qu'on attend ces foutus relevés téléphoniques.

CHAPITRE 29

Un ciel gris pâle embrassait les tuiles du toit de la grande maison isolée lorsque Kay gara la voiture de fonction sur l'aire de stationnement gravillonnée au sommet de Windmill Hill.

Une fine brume s'accrochait encore aux creux et aux vallées qu'elle pouvait voir au loin, tandis que les haies dénudées se courbaient sous la brise soutenue qui soufflait sur les champs arides au-delà du chemin.

Elle resserra son manteau autour de ses épaules et s'arrêta pour laisser passer un tracteur boueux avant de traverser la route jusqu'au portail d'entrée.

L'endroit tout entier semblait désolé, sans espoir, et tandis que Kay se hâtait vers la porte d'entrée, elle remarqua que l'allée à côté de la maison était dépourvue de véhicules.

Elle jura intérieurement.

Dans sa hâte de parler à nouveau aux parents de Felicity, elle avait supposé qu'ils seraient chez eux un dimanche matin, et regrettait maintenant de ne pas avoir pensé à téléphoner à l'avance.

Elle sonna à la porte, puis tourna le dos et observa un couple de randonneurs aux vêtements colorés qui passaient, l'homme levant la main en signe de salut avant que la femme à ses côtés ne pointe du doigt un sentier indiqué par un panneau près de la voiture de Kay.

Ils disparurent de sa vue au moment où un verrou glissait, et elle pivota sur ses talons à temps pour voir Isobel Gregor jeter un coup d'œil par l'entrebâillement de la porte.

— Détective Hunter... Je ne vous attendais pas.

— Je suis désolée, madame Gregor. J'aurais dû appeler, dit Kay en réprimant son embarras. Je me demandais... pourrais-je entrer ? J'ai encore quelques questions.

— D'accord.

Isobel ouvrit la porte plus largement et fit un geste vers le salon tandis que Kay entrait dans la chaleur.

— Peter n'est pas là, j'en ai peur. Il est parti tôt ce matin.

— Oh ?

La lèvre supérieure de l'autre femme se retroussa.

— Des affaires du conseil paroissial. Je lui ai dit que je pensais qu'ils pourraient se débrouiller sans lui quelques jours de plus dans ces circonstances...

— J'imagine qu'il est très sollicité ces jours-ci, dit Kay, gardant un ton neutre. Surtout avec ses projets futurs.

— C'est précisément à cause de ces projets futurs qu'il a insisté pour aller à l'église ce matin, et ensuite à cette réunion improvisée.

Alors qu'Isobel s'effondrait sur le canapé deux places et lui faisait signe de s'asseoir dans un fauteuil assorti, Kay vit l'épuisement et le chagrin dans les yeux de la femme.

Elle était toujours pâle et semblait sur le point de s'évanouir.

— Avez-vous quelqu'un à qui parler, ou quelqu'un qui pourrait rester avec vous ? demanda Kay.

Le regard d'Isobel se porta sur le feu ouvert alors qu'une bûche bougeait et crachait des étincelles sur la grille.

— Pas vraiment. J'ai bien peur, détective, que le genre de personnes que nous avons fréquentées ces derniers temps en raison des ambitions de Peter ne soit pas le genre à qui l'on confierait ses opinions personnelles ou ses difficultés.

Elle secoua légèrement la tête tandis que son attention revenait sur Kay.

— Je suis désolée, vous avez dit que vous vouliez me poser d'autres questions ?

Kay joignit les mains sur ses genoux.

— En effet, et je suis désolée de vous causer plus de détresse, madame Gregor. Il y a eu un incident hier matin : un jeune homme d'une vingtaine d'années est mort d'une overdose présumée, et nous pensons qu'il aurait pu prendre le même type de poudre que celle trouvée parmi les vêtements de Felicity.

Isobel eut un hoquet de surprise.

— Vous ne pensez pas que ma fille vendait de la drogue ?

— Nous n'avons aucune preuve qui suggère cela.

Kay leva la main pour apaiser la femme.

— Ce que j'essaie de savoir, c'est si Felicity aurait pu le connaître, mais nous n'avons pas réussi à les connecter sur les réseaux sociaux. Je me demandais si vous l'auriez entendue le mentionner ? Il s'appelle Gary Lovell.

Le front d'Isobel se plissa.

— Elle connaissait un Gary, mais je ne suis pas sûre du nom de famille. Avez-vous... avez-vous une photo ?

Kay ouvrit son sac à main et sortit son téléphone pour faire défiler l'écran jusqu'à une photo récente que Dave Morrison avait copiée d'un des profils de médias sociaux de Gary avant de la lui passer.

Les yeux de la mère de Felicity s'écarquillèrent.

— Oh, oui, je me souviens de lui.

— Vraiment ?

— Oui.

Isobel rendit le téléphone.

— Il y a environ un an, peut-être plus, nous étions en train de dîner et Felicity a mentionné en passant qu'on lui avait demandé si elle voulait rejoindre un groupe de jeunes entrepreneurs. C'était très exclusif, il n'y avait qu'une demi-douzaine de membres à la fois, et l'adhésion se faisait uniquement sur invitation.

— Savez-vous qui l'avait invitée à rejoindre ce groupe d'entrepreneurs ?

— Pas comme ça, non. Ce n'était pas Gary, il me semble que Felicity ne nous a parlé de lui qu'après quelques mois. Elle nous l'a présenté plus tard quand nous l'avons croisé un samedi après-midi à Maidstone pendant que nous faisions du shopping.

Isobel fronça les sourcils, puis soupira.

— Je ne me souviens pas de qui elle a dit que

l'invitation venait, ni comment elle avait entendu parler du groupe.

Kay feuilleta ses notes, perplexe.

— Je n'ai pas de note concernant un groupe de ce type sur les réseaux sociaux de votre fille—

— Oh, ce n'était pas un groupe en ligne.

Isobel haussa un sourcil.

— C'est surprenant de nos jours, je sais. Non, ce groupe se réunissait en personne. Une fois par semaine, le vendredi pour le petit-déjeuner. Felicity quittait toujours la maison tôt pour cela, à six heures et demie. Ils se réunissaient dans une salle de réception d'un des plus petits hôtels de Maidstone à sept heures. Elle disait que deux ou trois des membres avaient encore un emploi pendant qu'ils développaient leur propre entreprise, donc ils pouvaient assister au petit-déjeuner et ensuite aller travailler.

— Vous ne connaîtriez pas par hasard les noms d'autres personnes qui y allaient ?

— Non, désolée. Je me souviens qu'elle avait dit que l'un d'entre eux était un développeur de jeux, vous savez, de jeux vidéo. Il n'y avait qu'une seule autre femme membre. Je crois qu'elle dirigeait une entreprise de design ou quelque chose comme ça.

Kay tourna une nouvelle page de son carnet.

— Nous n'avons rien trouvé concernant ce groupe parmi les affaires de Felicity, et nous attendons toujours les relevés téléphoniques du contrat mobile qu'elle avait. Il n'y avait aucune mention du groupe dans ses e-mails non plus.

— Je pense qu'il y avait une sorte de code qu'ils

étaient censés suivre, vous savez, pour protéger la confidentialité de certains sujets dont ils discutaient. Felicity disait qu'ils devaient être très ouverts sur les revenus, les stratégies marketing, ce genre de choses. Je pense que c'est pour cela qu'ils gardaient tout à l'écart des réseaux sociaux, au cas où quelque chose fuiterait.

Les épaules d'Isobel s'affaissèrent.

— J'aurais préféré qu'elle ne rejoigne pas ce groupe, pour être honnête.

— Oh ? Pourquoi cela ?

— Elle rentrait souvent à la maison en se sentant... anxieuse. Je pense que c'était un cas où elle pensait ne pas être assez bien comparée aux autres membres de ce groupe. Je suppose que c'était parce qu'elle les voyait avoir tellement plus de succès qu'elle. Elle essayait si fort de faire fonctionner sa petite entreprise en ligne, mais chaque semaine, elle traînait avec des gens qui gagnaient facilement six chiffres.

— Savez-vous où ils se réunissaient ? Vous avez dit que c'était dans un hôtel local ?

— Oui, celui de style boutique près de Jubilee Square. Le bâtiment appartenait autrefois à une banque, mais ils ont déménagé dans de nouveaux bureaux apparemment.

— Et vous ne vous souvenez vraiment pas des noms des autres membres ?

— Non, je suis désolée. Pensez-vous que l'un d'entre eux aurait pu aider Felicity, ou aurait pu nous avertir qu'elle consommait de la drogue s'ils n'avaient pas été tenus au secret ?

— Je n'en suis pas certaine, madame Gregor. Mais je peux vous promettre que je vais le découvrir.

CHAPITRE 30

Le lendemain, une ambiance mélancolique régnait dans la salle des opérations pendant que Kay écoutait le briefing du matin.

Ses collègues se tortillaient d'inconfort sur leurs sièges tandis que ceux qui avaient été en repos étaient mis au courant par Barnes du manque de progrès du week-end, et que les conclusions finales de l'opération d'infiltration dans la boîte de nuit étaient évaluées.

Son inspecteur croisa son regard en terminant de parler et éleva la voix au-dessus des murmures et des soupirs de frustration.

— Chef ? Tu veux nous faire un rapide compte rendu de ta conversation d'hier avec Isobel Gregor ?

— Merci, Ian.

Kay se faufila devant Laura, puis s'arrêta à côté du tableau blanc et s'assura d'avoir l'attention de tout le monde.

— Bien, donc avec un peu de chance, nous aurons tous les relevés téléphoniques de Felicity en main plus tard aujourd'hui, peut-être demain, mais en attendant, nous devons parler au propriétaire de cet hôtel juste à côté de Jubilee Square.

Elle fit une pause pour écrire le nom de l'établissement sur le tableau.

— Selon Isobel, Felicity a été invitée à rejoindre un club petit-déjeuner exclusif pour jeunes entrepreneurs il y a un an, et ils se réunissent ici tous les vendredis matin. Isobel a également confirmé que Gary Lovell en était membre...

Une cacophonie de voix remplit l'air, et elle laissa le bruit s'estomper avant de continuer.

— J'ai également parlé aux parents de Gary qui ont dit qu'ils étaient aussi au courant du club petit-déjeuner. Malheureusement, aucun des parents n'a pu nommer les autres membres.

— Il n'y avait rien sur leurs profils de réseaux sociaux à ce sujet, dit Laura en tapotant le bout de son stylo contre son menton. Alors pourquoi tout ce secret ?

— Eh bien, ce sera à toi et Gavin de le découvrir, répondit Kay. J'aimerais que vous organisiez un entretien avec le directeur de cet hôtel dès que possible et que vous demandiez qui était sur la liste des invités. Je présume qu'ils auront une trace des noms, étant donné toutes les exigences en matière de santé et de sécurité que ce genre d'endroits est tenu d'avoir de nos jours.

— On va aller faire un tour là-bas après ça, dit Gavin, la tête baissée alors qu'il faisait défiler les pages de recherche sur son téléphone. Si le directeur n'est pas là, on se renseignera auprès de la réceptionniste pour savoir qui gère la salle de réception et on leur parlera.

— Ça me semble bien, merci.

— Bien, les autres actions du jour, dit Barnes en feuilletant l'ordre du jour qu'il avait en main.

Ils levèrent tous deux les yeux lorsque la porte de la salle des opérations s'ouvrit brusquement, la poignée heurtant un classeur derrière elle.

Sharp s'avança vers eux, le visage orageux.

— Chef..., réussit à dire Barnes, il y a un problème ?

— Un mot avec l'inspectrice principale Hunter, si vous permettez, aboya le commandant divisionnaire. Désolé d'interrompre, Ian.

Kay jeta un coup d'œil au visage de Sharp et déglutit.

— Bien, chef. Peut-être dans ton ancien bureau ?

La chaleur lui monta au visage tandis qu'elle s'excusait auprès du groupe rassemblé autour du tableau blanc et se précipitait vers l'endroit où Sharp se tenait à côté de la porte ouverte du bureau abandonné.

En entrant, elle prit une profonde inspiration, son rythme cardiaque s'accélérant tandis que son esprit travaillait, essayant de comprendre ce qui avait pu se passer, ce qui avait pu mal tourner, et pourquoi Sharp était d'une humeur si manifestement exécrable.

La porte claqua, et elle se retourna pour lui faire face.

— Qu'est-ce qui ne va pas ?

— Cette foutue Suzi Chambers, voilà ce qui ne va pas, cracha-t-il en lui mettant sous le nez une copie d'un article de presse en ligne.

Kay fronça les sourcils, prit l'impression qu'il lui tendait et regarda le titre.

Une détective implore les parents de la victime après le vol dans un cabinet vétérinaire.

— Qu'est-ce que... ?

Ses yeux tombèrent sur la photographie en dessous, sa respiration devenant faible lorsqu'elle se reconnut en train de quitter le domicile d'Isobel Gregor la veille.

— Les gens que j'ai vus en face de la maison des Gregor hier, ils ont dû prendre ça.

— Suzi a des contacts dans les bas-fonds, dit Sharp. Ils devaient attendre que quelque chose comme ça se produise, surtout avec les ambitions politiques de Peter.

Kay parcourut rapidement l'article, sa voix tremblant de colère.

— « Une détective chevronnée de la police du Kent a été aperçue en train de parler avec la mère de la victime de suicide Felicity Gregor, quelques jours seulement après un vol de kétamine au cabinet vétérinaire Turner à Maidstone. Le cabinet est détenu et géré par le compagnon de la détective Kay Hunter, Adam Turner... ».

Elle baissa la page et fusilla Sharp du regard.

— C'est des conneries.

— Malheureusement, ce sont des conneries qui ont attiré l'attention de Peter Gregor et de la commissaire, dit Sharp en vérifiant sa montre. C'est pour ça que nous avons une réunion avec eux à Northfleet demain à la première heure.

— Merde.

— Je sais que ce n'est pas juste, Kay, mais c'est à prévoir dans ces circonstances. Tu ferais la même chose.

Kay souffla pour dégager sa frange de ses yeux.

— Je suppose que oui. Qu'est-ce que tu veux que je fasse ?

— Rentre chez toi pour le moment. Transmets tout ton travail à Barnes avant de partir.

Sharp soupira.

— Je suis désolé, Kay, mais nous devons faire face à la possibilité que la commissaire veuille te suspendre jusqu'à ce que tout cela soit terminé. Autant pour ta propre protection que pour celle de la police.

Clignant des yeux pour chasser la sensation de picotement au coin de ses yeux et ravalant sa frustration, Kay soupira.

— Je n'ai pas vraiment le choix, n'est-ce pas ?

CHAPITRE 31

Gavin tendit la main vers la poignée en laiton poli de la porte vitrée menant à l'hôtel boutique et il laissa Laura entrer dans le bâtiment avant lui, les talons de sa collègue claquant sur les carreaux laqués.

Un escalier finement sculpté s'enroulait vers la droite, et lorsqu'il leva les yeux, sa bouche s'ouvrit d'émerveillement devant l'énorme lustre suspendu au-dessus de sa tête.

Il cligna des yeux pour contrer l'effet aveuglant de toutes les ampoules et tourna son attention vers l'homme en costume derrière un solide bureau de réception en chêne qui sourit lorsque Laura s'approcha.

Le sourire faiblit un peu quand elle montra sa carte de police, mais son professionnalisme l'emporta et il décrocha un téléphone à côté d'un ordinateur portable et leur fit signe de se diriger vers un groupe de fauteuils moelleux à gauche de l'entrée.

— Monsieur Knight sera là dans un instant, leur lança-t-il alors qu'ils prenaient place. Il ne sera pas long.

— Merci, dit Laura en croisant les jambes, puis en se penchant en avant pour sélectionner l'un des magazines brillants disposés sur une table basse en bois devant eux.

— Tu as l'air à l'aise ici, dit Gavin avec un sourire.

— C'est joli, n'est-ce pas ?

Elle leva les yeux au plafond, puis fronça les sourcils.

— Je ne voudrais pas avoir à dépoussiérer ce fichu lustre, pas toi ?

— Heureusement, détective, nous avons une équipe talentueuse de nettoyeurs qui s'en chargent pour nous.

Gavin leva les yeux à cette voix pour voir un homme plutôt grand, dans la trentaine, s'avancer d'un pas nonchalant vers eux, la main tendue lorsqu'il les atteignit.

— Je suis Lee Knight, le directeur de cet établissement. Comment puis-je vous aider ?

Après avoir fait les présentations, Gavin glissa sa carte de police dans la poche de sa veste et inclina la tête vers l'arrière du bâtiment.

— Nous comprenons que vous avez une salle de réception là-bas qui est utilisée pour la réunion de petit-déjeuner régulière d'un club le vendredi matin. Nous avons quelques questions à poser sur les participants.

Le front de Knight se plissa avant qu'il ne se reprenne, puis il fit un geste vers une porte ouverte menant au-delà du bureau de réception.

— Voulez-vous me suivre ? Je peux vous montrer où se trouve la salle de réception pendant que nous parlons si vous voulez.

— Merci.

Gavin suivit Laura tandis que Knight les conduisait le long d'un couloir, leurs pas étouffés par l'épaisse moquette qui couvrait le sol. Des reproductions encadrées de paysages de la campagne locale étaient accrochées aux murs, et des appliques en laiton ancien émettaient une douce lueur qui contrastait avec la peinture de couleur pâle.

Un escalier raide partait sur sa droite et, remarquant un aspirateur abandonné sur la marche du haut, il réalisa que c'était ainsi que les femmes de ménage atteignaient les étages supérieurs.

Knight jeta un coup d'œil par-dessus son épaule et sourit.

— C'était à l'origine la résidence d'un marchand, et lorsque nous avons repris le bâtiment à la banque, nos développeurs ont rétabli l'ancien escalier de service. Nos clients utilisent bien sûr l'escalier principal depuis la réception, ou l'ascenseur.

Il s'arrêta et ouvrit une porte sur sa gauche avant de les faire entrer et d'activer une série d'interrupteurs sur un panneau mural.

Gavin cligna des yeux tandis que son regard s'adaptait aux spots lumineux du plafond qui éclairaient une formation de tables en U au milieu de la pièce. Un tableau blanc similaire à celui qu'ils utilisaient dans la salle des opérations se trouvait à une extrémité à côté d'un écran repliable, et un projecteur se mit automatiquement en marche depuis sa position au plafond.

Une légère odeur de grains de café brûlés flottait dans l'air, et Knight tendit la main pour ajuster les commandes de climatisation tout en faisant un geste vers les chaises entourant les tables.

— Nous avons un groupe de dentistes qui vient pour

leur réunion annuelle à quatorze heures, donc nous pouvons parler ici en privé. Comme vous pouvez le voir, nous ajustons la disposition des sièges selon les besoins de nos clients. Le club de petit-déjeuner dont vous avez parlé préfère généralement une configuration de type salle de conseil.

Gavin posa ses mains sur le dossier d'une des chaises tandis que Knight faisait le tour de la table et redressait les verres d'eau, les stylos et les carnets de notes offerts.

— Que pouvez-vous nous dire sur ce club de petit-déjeuner du vendredi ?

Knight fit une pause dans ses activités frénétiques et soupira.

— J'ai été terriblement désolé d'apprendre pour Felicity Gregor la semaine dernière. Elle était si polie avec tout le monde quand elle était ici.

— À quel point la connaissiez-vous ? demanda Laura, qui prenait des notes près de la porte.

— Pas personnellement, bien sûr. Juste ici, en passant. Les suicides sont toujours un tel choc à apprendre, n'est-ce pas ?

— Connaissiez-vous Gary Lovell ? demanda Gavin.

— Le nom me dit quelque chose.

— C'était un autre membre du groupe, il a été retrouvé mort samedi matin.

Knight pâlit.

— Mort ? Comment ?

— Nous ne sommes pas en mesure de le dire pour le moment, mais je peux vous dire que cela fait partie d'une enquête en cours. Avez-vous une liste des participants au club de petit-déjeuner que vous pourriez nous donner ?

— Bien sûr.

Retrouvant sa composition, la voix du directeur devint vive alors qu'il sortait un téléphone portable de sa poche et balayait l'écran.

— La beauté de la technologie, détectives, nous avons maintenant toutes les informations de nos invités au bout des doigts.

— Dans ce cas, monsieur Knight, pourriez-vous nous envoyer cette liste par e-mail également ?

Gavin fit glisser une de ses cartes de visite sur la table polie.

— Tout de suite.

Le directeur tapota plusieurs fois l'écran avec son index, puis leva les yeux lorsque le téléphone du détective sonna.

— Voilà.

— Merci.

Gavin inclina l'écran alors que Laura le rejoignait pour qu'elle puisse voir les noms.

— Damian Beech est la personne avec qui je traite habituellement, poursuivit Knight. Je pense qu'il doit être le leader du groupe, ou du moins, c'est l'impression que j'ai. Ensuite, vous avez Felicity et Gary listés là.

— Que pouvez-vous nous dire sur les trois autres personnes listées ici ? demanda Laura.

— Je suis désolé, je ne sais pas grand-chose à leur sujet, à part leurs noms et les préférences alimentaires notées dans le système.

Knight termina son inspection de la pièce et joignit les mains.

— Y avait-il autre chose dont vous aviez besoin,

détectives ? C'est juste que nous aimons tester l'équipement audiovisuel avant que nos clients n'utilisent la salle, et...

— Nous vous contacterons si nous avons besoin d'autre chose, dit Gavin.

— Je vous en prie.

Le directeur de l'hôtel fit un geste vers la porte et les raccompagna vers la zone de réception.

— Si je ne suis pas là, alors l'un de mes employés pourra vous aider.

— Merci.

Une fois sur le trottoir à l'extérieur, Gavin attendit que la porte se referme en glissant, puis leva un sourcil vers Laura.

— Je suppose qu'on ferait mieux de commencer à faire des vérifications sur tout ce monde, alors.

— Ça me va.

Laura prit la tête du chemin de retour vers le commissariat et laissa échapper un soupir.

— Croisons les doigts pour qu'on trouve quelque chose pour aider Kay.

CHAPITRE 32

Kay posa son sac à main sur le plan de travail de la cuisine et se dirigea vers la bouilloire, l'alluma et sortit une tasse en porcelaine du placard au-dessus.

Elle avait croisé Adam sur le chemin du retour, son compagnon avait levé la main alors qu'il promenait Oscar le long de la route depuis le supermarché, un sac en toile de jute rebondi sur l'épaule.

Elle frotta ses yeux fatigués, épuisée par les horaires qu'elle tenait et le stress de la semaine passée. Elle bâilla alors que la bouilloire arrivait à ébullition et versa l'eau chaude sur un sachet de thé avant de l'écraser contre le bord.

La porte d'entrée s'ouvrit, et Oscar se précipita dans la cuisine, la queue remuante, pour la trouver et enfouir son museau dans ses mains.

— Je n'ai pas de biscuits, non, dit-elle en riant, et elle pointa du doigt les gamelles en acier inoxydable près de la porte de derrière. Va boire un coup.

— Salut, dit Adam en entrant et en posant le sac de

courses à côté du sien avant de commencer à le déballer. J'ai acheté du poisson pour ce soir, pour changer, ça te va ?

— Parfait, dit-elle en s'approchant pour l'embrasser. On pourra le faire avec des légumes vapeur.

— Tu es rentrée tôt.

Il fronça les sourcils.

— Qu'est-ce qui ne va pas ?

— Je suis retirée de l'affaire. Suzi Chambers a réussi à mettre la main sur des photos de moi en train de sortir de chez les Gregor hier, et elles sont partout en première page de ce site d'actualités pour lequel elle travaille maintenant.

Kay soupira.

— J'ai une réunion avec Sharp et la commissaire à Northfleet demain matin. Peter Gregor sera là aussi. Sharp dit qu'il fera de son mieux, mais il pourrait y avoir une enquête des normes professionnelles sur mon implication dans l'affaire.

Adam entoura sa taille de ses bras et posa son menton sur ses cheveux.

— Je suis vraiment désolé d'entendre ça. J'imagine qu'Isobel Gregor n'a pas porté plainte ? Je veux dire, tu as fait tout ce que tu pouvais pour leur donner des réponses sur la mort de Felicity.

— Non, je ne pense pas. Isobel semblait soulagée d'avoir quelqu'un à qui parler hier. Tout ça, c'est l'œuvre de Suzi, ce n'était qu'une question de temps avant qu'elle ne cause des problèmes. Après tout, elle essaie de trouver un scoop sur moi depuis des années.

Elle s'écarta et lui prit les mains.

— Je suis désolée, Adam. Elle a mentionné ton nom et celui du cabinet dans le même article. Elle a compris que nous pensons que ces morts pourraient être liées au vol de kétamine.

Il grimaça, puis lui adressa un sourire contrit.

— Écoute, je doute fort que quoi que ce soit que Suzi dise puisse nuire à mon entreprise. Les journaux locaux ont déjà parlé du vol et du fait que je me suis fait agresser. Tous nos clients existants ont été incroyablement compréhensifs. Stephanie est passée tout à l'heure et a dit qu'ils n'avaient jamais été aussi occupés. Suzi ne peut pas détruire ça. Je suis juste désolé que tu passes sur le gril à cause d'elle.

— Au moins Sharp sera là avec moi demain. Je n'aimerais pas avoir cette conversation sans lui. J'aurais juste aimé que Peter vienne nous voir d'abord plutôt que d'aller directement au sommet.

Kay soupira et passa sa main sur le plan de travail.

— On dirait que ses ambitions politiques l'emportent sur le bon sens, c'est presque comme s'il utilisait ça pour prendre pied au quartier général et s'attirer les faveurs des hauts gradés avant même d'avoir officiellement annoncé son intention de se présenter au poste de préfet de police.

Adam alla à l'évier, se lava les mains, puis ouvrit la porte du réfrigérateur et en sortit une bière froide et une boisson sans alcool, lui tendant la bière.

— Comment a-t-il été jusqu'à présent ?

— Correct, dans les circonstances je suppose. Même si, dit Kay en fronçant les sourcils, Isobel a dit hier qu'il insistait déjà pour assister aux réunions du conseil paroissial et autres. Je pense qu'elle était choquée, étant donné que Felicity n'est morte que depuis une semaine.

Adam fit tinter son verre contre le sien.

— Eh bien, espérons que demain se passera aussi bien que possible.

— Ouais.

Kay but une gorgée et contempla l'étiquette sur le côté en passant son pouce sur la condensation.

— Vois le bon côté des choses, dit Adam en lui serrant le bras. Tu as une équipe qui travaille là-dessus et qui est plus que capable, et tu as Sharp de ton côté. Si ça peut te consoler, tu pourrais avoir besoin d'une pause de toute façon. Quand as-tu pris ton dernier jour de repos programmé ?

— C'est vrai.

Elle soupira et examina les murs de la cuisine.

— Je suppose que je cherchais une excuse pour repeindre ici.

CHAPITRE 33

Le lendemain matin, Kay frottait une tache tenace de peinture à l'émulsion collée à son ongle tout en observant le parking devant le quartier général de la police du Kent.

La circulation sur la voie rapide au-delà de l'entrée grondait tandis que d'autres véhicules tournaient dans le complexe et remplissaient les places restantes au-delà de la fenêtre.

Elle laissa retomber sa main lorsqu'une voiture sportive de luxe bleu pâle passa en trombe en contrebas, le visage du conducteur faisant se serrer douloureusement son estomac.

— Il est là, lança-t-elle par-dessus son épaule.

Sharp leva les yeux de son téléphone et traversa la moquette depuis l'endroit où il se tenait près d'un distributeur automatique, la mâchoire serrée.

Kay ne dit rien lorsqu'il s'approcha de la fenêtre, tournant plutôt son regard vers l'esplanade en contrebas où Peter Gregor se dirigeait vers la porte d'entrée, la tête baissée.

Instinctivement, elle fit un pas en arrière au cas où il lèverait les yeux, même si elle savait qu'il ne pourrait pas la voir à travers la vitre teintée.

Elle déglutit, la gorge sèche, et se força à respirer profondément.

— Viens, dit Sharp en lui touchant le coude. Nous devrions informer la commissaire de notre présence avant que Peter n'arrive à l'étage. Ça ne ferait pas bonne impression si nous arrivions après lui.

— D'accord.

Kay le suivit docilement jusqu'aux deux ascenseurs à côté du distributeur automatique, reconnaissante que les portes de celui de droite s'ouvrent dès que Sharp eut appuyé sur le bouton.

Ils montèrent à l'étage suivant en silence, et Kay se concentra pour compter les secondes en fixant ses chaussures, peu disposée à voir son visage pâle lui renvoyer son regard dans les parois en miroir.

Les portes s'ouvrirent en glissant et ils sortirent dans un espace ouvert rempli de bureaux et de conversations murmurées.

Ici, une atmosphère différente régnait.

Plutôt que le chaos que Kay associait à une salle des opérations animée, il y avait ici un bourdonnement régulier d'activité calme.

Personne ne courait d'un côté et de l'autre vers les photocopieuses, ni ne criait à quelqu'un d'autre de répondre au téléphone, sinon...

Au lieu de cela, elle aurait pu entrer dans un cabinet comptable, tel était le contraste.

— Par ici.

Sharp inclina la tête vers la gauche et elle rajusta sa veste.

Ouvrant la marche le long d'une rangée d'étagères bien organisées recouvertes de dossiers et de politiques et procédures reliées en spirale bien feuilletées, il fit un signe à une femme assise à un bureau au fond, la porte à côté de son écran d'ordinateur fermement close.

— Denise, ravi de vous voir, dit Sharp d'une voix posée. L'inspectrice principale Hunter et moi-même avons rendez-vous avec la commissaire à neuf heures trente, et je viens de voir Peter Gregor arriver en bas.

— Commandant divisionnaire Sharp, je vous remercie.

Denise fit un signe de tête à Kay, puis désigna quatre chaises pour visiteurs sur le côté derrière un paravent ajouré.

— Si vous voulez bien attendre par là, je vous appellerai quand la commissaire sera prête à vous recevoir.

Kay choisit un siège près de la fenêtre et posa son coude sur le rebord en regardant à travers la vitre.

Observant les gens qui entraient et sortaient du bâtiment en trombe, elle remarqua deux jeunes femmes qui s'arrêtaient près d'une des bornes en acier qui bordaient le chemin d'entrée pour allumer des cigarettes, leur posture détendue pendant qu'elles bavardaient.

Un homme en uniforme de sergent s'arrêta pour leur parler en sortant, et de toute évidence, il y eut quelques taquineries bon enfant avant qu'il ne s'éloigne en riant.

Tout cela semblait si normal, si semblable à sa vie au commissariat de Maidstone.

Adam avait raison, elle avait besoin de congés – c'était pour cela qu'ils avaient commencé à faire des projets de vacances avant qu'il ne soit agressé, après tout – mais à ses conditions.

Pas comme ça.

Une boule se forma dans sa gorge tandis qu'elle regardait les deux femmes écraser leurs cigarettes sous leurs chaussures avant de jeter les mégots dans un gobelet d'eau de distributeur que l'une d'elles tendait.

— Kay ?

La voix de Sharp interrompit sa rêverie nerveuse.

Elle renifla et se tourna vers la salle d'attente pour le voir se pencher en avant et poser ses coudes sur ses genoux.

Ses yeux gris étaient perçants alors qu'ils plongeaient dans les siens.

— Nous allons surmonter ça, dit-il d'une voix basse. Quoi qu'il se passe là-dedans dans la prochaine heure, nous y ferons face et nous passerons à autre chose. Rien n'est permanent dans ce genre de situation, tu le sais aussi bien que moi.

Kay acquiesça, puis déglutit.

— Je sais, chef. Mais laisse-moi mes deux minutes pour m'y complaire, d'accord ?

Il laissa échapper un petit rire étouffé avant de lever les yeux, sa colonne vertébrale se raidissant au garde-à-vous alors qu'une autre voix leur parvenait.

— Monsieur Gregor, merci d'être venu.

Kay regarda à travers le paravent ajouré pour voir la commissaire Susan Greensmith faire entrer le père de Felicity dans son bureau, puis s'arrêter sur le seuil.

— Denise, faites entrer le commandant divisionnaire Sharp et l'inspectrice principale Hunter, s'il vous plaît.

Alors que l'estomac de Kay dégringolait, Sharp posa sa main sur son bras et fit un signe de tête vers la porte ouverte.

— Allons-y, dit-il. Finissons-en.

CHAPITRE 34

Quelques minutes plus tard, les présentations formelles avaient été faites, et les quatre parties étaient rassemblées autour du bureau de Susan Greensmith, la porte fermement close.

L'épaisse moquette bleu marine étouffait leurs voix, atténuait les bruits du bureau ouvert au-delà, et donnait à Kay l'impression d'être coupée du monde extérieur.

Tout ce qui existait maintenant étaient les trois personnes dans la pièce avec elle, qui allaient décider de son avenir immédiat.

— Monsieur Gregor, commença Greensmith, je vous remercie d'avoir porté vos inquiétudes à mon attention suite à l'article paru hier. Souhaitez-vous partager ces préoccupations avec le commandant divisionnaire Sharp et l'inspectrice Hunter afin que nous puissions décider au mieux de la façon de procéder ?

Peter Gregor épousseta une poussière imaginaire de son pantalon et acquiesça.

— Merci, Susan.

Kay retint un gémissement.

S'il était en termes familiers avec la commissaire, cela n'augurait rien de bon pour elle ou pour l'issue de la réunion.

— Comme vous pouvez l'imaginer, dit Gregor, nous avons été totalement choqués d'apprendre, par un journal à sensation, qui plus est, que l'inspectrice enquêtant sur la mort tragique de notre fille est liée au vétérinaire dont le cabinet a été cambriolé la semaine dernière, et plus encore que les médicaments volés lors de ce raid pourraient être responsables du suicide de Felicity.

Kay baissa les yeux sur ses genoux tandis qu'il parlait.

Éprouver de l'empathie pour cet homme était pour elle une seconde nature – elle avait perdu une fille autrefois, il y a longtemps, et le chagrin la rongeait encore tandis qu'elle écoutait – mais entendre ses mots lui porta un coup amer.

— Ma femme a parlé à l'inspectrice Hunter en toute bonne foi dimanche, croyant que la conversation aiderait l'enquête sur les raisons pour lesquelles notre fille est morte de cette façon, et sur qui est responsable de lui avoir fourni les drogues dont elle a fait une overdose, poursuivit Gregor, la voix brisée. Découvrir qu'elle a utilisé cette conversation pour servir ses propres intérêts personnels, qu'elle est plus préoccupée par l'arrestation des personnes qui ont volé les médicaments du cabinet vétérinaire de son partenaire, c'est tout simplement trop. On ne peut pas lui permettre de continuer à travailler sur cette enquête. Je suis convaincu qu'elle continuera à laisser son implication personnelle éclipser un bon travail de police.

Quand il eut fini, il se pencha en arrière dans sa chaise et expira.

Kay eut l'impression d'avoir reçu un coup de poing dans l'estomac.

Ses pensées s'entrechoquant, elle réalisa que ses mains tremblaient et les serra fermement sur ses genoux, espérant que personne d'autre ne pouvait le voir.

La colère, la frustration et un sentiment écrasant de culpabilité sapaient sa confiance.

Tout ce qu'elle avait fait, tout ce qu'elle avait toujours fait, c'était d'essayer de découvrir pourquoi Felicity Gregor était morte – et qui en était responsable.

Gregor avait-il raison ?

Son implication personnelle avait-elle obscurci son jugement, malgré ses meilleurs efforts pour rester concentrée ?

Susan Greensmith la regarda par-dessus ses lunettes de lecture.

— Inspectrice principale Hunter, avez-vous quelque chose à dire avant que nous ne continuions ?

— En fait, si je puis me permettre...

Sharp se tourna vers Kay et haussa un sourcil.

— Je peux ?

Confuse, elle se mordit la lèvre.

Le commandant divisionnaire avait été son mentor tout au long de sa carrière de détective, et son embarras la piquait à l'idée de l'avoir déçu après avoir insisté pour être impliquée dans l'enquête.

Avait-elle poussé leur relation trop loin cette fois-ci ?

Elle baissa les yeux et croisa les doigts sur ses genoux.

— Bien sûr, chef.

Greensmith tourna son attention vers le commandant divisionnaire alors qu'il faisait face au père de Felicity.

— Peter, je ne peux pas imaginer ce que vous et Isobel traversez, dit-il. Je dois vous remercier d'être ici aujourd'hui, et d'avoir eu la courtoisie d'inviter l'inspectrice principale Hunter à notre réunion également.

Le regard de Gregor glissa vers Kay, puis revint vers le commandant divisionnaire tandis qu'il ajustait sa cravate.

— Bien sûr, et merci à vous, Sharp. J'apprécie que votre équipe fasse tout son possible pour aider à trouver qui fournissait la drogue à Felicity. Cela a été un tel choc pour Isobel et moi d'apprendre qu'elle trempait dans ce genre de choses.

— J'en suis sûr.

Sharp fit une pause, comme s'il rassemblait ses pensées avant de continuer.

— Le problème que j'ai, Peter, c'est que si je retire l'inspectrice principale Hunter de l'enquête, nous n'avons personne pour la remplacer. Nous n'avons tout simplement pas les ressources, et je n'ai certainement personne de son calibre disponible à court terme.

Kay observa Susan Greensmith se pencher en arrière dans son fauteuil à côté de Gregor, ses yeux perçants fixés sur Sharp tandis qu'il plaidait sa cause.

— Mon équipe répartit déjà ses ressources limitées entre la mort de Felicity et celle de Gary Lovell tout en essayant de déterminer s'il y a un lien entre elles et le vol de kétamine au cabinet vétérinaire d'Adam Turner, poursuivit Sharp. L'inspectrice principale Hunter est restée en retrait dans tout cela jusqu'à présent, tandis que l'inspecteur Barnes et l'enquêteur Piper agissent en tant qu'enquêteurs principaux. Son apport a été inestimable pour eux et pour le reste de l'équipe en apportant son expérience et son dévouement aux trois enquêtes. Je vous demanderais respectueusement de reconsidérer votre demande de la retirer de ces enquêtes. L'inspectrice principale Hunter ne devrait pas être mise à l'écart à cause de la tentative grossière d'une journaliste de seconde zone de faire du sensationnalisme et d'utiliser la mort de votre fille comme moyen de poursuivre une vendetta personnelle contre elle.

— J'ai parlé au rédacteur en chef de Suzi Chambers ce matin, dit Greensmith d'un ton glacial, et il confirme que le journal publiera des excuses complètes dans leurs éditions en ligne et imprimée demain matin. Je doute fort que madame Chambers ait encore un emploi d'ici la fin de la semaine, étant donné ses antécédents de ciblage sur Hunter. Je ne pense pas qu'un rédacteur en chef respectable cautionnerait une vendetta personnelle étalée en première page.

Kay retint son souffle quand la commissaire eut fini de parler, certaine que tout le monde autour de la table de conférence pouvait entendre son cœur battre la chamade.

Gregor joignit les mains devant lui et inclina la tête un moment. Quand il leva les yeux, il regarda Kay droit dans les yeux.

— Inspectrice principale Hunter, je vous présente mes excuses. Je crois que j'ai agi avec précipitation, et j'espère que vous me pardonnerez.

— Je vous en prie, ne vous inquiétez pas.

Kay parvint à esquisser un petit sourire et expira.

— Je veux juste me remettre au travail et trouver qui a

fait ça. Je veux vous aider à trouver des réponses, croyez-moi.

— Je vous crois. Et Sharp, merci. Je suis conscient de ce à quoi vous êtes confronté.

Gregor soupira.

— C'est pour cette raison que j'espère pouvoir contribuer de manière plus pratique dans les années à venir.

— C'est noté. Je dois dire que grâce à votre intervention hier, Peter, nous avons pu recevoir les résultats des tests sur la kétamine trouvée sur les vêtements de Felicity plus tôt que prévu.

— Je suis heureux d'avoir pu aider d'une petite manière.

Greensmith retira ses lunettes et regarda Kay.

— Inspectrice principale Hunter, je dois dire que la situation actuelle n'est pas habituelle. Comme vous le savez, normalement, toute personne ayant le moindre lien avec une enquête serait écartée.

Elle leva la main alors que Kay ouvrait la bouche.

— Laissez-moi terminer. J'ai été très désolée d'apprendre que votre compagnon, Adam, avait été agressé. Je sais qu'il a été un soutien pour vous au fil des ans, et toute agression sur un homme innocent est troublante. Étant donné que Sharp m'assure que vous n'êtes pas directement impliquée dans l'enquête sur le vol et l'agression, et que vous assistez simplement dans l'affaire des décès liés à la drogue, je suis d'accord pour que vous continuiez dans cette capacité. Cependant, vous devez vous assurer que tout ce que vous faites est documenté. Compte tenu de votre propension à la rigueur, je suis sûre que cela ne sera pas un problème pour vous.

— Merci, commissaire.

Greensmith hocha la tête, puis se tourna vers Gregor.

— Peter, si vous êtes satisfait du résultat de cette réunion, peut-être pourrions-nous convenir que mes inspecteurs vous tiendront informé de l'avancement de leur enquête.

— Bien sûr.

Peter Gregor se leva de son siège et tendit la main à Kay.

— Je vais écrire à l'éditeur de madame Chambers dès que je rentrerai chez moi, inspectrice.

Après avoir raccompagné Gregor, Greensmith revint et ferma la porte avant de retourner à son bureau. Elle déboutonna sa veste d'uniforme en s'asseyant, un sourire désabusé aux lèvres tandis qu'elle l'accrochait au dossier de sa chaise et remontait les manches de sa chemise.

— On fera de vous un politicien un de ces jours, Devon.

— Madame.

— Bien. Quelles sont vos prochaines étapes dans cette enquête ? Vous avez mentionné avoir reçu les résultats des tests ce matin.

— Oui, et ils sont des plus inquiétants.

Sharp sortit de la poche de sa veste un résumé plié des techniciens et le fit glisser sur le bureau vers Greensmith.

— Voici un résumé de l'analyse effectuée. La conclusion à la fin est ce qui m'inquiète particulièrement.

Greensmith fronça les sourcils en finissant sa lecture.

— La personne qui a fabriqué la drogue que Felicity a prise s'est trompée dans le dosage... C'était trop fort.

— Exactement. Cela me porte à croire que nous recherchons quelqu'un de nouveau, plutôt qu'un dealer expérimenté. Dans ce cas, je pense que mon équipe peut parler aux consommateurs connus et peut-être découvrir de qui il pourrait s'agir.

— Ça vaut le coup d'essayer, approuva Greensmith. Nous savons tous que les consommateurs de drogue ont tendance à s'en tenir aux dealers qu'ils connaissent et en qui ils ont confiance. S'il y a quelqu'un de nouveau dans le secteur, qui essaie de se faire un nom en proposant une nouvelle variante d'une substance connue, alors les rumeurs ne tarderont pas à se répandre.

— À mon avis, trois décès, celui de Felicity quelques heures après le vol, et maintenant Gary Lovell et Chantelle Evans, indiquent que ce nouveau dealer est peut-être en train de paniquer à présent.

Sharp replia les résultats des tests, un sourire prédateur sur ses lèvres.

— Et quand les gens paniquent, ils nous facilitent la tâche pour les trouver.

CHAPITRE 35

Kay alluma son ordinateur et soupira tandis qu'il démarrait, laissant une partie de la tension des dernières vingt-quatre heures s'échapper de ses muscles fatigués.

Une détermination renouvelée s'empara d'elle alors qu'elle se connectait, les informations du laboratoire et les paroles de Sharp résonnant dans ses oreilles.

— Contente de te revoir, chef, dit Gavin en posant une tasse de thé à côté de son clavier. Tu emmènes Adam à l'hôpital plus tard ?

— Merci, et oui. J'espère que le spécialiste va lui donner le feu vert. Il ne semble plus avoir de maux de tête aussi souvent maintenant.

— C'est une excellente nouvelle.

Gavin jeta un coup d'œil par-dessus son épaule, puis baissa la voix.

— Chef ? Tu pourrais lui faire savoir que je fais tout mon possible pour découvrir qui l'a agressé et volé ces médicaments ? Je ne veux pas qu'il pense que je l'ai oublié avec tout ce travail en cours.

Un élan de fierté envahit Kay face aux paroles de son protégé.

— Ne t'inquiète pas, nous savons tous les deux que tu fais de ton mieux dans des circonstances difficiles. Toi et moi savons que ce genre de raids reste souvent impuni, alors ne panique pas et ne doute pas de tes capacités si tu arrives à une impasse, d'accord ?

Un faible sourire traversa son visage.

— Quand même, chef. Je n'ai pas encore abandonné.

— Bien. Maintenant, allons retrouver les autres et tu pourras me mettre au courant de ce que j'ai manqué ?

Barnes se retourna lorsqu'ils s'approchèrent du tableau blanc au bout de la pièce et désigna quatre nouvelles photographies qui avaient été épinglées sur le panneau de liège à côté en l'absence de Kay.

— Bon retour, chef. Voici les autres membres du groupe d'entrepreneurs auquel appartenaient Felicity et Gary.

— Qu'avez-vous découvert sur eux ? demanda Kay en s'approchant pour examiner chacune des images à tour de rôle.

— Ce type à gauche est Damian Beech, un millionnaire de la tech qui l'est devenu par ses propres moyens, d'après ce qu'on dit, même s'il le nie, expliqua Laura. Il n'a aucune activité récente sur les réseaux sociaux. En fait, le dernier post que nous avons trouvé de lui date d'il y a environ quatre ans, sur un ancien compte. Selon Lee Knight, le gérant de l'hôtel où ils tiennent leur petit-déjeuner tous les vendredis, Damian semble être le leader du groupe. Monsieur Knight dit que c'est généralement avec lui qu'il traite s'il y a des annulations ou des changements de dispositions que le groupe fait de temps en temps.

— La femme à côté de lui est Helene Becker, ajouta Barnes. Elle a commencé sa carrière en tant que graphiste mais gagne maintenant sa vie grâce à des commissions d'installations artistiques. Trente-trois ans, et elle s'en sort plutôt bien aussi, d'après ce que nous avons pu constater sur les bilans de son entreprise.

— Et ce type de l'autre côté d'elle est Tom Weston, dit Gavin. Il n'a rejoint le groupe que depuis quatre mois, d'après les registres des arrangements de restauration de l'hôtel pour eux, et il dirige une entreprise de motos personnalisées près de Thanet. Lee Knight dit qu'il y aurait des rumeurs sur une série télévisée en cours de commande sur son travail ; apparemment, il aurait entendu Damian en parler à l'un des autres il y a trois semaines.

— Enfin, celui au bout est Sebastian Groves.

Barnes tapota la photographie.

— Monsieur Groves a hérité d'une grosse somme d'argent de ses parents lorsqu'ils sont morts dans un accident d'hélicoptère en faisant du ski il y a deux ans et il semble passer son temps à le dépenser. Nous n'avons pas encore déterminé ce qu'il fait réellement dans la vie, mais il a un casier judiciaire vierge et semble plutôt introverti.

— Avez-vous prévu des entretiens avec l'un d'entre eux ? demanda Kay en feuilletant les pages que Laura lui avait remises avec les résumés pour chacun des membres du club.

— Nous les avons programmés pour cet après-midi. Nous avons pensé que dans ces circonstances, il valait mieux les voir le plus tôt possible, plutôt que de leur donner une chance de se rencontrer d'abord, répondit Barnes. Juste au cas où ils auraient quelque chose à cacher.

— Excellent travail, vous tous.

Kay rendit les pages de résumé à Laura.

— Comment s'est passé l'entretien de Dave avec les camarades de classe de Chantelle Evans ?

— Il a terminé hier, répondit Barnes. Il semblerait qu'elle se soit éloignée des trois ou quatre amis qu'elle avait à l'école il y a un moment. Deux d'entre eux ont dit qu'ils pensaient qu'elle avait peut-être touché à la drogue ici et là, mais n'ont pas pu lui dire où Chantelle aurait pu s'en procurer. Nous n'avons toujours pas réussi à retrouver les gens avec lesquels ses parents d'accueil ont dit qu'elle avait commencé à traîner non plus.

— On dirait qu'ils se sont volatilisés dès qu'ils ont appris qu'elle était morte, dit Laura. Pauvre gamine.

— Remercie Dave pour moi quand tu le verras, Ian. Avec un peu de chance, nous aurons des réponses pour ses parents en suivant les pistes que nous avons obtenues des deux autres décès.

Kay soupira.

— Qu'en est-il des relevés téléphoniques de Felicity ? Andy Grey a-t-il envoyé quelque chose ?

— Oui, et nous avons examiné ceux qu'il nous a signalés, dit Gavin. Malgré l'absence de contact sur les réseaux sociaux ou d'e-mails entre eux dans l'application de messagerie du téléphone de Felicity, les relevés montrent que cinq des numéros de téléphone de la liste correspondent à ces quatre personnes, et un autre correspond à Gary Lovell.

— Donc ils ne communiquaient que en s'appelant ?

Kay fronça les sourcils.

— C'est un peu inhabituel, non ?

— Peut-être qu'ils étaient simplement très conscients de leur vie privée, suggéra Laura. Je veux dire, étant donné la valeur nette de ce groupe, ils ne voudraient pas que cela se sache publiquement, n'est-ce pas ? En plus, je suppose qu'ils ne voudraient pas que quelqu'un leur envoie des lettres de mendicité ou autre. Toutes sortes de gens peuvent sortir du bois quand quelqu'un commence à bien réussir, non ?

— Il n'y avait pas de messages texte sur le téléphone de Felicity lorsqu'il a été récupéré sur la scène de sa mort, dit Barnes. J'ai demandé à Andy de faire appel à l'un de ses as pour voir s'ils peuvent récupérer des messages supprimés au cas où cela nous aiderait.

— Bon sang, c'est un coup de chance.

Kay grimaça.

— Bon, après la réunion avec la commissaire ce matin, Sharp m'a annoncé que les résultats toxicologiques sont arrivés du laboratoire plus tôt aujourd'hui. Ils m'en ont envoyé une copie par e-mail, donc je veillerai à ce qu'elle soit intégrée à HOLMES2 pour que vous puissiez la lire, mais essentiellement, ils disent que la poudre de kétamine en possession de Felicity a été mal coupée.

Ses paroles furent accueillies par des murmures de surprise.

— Je sais, poursuivit-elle. Donc nous recherchons un nouveau dealer, je pense. Quelqu'un qui a peu ou pas d'expérience avec cette drogue ou sa fabrication. Barnes, tu es toujours l'enquêteur principal sur cette affaire, donc je te laisse organiser une rafle des suspects habituels par les agents en uniforme pour voir s'ils ont entendu quelque chose. J'imagine qu'il n'y a rien de nouveau à signaler suite aux arrestations en boîte de nuit samedi soir ?

— Rien qui puisse nous aider, chef.

Barnes baissa la tête et écrivit un rappel dans son carnet avant de regarder à nouveau le tableau blanc.

— Alors espérons que ces entretiens cet après-midi nous apportent une percée.

CHAPITRE 36

Kay faisait défiler une longue liste de résultats de moteur de recherche sur son téléphone pendant que Barnes conduisait la voiture de service hors du centre-ville de Maidstone vers l'une des banlieues les plus aisées.

Depuis qu'elle avait rejoint son équipe, elle était impatiente d'assister à au moins l'un des entretiens prévus cet après-midi avant de conduire Adam à son rendez-vous à l'hôpital, et elle était déterminée à en apprendre davantage sur Sebastian Groves.

Barnes avait raison – l'homme s'avérait insaisissable, seuls des articles de journaux datant de deux ans sur la mort tragique de ses parents apparaissaient dans les chaînes de recherche qu'elle avait saisies.

— J'aimerais être une petite souris pendant que Gavin et Laura lui parlent, dit-elle en fourrant son téléphone dans son sac à main avec un soupir résigné.

— Tu ne peux pas tout faire, chef, ricana son collègue.

— Je sais. Bon, parle-moi un peu plus de la personne que nous allons voir.

— D'après les vérifications d'antécédents que nous avons effectuées, ce Damian Beech que nous allons rencontrer a un casier vierge, pas d'infractions au code de la route ni rien de ce genre. Il a vingt-sept ans et dirige une entreprise de développement de jeux vidéo. Contrairement à Felicity, il s'en sort bien, son entreprise a été constituée il y a deux ans et d'après les rapports d'actualité que Debbie m'a envoyés par e-mail, il y a des rumeurs d'un potentiel rachat par une société financière américaine. C'est la rumeur, en tout cas. Monsieur Beech l'a bien sûr démentie.

— Ce qui à son tour alimentera encore plus les rumeurs.

— Et ça ne lui fera pas de mal en termes de publicité non plus.

Tambourinant des doigts sur l'accoudoir, Kay regarda par la fenêtre un moment avant de se retourner vers son collègue.

— Je veux voir ce qu'il révèle sur ce club et ses membres, Ian. Au moins comme ça, nous saurons si nos recherches correspondent à la liste actuelle des membres, ou s'il y a d'autres personnes à qui nous devons parler au sujet de Felicity et Gary.

— Ça me va, chef.

Quinze minutes plus tard, Barnes s'arrêta devant une maison mitoyenne sans prétention bordée de cinq propriétés identiques disposées autour d'une impasse.

Un muret de pierre séparait le jardin avant du trottoir, et tandis que Kay descendait de la voiture et remontait la courte allée vers la porte d'entrée, elle remarqua que la pelouse avait été remplacée par du gravier décoratif. Des pots en terre cuite étaient disposés le long des bordures, leur contenu échevelé et abandonné pendant les mois les plus froids tandis que des pousses timides perçaient la surface du sol dans d'autres.

Une porte de garage unique faisait face à la rue, jouxtant le côté de la maison et lorsqu'elle leva la main pour protéger ses yeux de l'éblouissement de la fenêtre de devant, elle vit la silhouette d'un homme planer dans l'ombre comme s'il les attendait.

Il s'approcha de la fenêtre, leva la main puis disparut de vue.

Quelques instants plus tard, la porte d'entrée s'ouvrit.

— Bonjour, dit-il, les yeux curieux. Je vous ai vus arriver.

Kay examina son t-shirt froissé, son jean délavé et sa barbe de plusieurs jours, puis montra sa carte de police.

— Damian Beech ? Inspectrice principale Kay Hunter, et mon collègue, l'inspecteur Ian Barnes. Nous nous demandions si nous pourrions vous poser quelques questions au sujet de Felicity Gregor.

Il expira.

— Pauvre Flick. Je n'arrivais pas à y croire quand j'ai vu les infos la semaine dernière. Entrez.

Kay pénétra dans un couloir sobrement décoré et attendit que Damian ferme la porte et leur fasse signe de le suivre dans un grand espace salon-salle à manger.

Elle s'arrêta sur le seuil, stupéfaite par les tables à tréteaux remplies d'écrans brillants et d'énormes ordinateurs de bureau, le bourdonnement des ventilateurs et des machines créant un bruit blanc qui pénétrait son crâne.

Barnes tira sur sa cravate et déboutonna sa veste.

— Attendez, je vais ouvrir la porte-fenêtre, dit Damian, un sourire timide traversant ses lèvres. Il fait chaud ici avec tout cet équipement. J'ai tendance à l'oublier, je m'y suis habitué après toutes ces années.

Il se dirigea vers le fond de la pièce, ouvrit brusquement la fenêtre du sol au plafond et déplaça un grand fossile d'ammonite avec la pointe de sa basket pour la maintenir ouverte.

Kay sentit immédiatement une brise froide balayer la pièce et poussa un soupir de soulagement.

— C'est ici que vous gérez votre entreprise ? demanda-t-elle en promenant son regard sur les écrans d'ordinateur.

— C'est mieux que de payer pour un bureau.

Damian s'approcha d'où elle se tenait et désigna les différents écrans.

— C'est ici que je fais tout mon développement et mes tests.

— Et vos employés ?

— Ils sont basés partout dans le monde. Certains de mes meilleurs programmeurs vivent au Bangladesh et aux Philippines.

Il haussa les épaules et croisa les bras.

— Je gère leur charge de travail à distance et nous faisons un point par visioconférence toutes les semaines environ, selon ce qui se passe sur un projet.

Kay croisa le regard de Barnes alors qu'il faisait le tour de la pièce pour examiner les différents certificats et photographies encadrés sur les murs.

— Vous n'avez jamais pensé à acheter un endroit plus grand ? dit-il par-dessus son épaule.

— Pas vraiment. Je m'entends bien avec les voisins, et c'est sûr ici, je n'ai jamais été cambriolé, et personne ne sait vraiment ce que je fais.

Beech laissa tomber ses bras.

— Écoutez, je suis en plein milieu d'une correction complexe pour l'une des mises à jour sur lesquelles je travaille. Vous vouliez me demander quelque chose de spécifique ?

— Depuis combien de temps connaissiez-vous Felicity Gregor ? demanda Kay.

— Environ un an. Je l'ai rencontrée dans une banque, de tous les endroits, l'une de celles sur High Street à Maidstone. Elle essayait de négocier un découvert, plutôt mal, je dois dire. J'ai eu pitié d'elle.

Il baissa la tête et fixa les tourbillons sur la moquette pendant un moment.

— Elle était pleine d'enthousiasme mais n'avait aucun sens des affaires à l'époque. Bref, j'ai eu pitié d'elle après que le directeur de la banque l'a renvoyée avec un « non » retentissant. Je l'ai rattrapée dehors et lui ai dit que je pensais pouvoir l'aider.

— De quelle manière ? Avez-vous financé son entreprise ?

Il releva brusquement la tête.

— Non, rien de tel. Non, j'ai suggéré qu'on aille prendre un café, et je lui ai parlé de ce petit groupe d'affaires que quelques amis et moi avions créé. Nous nous entraidons, il n'y a pas d'argent impliqué, c'est juste du partage d'informations. Les meilleures pratiques et ce genre de choses. Si l'un d'entre nous a un problème, nous réfléchissons ensemble et essayons de trouver une solution.

Il fit une pause et agita la main vers les ordinateurs.

— Je veux dire, après tout, la plupart d'entre nous travaillons seuls. Nous n'avons pas de soutien de collègues à qui parler ou de pairs. Être entrepreneur, c'est bien beau, mais ça peut être une existence solitaire, inspecteurs. Ce n'est pas comme si on pouvait parler de ce genre de choses à sa famille.

— Pourquoi pas ?

— Parce qu'ils ne comprendraient pas.

— Êtes-vous au courant que Gary Lovell a été retrouvé mort ce week-end ?

— Sebastian me l'a dit, oui.

— Quelle était votre relation avec Gary Lovell ?

Damian fronça les sourcils.

— Il n'y avait pas de *relation*. Il faisait son truc, je fais le mien. C'est tout. Je ne l'ai jamais rencontré en dehors du groupe.

— Saviez-vous que lui et Felicity étaient des consommateurs réguliers de drogue ?

— Non, je ne le savais pas.

— Où vous réunissez-vous, ce groupe et vous ?

— Nous utilisons une salle de réception dans l'un des petits hôtels boutiques de Maidstone. C'est une réunion petit-déjeuner, donc nous essayons tous d'y être pour sept heures, nous discutons pendant une heure environ et nous avons généralement fini vers neuf heures.

Il enfonça ses mains dans les poches de son jean.

— Ça me convient bien parce qu'à ce moment-là, le pire du trafic des travailleurs est passé. C'est une vraie galère de traverser Larkfield même dans les meilleures conditions.

Barnes ouvrit son carnet.

— Pouvez-vous confirmer les noms et les coordonnées des autres participants ?

— Pourquoi ?

— C'est la procédure standard dans une enquête de cette nature de parler à tout le monde, expliqua Kay.

La confusion balaya le visage de Damian.

— Mais je croyais que Flick s'était suicidée ?

— Encore une fois, c'est juste la procédure standard. Les noms, s'il vous plaît.

— Attendez.

Damian sortit un téléphone portable de sa poche et fit défiler la liste des contacts, récitant une liste de six noms et numéros.

— C'est tout ?

— Nous aimons garder le groupe restreint. Mon frère vient de temps en temps mais il n'est pas membre à temps plein.

— A-t-il déjà rencontré Felicity Gregor ?

— Une fois ou deux peut-être.

— Comment s'appelle votre frère ?

— Xander Beech.

— Il n'est pas sur cette liste.

Barnes leva les yeux de son carnet et haussa un sourcil vers Damian.

— Comme je l'ai dit, il n'est pas membre à part entière.

— Nous aurons besoin de son numéro aussi.

Kay attendit pendant que le développeur de jeux lisait les détails.

— Quelqu'un d'autre ?

— Non. C'est tout.

— Est-ce que certains d'entre vous se fréquentaient en dehors de vos réunions du petit-déjeuner ?

— Très rarement. Je n'en voyais pas l'utilité.

— Avez-vous une idée de la raison pour laquelle Felicity se serait suicidée ?

Damian cligna des yeux.

— Je n'en ai aucune idée. Je n'arrive toujours pas à croire qu'elle ait fait ça.

— Merci pour votre temps, monsieur Beech.

Kay fit signe à Barnes et se tourna vers la porte.

— Nous vous contacterons si nous avons d'autres questions.

CHAPITRE 37

— Comment allait Kay quand tu es sorti avec elle tout à l'heure ?

Laura vérifia son rétroviseur et s'engagea dans une ruelle étroite, puis jeta un coup d'œil à Barnes.

Il haussa les épaules.

— Bien, vu les circonstances, je suppose. Je ne suis pas sûr que je serais aussi stoïque à sa place.

— Moi non plus.

Elle jeta un coup d'œil au GPS et freina lorsqu'un haut mur de pierre apparut sur sa gauche.

— Bon sang, cet endroit est immense.

— Je suppose que l'héritage que monsieur Groves a reçu était plus important que nous le pensions, dit Barnes.

Laura secoua la tête et s'engagea dans une large allée de gravier encadrée par deux piliers de pierre, les portails en fer forgé grand ouverts.

Une vaste pelouse s'étendait jusqu'à un bosquet d'arbres sur sa droite, et elle cligna des yeux avant de reporter son attention sur l'allée alors qu'un grand manoir géorgien apparaissait, niché parmi des buissons de rhododendrons.

Du lierre s'enroulait autour de la fenêtre de façade et recouvrait un portique abritant la porte d'entrée des éléments. Un garage de la taille d'une grange à droite du bâtiment était ouvert, un 4x4 haut de gamme garé devant et le capot d'une voiture de sport dépassant de l'intérieur sombre.

Laura gara la voiture de service à côté du 4x4 et suivit Barnes jusqu'à la porte d'entrée.

Un panneau de sécurité avec un haut-parleur était fixé sur le côté de la porte, et lorsque son collègue appuya sur le bouton en dessous, elle entendit une sonnerie retentir dans les profondeurs de la maison.

Une femme répondit, d'un ton pressé.

— Qui est-ce ?

Barnes fit les présentations et on lui dit promptement d'attendre pendant qu'elle localisait Sebastian Groves.

— Elle aurait pu nous inviter à entrer, dit Laura.

Elle se retourna au bruit de pas sur le gravier et vit un homme d'une vingtaine d'années contourner la maison, un Springer anglais noir sur ses talons.

— Charlotte m'a dit que vous étiez la police, dit-il, une expression perplexe sur le visage. C'est à propos de Felicity ?

— Et de Gary Lovell, dit Barnes.

Laura observa les sourcils de Sebastian qui se haussèrent brusquement.

— Gary ?

— Personne ne vous l'a dit ?

Ce fut au tour de Barnes de paraître surpris.

— Je suis désolé, monsieur Groves, Gary a été retrouvé mort samedi matin d'une overdose présumée. Nous espérions vous parler du club de petit-déjeuner auquel vous appartenez tous.

— Bien sûr.

Il baissa les yeux vers le chien à ses pieds puis leur adressa un sourire.

— Ça ne vous dérangerait pas qu'on parle ici ? Vu l'état de celui-ci, Charlotte ne serait pas ravie si on marchait partout sur les sols qu'elle vient de passer les deux dernières heures à polir.

— Ici, c'est parfait. Depuis combien de temps connaissez-vous Felicity et Gary ? demanda Barnes tandis que Laura ouvrait une nouvelle page dans son carnet.

— Felicity, probablement depuis environ un an, je ne me souviens pas exactement quand elle nous a rejoints. Gary, un peu plus longtemps.

— Vous fréquentiez-vous en dehors de vos réunions régulières du vendredi matin ?

— Mon Dieu, non.

Sebastian renifla, puis se reprit et eut la décence de paraître un peu honteux.

— Je veux dire... ce que je veux dire, c'est que ce ne sont pas exactement le genre de personnes que je fréquente. Pas à un niveau social, en tout cas, bien sûr. Je ne les vois qu'au club de petit-déjeuner, et c'est uniquement parce que Damian m'a invité au départ parce qu'il savait que j'étais intéressé par l'investissement dans une nouvelle start-up.

— Pourquoi vous réunir dans un hôtel ? Qu'est-ce qui ne va pas avec la chambre de commerce locale ou quelque chose comme ça ? dit Barnes en fronçant les sourcils.

Sebastian rit doucement.

— Eh bien, disons simplement que les personnes qui y assistent sont un peu plus dynamiques dans leurs affaires que certains des membres plus âgés que nous rencontrerions dans des groupes plus établis. La jeune génération, vous voyez ? Nous nous considérons comme la force motrice derrière les tendances plutôt que comme des suiveurs.

— Je vois.

— Est-ce que Felicity ou Gary vous ont donné des raisons de vous inquiéter ? demanda Laura. L'un d'eux semblait-il déprimé ces dernières semaines ?

— Pas que j'aie remarqué. Au contraire, Felicity était toujours joviale. Un peu vulgaire, mais elle était bien intentionnée. Je ne parlais pas vraiment beaucoup à Gary, après tout, je suis un investisseur, et il ne dirigeait pas le genre d'entreprise qui m'intéresse, donc nous ne parlions pas beaucoup.

— Comment vous entendez-vous avec le reste du groupe ? demanda Barnes.

— Bien, je suppose. Damian a des idées intéressantes, et l'autre homme...

Sebastian s'interrompit, regarda dans le vide, puis claqua des doigts.

— C'est ça, Tom, le type avec les motos. Lui. Il peut être un peu du genre silencieux. Je n'ai pas vraiment grand-chose à voir avec Helene, je ne peux pas vraiment gagner d'argent avec l'art parce que ça ne m'intéresse pas et je n'aime pas vraiment ce qu'elle conçoit. Felicity avait quelque chose pour elle. C'était tout enthousiasme et manque de direction, mais elle était douée pour le marketing de contenu.

— Lui avez-vous déjà demandé de faire de la décoration intérieure ici ? dit Laura en scrutant les fenêtres.

— Bonté divine. Bien sûr que non. Son goût était quelque peu, heu, avant-gardiste pour un endroit comme celui-ci. Maman et Papa se retourneraient dans leurs tombes si je la laissais libre ici.

Laura grimaça intérieurement alors qu'il riait bruyamment.

— Monsieur Groves, j'ai du mal à comprendre ce que vous espérez gagner de ce groupe.

Barnes prit un moment pour regarder autour de lui, puis hocha le menton vers la voiture de sport dans le garage.

— Je veux dire, n'avez-vous jamais craint qu'ils puissent profiter de vous et de votre argent ?

Sebastian soupira.

— Je suppose que je les trouve divertissants. Ça me donne quelque chose à faire, je veux dire, je n'ai pas besoin de travailler ou quoi que ce soit, donc c'est une sorte de passe-temps amusant, non ? En plus, quand je trouve quelque chose dans quoi investir, je m'assure toujours d'avoir le meilleur bout du bâton, donc une fois qu'ils commencent à gagner de l'argent, j'en gagne aussi. Ce n'est qu'une question de temps avant que Damian ou quelqu'un d'autre ne perce. Je suppose que vous avez entendu parler de son acheteur présumé ?

Il les regarda de haut.

— J'espérais pouvoir investir dans son entreprise, mais même moi je ne peux pas me permettre ce genre de prix. Pas d'après ce que j'ai entendu en coulisses en tout cas.

— Avez-vous déjà fréquenté la nouvelle boîte de nuit à Maidstone ? demanda Laura.

Sa bouche s'ouvrit.

— J'espère bien que non. Pour qui me prenez-vous ? Ce n'est vraiment pas le genre d'établissement où l'on veut être vu.

— Aviez-vous la moindre idée que Felicity et Gary avaient tous les deux des problèmes de dépendance aux drogues ? demanda Barnes.

Sebastian posa la main sur sa poitrine, l'air affligé.

— Pas du tout. Si je l'avais su, j'aurais voulu les aider. Tout cela a été un véritable choc. Je suis sûr que vous pouvez comprendre. Maintenant, si vous voulez bien m'excuser, le roadster doit passer son contrôle technique à seize heures. Y avait-il autre chose ?

Laura referma son carnet d'un coup sec tandis que Barnes forçait un sourire et tendait sa carte de visite.

— C'est tout pour l'instant, monsieur Groves. Peut-être pourriez-vous m'appeler si vous vous souvenez de quoi que ce soit qui pourrait nous aider dans notre enquête.

— Bien sûr, inspecteur. Je n'y manquerai pas.

Tournant les talons, Laura traversa le gravier à grandes enjambées et attendit près de la voiture de service que Barnes la rejoigne.

Elle observa Sebastian appeler son chien, qui reniflait le pneu avant avec un peu trop d'enthousiasme à son goût, avant de disparaître dans le garage.

Barnes arborait une expression orageuse lorsqu'il la rejoignit.

— De mon temps, on l'aurait traité de sale gosse, grommela-t-il en ouvrant la portière côté passager.

Laura sourit.

— Je pense que c'est un con—

— Monte dans la voiture, Hanway.

CHAPITRE 38

Gavin se retourna et sourit en essayant de dégager un coin de couette coincé sous sa petite amie endormie.

Sa respiration douce lui chatouillait la peau tandis qu'il retirait délicatement son bras de sous elle et frottait ses yeux encore embrumés.

Il faisait encore sombre derrière les rideaux de sa chambre, un merle enthousiaste échauffait ses cordes vocales dans le minuscule jardin en contrebas. La circulation matinale commençait à s'intensifier devant l'entrée de l'impasse, les fines fenêtres de sa petite maison mitoyenne moderne ne faisant pas grand-chose pour atténuer le son d'une sirène d'ambulance qui passait à toute vitesse.

Leanne marmonna des paroles incompréhensibles puis leva la tête, ses cheveux bruns ébouriffés et frisottants.

— Gav ? Quelle heure est-il ?

— Cinq heures. Rendors-toi.

Elle renifla, se retourna – emportant la majeure partie de la couette avec elle – et s'exécuta aussitôt.

Son service s'était terminé à vingt et une heures la veille, et elle n'était pas attendue à l'unité de recherche et de sauvetage des pompiers du comté avant deux jours.

Elle était épuisée.

Gavin tendit le bras et éteignit l'alarme de son téléphone, puis mit ses mains en coupe derrière sa tête et fixa le plafond.

Le sommeil oublié, ses pensées se tournèrent vers le travail et le cambriolage du cabinet vétérinaire d'Adam.

Frustré par le peu de temps qu'il avait consacré à l'enquête et résigné à aider Barnes avec les entretiens liés aux décès de Felicity et Gary, il avait eu peu de temps pour réfléchir à sa propre charge de travail.

La nouvelle qu'Adam devait reprendre le travail à la fin de la semaine sans aucun progrès à signaler sur l'identité de son agresseur pesait lourdement sur Gavin.

Alors que la lumière filtrant par l'interstice des rideaux commençait à prendre une teinte grise délavée, le doute s'insinua et il soupira.

Avait-il posé les bonnes questions à Scott et Stephanie lors de leur interrogatoire ?

Lui avaient-ils dit quelque chose en passant qu'il aurait manqué ?

Il ferma les yeux, se remémorant certaines des séquences de vidéosurveillance qu'il avait visionnées, à la fois celles fournies par Scott et celles des caméras de la ville.

La façon dont tout semblait paisible et normal dans le cabinet après que Stephanie avait quitté le travail pour la journée.

Les minutes qui défilaient dans le coin droit de son

écran d'ordinateur tandis qu'il observait Adam, la tête baissée, penché sur son ordinateur portable.

Le moment soudain et terrible où Adam réalisa que quelque chose n'allait pas, mais n'eut pas le temps de se défendre, et la pause qui suivit lorsque son agresseur se demanda peut-être s'il était allé trop loin dans sa quête de médicaments.

La mâchoire de Gavin se crispa au souvenir du voleur accroupi près du corps inerte d'Adam, lui retirant ses clés une fraction de seconde avant de pivoter et de se ruer sur l'armoire sécurisée, et la hâte avec laquelle les médicaments furent ensuite balayés dans un sac en toile.

— Allez, marmonna-t-il en ouvrant les yeux. Il doit y avoir quelque chose.

Il soupira, repoussa le peu de draps qu'il avait réussi à garder, et regarda l'écran de son téléphone.

Six heures.

— Tant pis. Autant y aller, renifla-t-il.

— Qu'est-ce que tu dis, Gav ?

Il jeta un coup d'œil par-dessus son épaule pour voir Leanne assise, la couette emmêlée autour d'elle, et il sourit à la vue de son visage endormi.

— Rien, je vais juste partir tôt, c'est tout.

Il rampa vers elle et l'embrassa.

— Je te verrai plus tard. Ça te dit d'aller dîner quelque part ce soir ?

Elle bâilla.

— Ça me semble une excellente idée. Tu m'appelles plus tard ?

— D'accord.

Il rassembla ses vêtements, prévoyant une douche

rapide avant de partir, et planifiant déjà ce qu'il ferait en arrivant à la salle des opérations.

— Gav ?

Il se retourna en entendant la voix de Leanne.

— Oui ?

— Ne te laisse pas ronger par ça, d'accord ? La percée viendra.

— Il vaudrait mieux.

CHAPITRE 39

Gavin courut vers la porte arrière du commissariat, les cheveux encore mouillés de la douche et son souffle formant de la buée devant son visage.

— Tu vas attraper froid à sortir comme ça, dit Teresa, l'une des assistantes administratives.

Elle attendait, le bout de sa chaussure calant la porte ouverte pour lui, tout en équilibrant son étui d'ordinateur portable et un sac fourre-tout chargé dans ses bras.

— C'est ce que ma mère disait toujours.

Il laissa la porte claquer derrière eux et sourit.

— La mienne aussi.

— Comment ça se passe avec le cambriolage du vétérinaire ?

Elle plaça son badge de sécurité contre le panneau à côté de la porte intérieure, puis ouvrit la voie dans les escaliers.

— Tu apprécies d'être aux commandes pour une fois ?

— Oui, en fait.

Il esquissa un sourire timide en croisant son regard entendu.

— J'aimerais juste que ce ne soit pas Adam dont on parle.

— D'après ce que j'ai entendu, tu fais du bon boulot. C'est une affaire difficile, je sais.

— Merci, Teresa.

— Pas de problème, et fais-moi signe si tu as besoin d'aide pour quoi que ce soit. Je ne suis qu'à un coup de fil.

Elle fit un petit signe de la main en continuant à monter les escaliers vers son bureau, et Gavin se dirigea le long du couloir vers la salle des opérations, une confiance renouvelée dans sa démarche.

Une fois devant son ordinateur, il afficha les fichiers de vidéosurveillance de l'entreprise pharmaceutique sur l'écran et trouva son point de départ pour la journée.

Dave Morrison s'approcha de la kitchenette et agita sa tasse de thé vers l'écran.

— J'ai fait tous ceux du week-end avant le cambriolage, alors tu peux les passer.

— Ah bon ? Merci, ça va me faire gagner du temps, au moins.

— Pas de souci. J'avais une heure à tuer avant de devoir aller au tribunal hier.

— Quelque chose à signaler ?

— Pas vraiment, rien qui ne se démarque en tout cas. Je viens de finir d'ajouter mes notes à la base de données, donc tu pourras les consulter si besoin. Il ne te reste qu'à faire celui de lundi dernier, et ce sera tout.

— Génial, merci. Tu repars ?

— Oui. Le parquet veut me voir au tribunal à huit heures et demie pour discuter avant qu'on entre.

— D'accord, à plus tard.

Gavin baissa la tête vers son écran alors que l'agent en uniforme s'éloignait, et il démarra la lecture de l'enregistrement, son stylo suspendu au-dessus de son carnet.

À présent, il connaissait presque aussi bien que le chauffeur l'itinéraire du camion de livraison, notant les arrêts effectués sur une période de quatre heures.

Les arrêts précédant celui fait au cabinet d'Adam étaient plus courts, le chauffeur ne retirant que de petits colis de l'arrière du véhicule à chaque fois.

Réprimant un bâillement, Gavin se redressa en voyant le véhicule prendre un virage familier au rond-point près du cabinet, et il ralentit la lecture.

Mais il n'y avait pas de véhicules suspects en train de suivre le chauffeur-livreur, pas de motos en train de se faufiler entre les voitures pour le rattraper.

En fait, la circulation était fluide et le camion tourna dans le cabinet vétérinaire sans encombre.

Gavin jeta son stylo et soupira.

— Merde.

Il tambourina des doigts sur le bureau un instant, puis tendit la main vers sa souris et sélectionna le groupe de fichiers que Scott Mildenhall avait fourni le matin suivant le vol. Chacun avait maintenant une note correspondante dans la base de données de l'enquête et, alors qu'il parcourait rapidement les observations qu'il avait faites avec Laura la semaine dernière, il s'arrêta.

— Comment a-t-elle...

— Tu parles encore tout seul ? le taquina Debbie en passant avec trois rames de papier serrées contre sa poitrine. C'est le premier signe de—

— Parfois ça aide, Debs.

Il se dirigea vers le bureau de Laura et fouilla dans la corbeille d'arrivée de sa collègue où des copies de déclarations de témoins étaient empilées soigneusement, prêtes à être classées.

Il feuilleta les pages, ses yeux parcourant les noms en haut de chaque ensemble agrafé jusqu'à ce qu'il trouve celui attribué à Daisy Stiles, et il retourna à son écran d'ordinateur.

Se forçant à lire lentement, Gavin fit glisser son doigt le long des pages jusqu'à ce qu'il atteigne la fin, le cœur battant.

— On a raté quelque chose, marmonna-t-il.

Il laissa la déclaration de côté et ouvrit le dossier contenant la collection de fichiers de vidéosurveillance du cabinet vétérinaire pour chercher ceux des caméras extérieures. Avançant rapidement dans le fichier, il se pencha plus près de l'écran en regardant Daisy Stiles se précipiter hors de la porte d'entrée.

Au lieu de se diriger vers une voiture comme lui et Laura l'avaient supposé, la femme continua le long de l'allée vers la route principale, le panier pour chat se balançant légèrement au rythme de ses pas.

— Où vas-tu comme ça ? murmura Gavin.

Il ferma le fichier et localisa rapidement les enregistrements de vidéosurveillance qu'Andy Grey avait obtenus de la base de données de la ville pour la même date et heure, et il suivit Daisy alors qu'elle s'éloignait du cabinet et déambulait un peu plus loin jusqu'à un arrêt de bus.

Quelques instants plus tard, une petite voiture de ville s'arrêta au bord du trottoir et elle monta, plaçant le panier pour chat sur ses genoux avant que la voiture ne file.

Gavin mit l'enregistrement en pause lorsque la voiture passa devant un lampadaire et figea l'image.

— Je te tiens.

— Bonjour, Gav.

Il leva les yeux au son de la voix de Barnes pour voir son collègue debout à côté de Kay, tous deux en train de regarder attentivement le tableau blanc tout en conversant à voix basse.

— Bonjour.

Baissant à nouveau la tête vers son travail, il tapa dans une chaîne de recherche pour la plaque d'immatriculation de la voiture.

— Tiens, je me demande...

Il ouvrit un navigateur web et tapa le nom, puis commença à faire défiler les résultats.

Il trouva ce qu'il cherchait à la page cinq.

Une autre recherche, cette fois pour revérifier les noms des personnes que l'équipe avait reçus au cours de la semaine et enregistrés dans la base de données pour des entretiens de suivi.

Et c'était là.

Gavin repoussa sa chaise, ses longues jambes le portant à travers la salle des opérations en quelques secondes.

— Chef, je crois que tu dois entendre ça.

Kay se détourna du tableau blanc, les yeux interrogateurs.

— Qu'est-ce que tu as trouvé ?

— La dernière cliente à se présenter au cabinet d'Adam lundi soir était une femme du nom de Daisy Stiles, dit Gavin en essayant de ne pas trébucher sur ses mots dans son excitation. Laura et moi lui avons parlé jeudi après-midi parce qu'on l'avait vue quitter le cabinet avant que son rendez-vous ne soit appelé. Elle nous a dit alors qu'elle ne pensait plus que le chat de sa mère était si malade que ça et qu'elle avait changé d'avis. Le truc, c'est que Daisy n'est pas venue en voiture à la clinique vétérinaire, et j'ai merdé parce que je n'ai pas pensé à lui demander sur le moment.

— Lui demander quoi ? dit Barnes.

— Qui l'y avait amenée.

Gavin prit une profonde inspiration.

— J'ai vérifié les enregistrements des caméras de surveillance de la municipalité, et elle a été récupérée par un type qui conduit une voiture vieille de six ans le long de la route menant à l'entrée. Je viens de vérifier le numéro d'immatriculation. La voiture appartient à Xander Beech.

Kay cligna des yeux.

— Il est apparenté à Damian Beech, n'est-ce pas ?

— C'est son frère cadet, j'ai trouvé une vieille photo d'eux ensemble lors d'une journée sportive scolaire dans un bulletin communautaire archivé en ligne.

Barnes expira.

— Bon sang, Gav. Ça change la donne, n'est-ce pas ? Je veux dire, on a Felicity Gregor qui participe à un club d'affaires exclusif géré par Damian, et maintenant Daisy

Stiles qui quitte le cabinet vétérinaire avec son frère cadet juste avant qu'Adam ne soit agressé et que tous les médicaments ne soient volés.

— Je pourrais aller le voir après le briefing de ce matin, dit Gavin. Voir ce qu'il a à dire pour sa défense.

— Je pense que tu devrais.

Barnes sourit.

— Excellent travail.

— Dix sur dix pour la persévérance, Gav.

Kay passa une main dans ses cheveux tandis que son regard revenait au tableau blanc.

— Je pense que tu tiens quelque chose.

— On veut tous aider, chef, dit Gavin. Quand celui qui a fait ça a agressé Adam, c'est devenu personnel.

CHAPITRE 40

Lorsque le reste de l'équipe les rejoignit pour le briefing, la nouvelle de la percée de Gavin s'était déjà répandue dans la salle, et les visages qui fixaient le tableau blanc affichaient un regain d'intérêt.

— Chef ? Comment s'est passée la visite d'Adam à l'hôpital hier ? demanda Debbie en tendant un ordre du jour à Kay.

— Il est autorisé à reprendre le travail lundi, répondit Kay en souriant. Merci de demander.

— On s'est tous fait du souci, chef. C'est une excellente nouvelle.

L'agente chargée des pièces à conviction prit place à côté de Laura au premier rang du groupe et passa le reste des ordres du jour par-dessus son épaule à un autre agent. Kay porta alors son attention sur Barnes qui attendait que tout le monde se soit installé.

— Bien, un rapide point avant le briefing principal, commença-t-il. Gavin a découvert que le jeune frère de Damian Beech, Xander, se trouvait à proximité du cabinet vétérinaire quelques heures seulement avant l'agression d'Adam et le vol de kétamine. On l'a vu venir chercher une femme, Daisy Stiles, qui a fui le cabinet avant d'être appelée pour son rendez-vous. Elle nous a déjà dit qu'elle avait simplement changé d'avis, mais évidemment le lien avec les frères Beech doit être approfondi. Laura, tu veux bien nous faire un rapide compte-rendu des entretiens que tu as menés hier avec Helene Becker et Tom Weston ?

— Oui, chef. Helene était visiblement bouleversée par les décès de Felicity et Gary, dit Laura. Elle ignorait qu'ils prenaient tous les deux de la drogue. Elle a dit que Felicity était assez réservée quand elle a rejoint leur club de petit-déjeuner, mais qu'au bout de quelques mois, elle était devenue, selon ses propres termes, une chieuse.

Un gloussement parcourut les officiers rassemblés avant que Barnes ne leur lance un regard noir.

— Dans quel sens ? demanda-t-il.

— Helene pensait que Felicity essayait trop d'impressionner des gens comme Damian et Sebastian Groves.

Laura fronça le nez à l'évocation de ce nom.

— Après ce que Sebastian a dit d'elle hier, je pense qu'elle menait un combat perdu d'avance.

— En effet.

Barnes fit tourner ses lunettes de lecture entre ses doigts en fixant le tableau blanc.

— Qu'a-t-elle dit à propos de Gary ?

— Seulement qu'il était discret, mais qu'il essayait d'utiliser l'argent qu'il gagnait grâce au trading pour lancer une autre entreprise. Elle pensait que c'était lié à l'investissement immobilier, à grande échelle, notez bien.

Des endroits comme des entrepôts industriels plutôt que des maisons.

— Ça correspond à ce que ses parents ont dit aux agents en uniforme ce week-end, chef, intervint Kyle Walker. J'ai lu leurs déclarations, et ils pensaient qu'il devait visiter un local la semaine prochaine et qu'il avait peut-être fait une offre.

— Une quelconque indication de leur part sur sa consommation de drogue ?

— Ils soupçonnaient qu'il ait pu y toucher de temps en temps, c'étaient les mots de sa mère, dit Kyle, mais ils ne pensaient pas que c'était sérieux.

— D'accord. Laura, qu'en est-il de Tom Weston, le type des motos customisées. Qu'a-t-il dit ?

— Il ne semblait pas avoir beaucoup de considération pour les autres, dit-elle. Il pensait que Sebastian Groves était, je cite, « un con », et il ne tolérait Damian que parce qu'il s'arrogeait l'autorité sur le groupe et organisait leurs réunions. Il n'avait aucune patience pour Felicity, il a dit qu'elle avait essayé de flirter avec lui quand elle est arrivée, puis qu'elle avait boudé quand il lui a dit qu'il n'était pas intéressé parce qu'il avait une femme et deux jeunes enfants, et il a dit que Gary était si discret qu'il oubliait souvent sa présence.

— On se demande pourquoi il s'embêtait à rester dans le groupe, dit Kay. Pourquoi l'a-t-il rejoint en premier lieu ?

— Il a dit qu'il espérait que ça l'aiderait à développer sa présence en ligne, parce qu'au début, il n'était pas très à l'aise avec les réseaux sociaux et le marketing de contenu. Tom a dit que sa femme a depuis appris tout ça et qu'il pensait de toute façon quitter le groupe le mois prochain. Il affirme que la seule raison pour laquelle il est resté si longtemps, c'est parce que le petit-déjeuner servi par l'hôtel est si bon.

Cette fois, Barnes se joignit aux rires.

— Un homme comme je les aime. Un motif de suspicion, Laura ? Pourrait-il être notre dealer ?

Elle secoua la tête.

— Il a un casier vierge, chef, et quand j'étais chez lui, il était clairement un père dévoué, sa femme était sortie, et il jouait avec les deux enfants pendant qu'on parlait. Oh, et les motos sont magnifiques—

— Très bien. Mets ces déclarations dans HOLMES2 si ce n'est pas déjà fait.

Barnes fit un geste vers une femme qui se tenait en retrait du groupe.

— Passons à la suite. Grâce aux talents diplomatiques du commandant divisionnaire Sharp, non seulement nous avons l'inspectrice principale Hunter de retour parmi nous, mais nous avons aussi une nouvelle agente de gestion des enquêtes à bord pour aider Debbie. J'aimerais vous présenter Anna Clifton.

Kay se joignit aux applaudissements épars dirigés vers la femme, qui rougit sous l'attention et leva la main en guise de salut.

— Anna a été détachée de Northfleet pour travailler sur les deux enquêtes, elle sera donc là pour vous aider à vous assurer que vos dossiers sont à jour et prêts à être transmis au ministère public quand nous serons prêts.

Barnes sourit.

— Elle veillera aussi à ce que les supérieurs ne

puissent pas trouver à redire à votre travail s'ils décident de nous rendre visite. En parlant de tâches, vous tous, vérifiez auprès de Debbie après ce briefing ce que nous avons prévu pour vous aujourd'hui. Enfin, Gav, qu'as-tu réussi à découvrir sur Xander Beech pendant qu'on parlait ?

Kay jeta un coup d'œil par-dessus son épaule tandis que l'enquêteur levait les yeux de l'écran de son téléphone.

— Ça va te plaire. C'est un DJ, même s'il essaie de se faire un nom en tant que producteur, et son repaire habituel est la boîte de nuit que nous avons surveillée samedi soir.

— Bien, dit Barnes en laissant tomber le marqueur sur le bureau à côté de lui avant de boutonner sa veste, allons donc avoir une petite conversation avec le jeune monsieur Beech, tu veux bien ?

CHAPITRE 41

Gavin frappa à la porte de l'appartement et fit un pas en arrière, jetant un coup d'œil le long du couloir.

Une étroite fenêtre à l'extrémité laissait entrer une faible quantité de lumière, de la moisissure s'accrochant à l'appui et des taches d'humidité parsemant les dalles du plafond.

Les murs étaient en brique nue plutôt qu'en plâtre, et il remarqua que plusieurs ampoules manquaient aux douilles.

Barnes lisait un avis d'évacuation incendie jauni dans un cadre en verre accroché au mur à côté de la porte, et il renifla.

— Bon sang, il faudrait beaucoup de temps pour naviguer dans ce labyrinthe dans le noir.

Ils se retournèrent lorsqu'une chaîne cliqueta contre l'arrière de la porte, puis le grincement d'un verrou se fit entendre avant qu'elle ne s'ouvre légèrement.

Des yeux sombres les observèrent sous une frange négligée.

— Vous êtes qui ?

Gavin montra sa carte de police.

— Enquêteur Piper, et mon collègue l'inspecteur Ian Barnes. Xander Beech ?

— Ouais. Qu'est-ce que vous voulez ?

— Vous parler. On peut entrer ?

— Attendez. Je dois mettre un pantalon.

Le visage disparut, et Gavin se tourna vers Barnes. Il soupira et poussa la porte, résistant à l'envie de se couvrir le nez avec sa manche alors qu'une odeur âcre et humide l'assaillait.

Xander Beech apparut d'une porte sur la droite, en équilibre sur une jambe tandis qu'il enfilait un jean, sa peau pâle presque translucide dans la faible lumière.

— Bon sang, laissez-moi un peu de temps, vous voulez bien ? grommela-t-il.

Il disparut à nouveau dans ce que Gavin supposait être sa chambre, avant de réapparaître en tirant un sweat-shirt par-dessus sa tête.

— Le salon est par là.

Le jeune homme marcha pieds nus sur le sol recouvert de moquette jusqu'à une pièce ouverte à l'arrière de l'appartement qui avait été divisée en une partie salon, et l'autre partie cuisine.

Au grand soulagement de Gavin, il ouvrit en grand une fenêtre au-dessus de l'évier et leur adressa un sourire penaud.

— Désolé. Je ne fais pas beaucoup de ménage depuis que ma copine m'a quitté.

Son sens de l'humour s'estompa lorsque Gavin récita l'avertissement officiel. Il se laissa tomber dans le fauteuil miteux le plus proche et triturait un trou dans son jean pendant que les deux détectives cherchaient un endroit où s'appuyer plutôt que de risquer le canapé.

Barnes sortit son carnet et fit un rapide signe de tête à Gavin.

— Xander, nous enquêtons sur les morts de Felicity Gregor et Gary Lovell, commença Gavin. Vous les connaissez ?

— Ouais. Enfin, juste de vue, quoi. Mon frère traînait surtout avec eux. Un club d'affaires qu'il a monté.

— Vous les avez déjà rencontrés là-bas ?

— Ouais. De temps en temps. Quand Damian disait que je pouvais venir.

Xander émit un rire amer.

— Il ne pense pas que je sois assez bien pour son petit groupe.

— Vous les avez déjà rencontrés au club en ville où vous êtes DJ ?

Le jeune homme s'enfonça dans le fauteuil et rentra ses joues.

— Peut-être, dit-il finalement. Difficile de m'en souvenir. Je suis généralement occupé à travailler, vous voyez, et quand je suis entre deux sessions, il y a beaucoup de gens qui veulent me parler. Je ne peux pas me souvenir de tout le monde que je vois, il y en a tellement.

— Vous vendez de la drogue, monsieur Beech ?

— Quoi ?

— De la kétamine en poudre, en particulier.

Gavin pencha la tête sur le côté alors que le regard de Xander glissait vers la fenêtre.

— Vous vendez de la drogue pendant que vous êtes au club ?

Xander secoua vigoureusement la tête.

— Non. Non, je ne fais pas ça. Je suis DJ au club, à temps partiel. Je ne fais que commencer alors je prends ce que je peux comme travail. Ouais, d'accord, cet endroit n'a pas l'air génial mais...

— Vous voulez réussir, comme Damian.

— Ça ne me dérangerait pas.

— Le club, c'est là que vous avez rencontré Daisy Stiles ?

Gavin vit la panique traverser le visage de l'homme avant qu'il ne se reprenne et tente un haussement d'épaules nonchalant.

— Je ne m'en souviens pas.

— Mais vous connaissez Daisy Stiles.

Xander soupira, se leva et traversa jusqu'à la porte-fenêtre.

Un étroit balcon avait été construit au-delà de la vitre, et Gavin observa nerveusement Xander qui s'attardait à la porte, se demandant s'il allait faire quelque chose de drastique – ou de stupide.

Au lieu de cela, l'homme se retourna vers lui, ses yeux se durcissant.

— C'est une idiote. Je la connais, ouais, mais pas si bien. On était ensemble au lycée, c'est tout.

— Vous la connaissez assez bien pour l'avoir rencontrée devant le cabinet vétérinaire Turner lundi dernier. Pourquoi l'avez-vous récupérée dehors, au lieu du parking ?

— J'en sais rien. C'est là qu'elle m'a dit que je devais la retrouver.

— Où êtes-vous allés après ça ?

Xander cligna des yeux.

— Je l'ai ramenée chez elle.

— Et ensuite ?

— Rien. Je suis revenu ici. Elle a dit qu'elle devait aller chercher ses parents à l'aéroport, donc ce n'est pas comme si j'allais l'accompagner, n'est-ce pas ?

— Pourquoi n'a-t-elle pas conduit elle-même chez le vétérinaire ?

— Elle a dit que son chat ne voyage pas bien. Elle ne voulait pas qu'il fasse des siennes pendant qu'elle conduisait au cas où elle aurait un accident.

— Et vous êtes revenu directement ici après l'avoir ramenée chez elle ?

— Oui.

— Quelqu'un peut le confirmer ?

— Damian.

— Damian ?

Gavin haussa les sourcils, puis jeta un coup d'œil à Barnes.

— Que faisait-il ici ?

— On jouait aux jeux vidéo.

Xander désigna une console sous la télévision, deux manettes jetées négligemment dessus.

— Il y a un instant, j'ai eu l'impression que vous n'aimiez pas beaucoup votre frère.

— On est frères.

Un autre haussement d'épaules.

— On a des bons et des mauvais jours, comme tout le monde.

— Qui a gagné ? demanda Barnes.

— Quoi ?

Le front de Xander se plissa.

— J'ai dit, qui a gagné ?

— Damian. C'est toujours lui qui gagne.

Gavin entendit l'abattement dans la voix de Xander, sortit une carte de visite de la poche de sa veste et la lui tendit.

— Nous vous recontacterons si nous avons d'autres questions. Nous allons trouver la sortie.

CHAPITRE 42

Lorsque Kay entra sur le parking de la clinique vétérinaire plus tard cet après-midi-là, elle trouva une place près de l'arrière du cabinet et aperçut Adam à côté d'un des enclos extérieurs alors qu'elle descendait de voiture.

— La barrière est ouverte, cria-t-il. Viens par ici.

Se félicitant mentalement d'avoir porté des bottines au travail ce matin-là, elle poussa la barrière sécurisée pour entrer dans la cour et marcha entre les enclos, s'écartant quand un jeune alpaga tendit le cou entre les barreaux en bois de l'un d'eux et essaya de mordiller le bas de son pantalon.

— Hé, lâche ça.

— Arrête de nourrir les animaux.

— C'est plutôt l'inverse.

Kay sourit tandis qu'Adam l'attirait dans ses bras.

— Je croyais que tu ne devais pas revenir ici avant la fin de la semaine ? Il te reste encore deux jours.

— Je viens juste voir ce que j'ai raté.

Il lui adressa un sourire penaud.

— Et oui, bon d'accord, j'ai peut-être fait un peu de paperasse.

— Tu avais dit...

— C'était juste les documents pour la déclaration d'assurance, dit-il avant de l'embrasser et de la prendre par la main pour la conduire vers l'enclos où il travaillait. Plus vite on pourra récupérer l'argent pour les dégâts, mieux ce sera pour ma trésorerie. Tiens, aide-moi à nourrir Casper, et ensuite on rentrera. Il commence à faire froid dehors.

— Casper ?

Adam pointa du doigt l'enclos à côté d'elle et sourit.

— Casper, la chèvre sympathique.

Kay prit le seau de granulés qu'il lui tendait et leva les yeux au ciel.

— Je savais que je regretterais d'avoir demandé.

Dix minutes plus tard, ils se dépêchèrent de passer la porte de derrière du cabinet, et tandis que Kay retirait sa veste, elle remarqua les nouveaux accessoires en laiton qu'Adam verrouilla avant d'allumer les lumières de sécurité automatiques pour les enclos extérieurs.

Des caméras supplémentaires avaient été installées dans les coins du plafond, et alors qu'elle le suivait depuis la réserve le long du couloir menant à son bureau et aux salles de consultation, elle prit un moment pour s'arrêter et jeter un coup d'œil par-dessus son épaule.

— Scott a fait installer des verrous aux fenêtres aussi ?

— Oui, et il y a aussi un nouveau système de carte magnétique entre les salles de consultation et le bureau du fond et la salle d'opération maintenant.

Adam lui fit signe.

— Viens à la réception, Scott et Stephanie ont terminé

leur journée. Ils attendaient juste que le type du système de sécurité installe les dernières caméras.

Stephanie leva les yeux de son écran d'ordinateur lorsqu'ils entrèrent dans l'accueil, son téléphone à l'oreille pendant qu'elle enregistrait un autre rendez-vous pour plus tard dans la semaine et que Scott fouillait dans le classeur à côté d'elle.

Il fit un clin d'œil quand il vit Kay.

— Je croyais qu'on était d'accord pour que tu le tiennes à l'écart jusqu'à la semaine prochaine ?

— J'ai lamentablement échoué. Désolée, dit-elle, puis elle baissa la voix en s'approchant. Et tu as des explications à me donner à propos de ce chien. Qu'est-ce que ton ami lui a donné à manger, bon sang ?

— Pourquoi ? Quel est le problème ?

— Tout va bien, vous deux ? demanda Stephanie après avoir terminé son appel et en jetant un coup d'œil au calendrier des rendez-vous.

— Tout va bien, répondit Kay en forçant un sourire. Comment ça se passe ici ?

— Presque revenu à la normale, encore mieux maintenant qu'on a vu Adam aujourd'hui, rayonna la réceptionniste. Et Terry ici présent a été occupé à s'assurer que notre système de sécurité est à jour.

Elle pointa du doigt un trou béant dans le plafond où quatre des dalles avaient été retirées et où une échelle en aluminium disparaissait.

Deux grandes bottes de travail apparurent sur le barreau supérieur, puis un homme descendit, le front luisant de sueur.

Il hocha la tête en voyant Kay, puis se tourna vers Adam et Scott.

— Encore une quinzaine de minutes et je pense que j'aurai terminé.

— Merci, Terry, dit Scott. Stephanie a une carte de l'entreprise pour régler le paiement avant que vous partiez.

— Merci. J'apprécie.

Terry ramassa une pince coupante et un tournevis dans le sac à outils sur le sol carrelé et retourna au travail.

Kay frissonna en le regardant grimper à l'échelle et ramper dans la cavité du plafond une fois de plus.

— Je n'aurais jamais pensé qu'on aurait à faire ça. Pas ici.

— Les temps changent, dit Adam. Malheureusement, nous n'avons pas le choix, plus maintenant. C'est comme tu l'as dit, ce ne sera pas la dernière fois que quelqu'un s'introduit ici, mais avec un peu de chance, la prochaine fois, nous aurons une meilleure chance d'attraper le coupable.

— Qu'as-tu décidé de faire finalement pour le travail ? demanda-t-elle. Y aller doucement ou essayer de faire une journée complète pour voir comment ça se passe ?

— J'ai pensé venir samedi, faire le service du matin comme d'habitude, puis prendre dimanche de repos, dit-il. Je pense que d'ici lundi, ça ira. Oh, ça me fait penser, tu veux récupérer Oscar en rentrant du travail vendredi, Scott, ou passer le week-end ?

— Comme tu veux.

Scott regarda par-dessus son épaule et ferma le tiroir du classeur.

— Comment a-t-il été ?

— Un peu malodorant, mais j'ai essayé de lui donner différents aliments. Il s'est certainement ragaillardi cette semaine dernière cependant, dit Adam. Je ne peux pas affirmer qu'il y ait quoi que ce soit de sérieusement anormal chez lui.

— S'il se porte si bien, peut-être qu'il devrait rester avec toi un peu plus longtemps, dit Scott, le visage impassible.

Kay le fusilla du regard, mais fut empêchée de répondre par la sonnerie de son téléphone dans son sac à main.

Quand elle le sortit, le nom de Barnes s'affichait à l'écran, et elle répondit avant que ça ne bascule sur la messagerie vocale.

— Ian ? Qu'est-ce qui se passe ?

— Chef, c'est Xander Beech. Quelqu'un l'a attaqué chez lui, et il a été hospitalisé.

CHAPITRE 43

Kay gara sa voiture à côté d'un véhicule de patrouille et claqua la portière avant de prendre un moment pour évaluer la scène devant elle.

Elle avait croisé une voiture de patrouille au carrefour vers la rue résidentielle ; plusieurs badauds des propriétés voisines regardaient bouche bée les véhicules d'urgence alignés dans la rue étroite avant d'être chassés par deux agents en uniforme.

— Chef ? Par ici.

Elle repéra la silhouette de Gavin contre les phares d'une ambulance, ses cheveux hérissés familiers et sa taille le distinguant des autres personnes qui s'affairaient à l'entrée de l'immeuble, et elle s'avança pour le rejoindre.

— Que s'est-il passé ?

— Un voisin a signalé l'incident, chef.

Il se retourna et la conduisit dans l'immeuble, empruntant les escaliers plutôt que l'ascenseur.

— Nous sommes au deuxième étage, Xander a été agressé dans son appartement, on dirait qu'il a ouvert la porte à son agresseur, car il n'y a aucun dommage sur la serrure ni de signes d'effraction.

Il s'arrêta en arrivant sur le palier du deuxième étage et se mit de côté pendant qu'un ambulancier sortait d'une porte plus loin sur la droite, suivi de près par son collègue poussant Xander dans un fauteuil roulant vers la porte ouverte de l'ascenseur.

Celle-ci se referma quelques secondes plus tard, et ils purent bientôt entendre les deux ambulanciers au bas de la cage d'escalier en train de guider leur patient hors du bâtiment.

— Où l'emmènent-ils ? demanda Kay.

— À Maidstone. Barnes vient de partir, il est en route là-bas aussi, pour qu'il puisse prendre sa déposition quand les médecins le permettront.

— Et le voisin, celui qui a appelé ?

— Un certain monsieur Henry Bradley, dit Gavin en pointant du pouce par-dessus son épaule vers un homme debout à côté de deux agents en uniforme au bout du couloir, l'air inquiet tandis qu'il leur parlait. Il dit avoir entendu des voix fortes malgré sa télévision, mais le temps qu'il baisse le volume et arrive à sa porte d'entrée pour regarder, il n'y avait plus personne. C'est alors qu'il a remarqué que la porte de l'appartement de Xander était ouverte. Avant qu'il ne l'atteigne, un homme s'est précipité dehors et a descendu les escaliers.

— Est-ce qu'il a pu bien le voir ?

— Non, l'homme portait une casquette de baseball et l'éclairage ici n'est pas terrible, comme tu peux le constater.

— Et les caméras de surveillance ?

Gavin renifla de frustration.

— Monsieur Bradley dit que lui et d'autres membres de l'association des résidents essaient d'en obtenir depuis plus de deux ans.

— Eh bien, les propriétaires pourraient reconsidérer la question après cela. Le voisin est-il entré dans l'appartement ?

— Oui, il était encore plus inquiet après ça. Il a trouvé Xander par terre à côté du canapé. Monsieur Bradley a dit que Xander était incohérent quand il l'a trouvé, alors il a composé le numéro d'urgence. Étant donné l'adresse et nos enquêtes en cours, c'est pour cela que nous avons été appelés aussi.

— Tu as eu l'occasion de parler aux ambulanciers avant mon arrivée ?

— Oui. Il semble qu'il ait le nez cassé et deux doigts brisés. L'un des ambulanciers qui l'a soigné pensait qu'il pourrait aussi avoir une côte ou deux cassées, mais ils sont plus inquiets qu'il ne souffre d'une hémorragie interne, il a réussi à leur dire qu'il avait reçu des coups de poing répétés dans l'estomac.

— Il y a encore quelqu'un à l'intérieur ?

— Kyle Walker relève les empreintes sur la porte et plusieurs autres surfaces au cas où l'agresseur serait dans le système. Nous attendons juste l'arrivée d'un serrurier. Monsieur Bradley dit qu'il s'entend bien avec Xander, alors il a proposé de payer en attendant qu'il sorte de l'hôpital.

— D'accord, eh bien dans ces circonstances, je veux jeter un coup d'œil.

Kay ouvrit la marche vers la porte ouverte et fit une

pause pendant que Walker finissait de poudrer les panneaux avant.

Il se mit de côté et fit un bref signe de tête quand il eut terminé.

— J'ai aussi fait le salon et la cuisine, chef. Je vais vous montrer.

— Merci.

Elle mit ses mains dans ses poches et franchit le seuil, en prenant soin de ne pas frôler la porte et de ne pas mettre de poudre de graphite sur sa veste. S'arrêtant au bout d'un court passage, elle examina les dégâts dans l'appartement.

Les tiroirs de la cuisine avaient été ouverts, des couverts jetés par terre à côté de torchons en coton élimés, et ses chaussures craquaient sur un mélange de grains de sel et de grains de poivre éparpillés sur le linoléum bon marché.

Le salon avait subi le plus gros de l'attaque, avec un cadre photo suspendu de façon précaire à son crochet au-dessus de la télévision, et une console de jeux et des manettes renversées sous le grand écran. Les coussins du canapé gisaient sur le sol à côté d'une pile de vieux magazines de jeux poussée sur le côté, et elle pouvait voir du sang sur la moquette là où Xander s'était retrouvé au sol.

— A-t-il réussi à dire à quelqu'un qui lui a fait ça, Gav ? demanda-t-elle.

— Pas encore, les ambulanciers ne nous ont pas laissé lui parler parce qu'ils étaient inquiets pour son état.

— Que diable s'est-il passé ici ? murmura-t-elle.

Walker secoua la tête, étonné.

— Quelqu'un lui en voulait vraiment, chef.

— Ce n'est pas ça, regardez tout autour. Ce n'était pas juste une bagarre. Celui qui a attaqué Xander cherchait quelque chose. Cet endroit a été fouillé.

Gavin pivota au milieu de la pièce et poussa un coussin du canapé du bout du pied.

— Nous allons devoir obtenir une liste des objets volés auprès de Xander quand Barnes l'interrogera.

— Est-ce que quelque chose semble avoir été volé selon toi ? Je veux dire, évidemment la télévision est trop grande pour être emportée et cette console de jeux semble être un ancien modèle, donc elle ne vaut probablement pas grand-chose. Est-ce que tu as remarqué si Xander avait un ordinateur portable ou autre chose quand tu étais ici ?

— Je n'ai rien remarqué.

— Je vais jeter un coup d'œil rapide dans la chambre, chef, dit Walker. Juste au cas où.

— D'accord.

Elle parcourut du regard la dévastation dans l'appartement tandis que l'agent s'éloignait.

— Tu penses qu'il a été attaqué parce qu'il nous a parlé plus tôt ? demanda Gavin, les yeux inquiets.

Kay soupira.

— Je ne sais pas quoi penser pour le moment.

Ils se retournèrent en entendant un cri, pour voir Walker émerger de la chambre, ses mains gantées tenant un assortiment de petites boîtes et de flacons en verre.

— J'ai trouvé ça sous un tas de vêtements, dit-il. Je suppose que l'agresseur de Xander n'est pas allé jusque-là avant d'être dérangé. Certains ressemblent à des fournitures médicales, cependant, pas le matériel habituel pour la drogue.

Gavin prit l'un des paquets et le tourna dans sa main pour lire l'étiquette collée sur le côté, puis il émit un grognement surpris.

— Chef ? Ce sont des médicaments pour animaux. Je pense que c'est ce qui a été volé dans le cabinet d'Adam.

CHAPITRE 44

Kay arracha le ticket de parking de la machine avant de se précipiter sur un passage piéton et de franchir les portes principales de l'hôpital de Maidstone.

Barnes leva la main à l'autre bout d'un large couloir carrelé lorsqu'il la vit, son téléphone à l'oreille.

En attendant qu'il termine son appel, elle observa les différents services et départements indiqués par des inscriptions aux couleurs coordonnées sur le mur à côté d'elle, un frisson lui parcourant les épaules au souvenir de l'attaque d'Adam la semaine précédente.

Le bruit de verre et de vaisselle lui parvenait de la cafétéria sur sa gauche, et elle détourna le regard des visages inquiets qui croisaient le sien alors que patients, membres de la famille ou amis étaient perdus dans leurs propres réflexions.

— Chef, c'était Gavin. Il dit que l'appartement a été sécurisé, et que le voisin a les clés, dit Barnes en rangeant son téléphone dans sa poche et en lui tapotant le bras. Xander est dans une chambre par ici.

Leurs chaussures résonnèrent sur le sol poli tandis qu'ils négociaient un flux constant de brancardiers, d'aides-soignants et d'infirmières qui sillonnaient les profondeurs de l'hôpital. Des ouvertures caverneuses le long du dédale de couloirs menaient à des zones spécialisées – radiologie, pathologie, cardiologie.

Tout cela passa comme un flou devant Kay tandis qu'elle se demandait s'ils obtiendraient des réponses de Xander ce soir, ou si la gravité de ses blessures signifierait une longue attente avant que ses médecins ne le laissent parler à la police.

— Par ces escaliers, dit Barnes en lui tenant la porte coupe-feu. Ils l'ont monté à l'unité de médecine aiguë. C'est un sacré veinard à certains égards, pas d'hémorragie interne, mais il a des contusions et une côte cassée apparemment. Ils vont le garder un jour ou deux pour s'assurer qu'il n'y a pas de saignement.

— Il est entre de bonnes mains ici, répondit-elle. Et au moins, nous savons où il est, n'est-ce pas ?

— Gavin a mentionné que vous aviez trouvé des médicaments volés au cabinet d'Adam chez Xander ?

— Nous essayions de déterminer si celui qui lui a fait ça lui avait volé quelque chose, comme un ordinateur portable ou autre.

Kay s'arrêta, la main sur la porte menant au palier du premier étage.

— Je dois dire que je ne m'attendais pas aux médicaments.

Barnes la suivit dans le couloir en secouant la tête.

Elle remarqua que l'atmosphère était différente ici, plus calme.

Malgré un courant sous-jacent d'efficacité pratiquée – après tout, la plupart des patients de ces services étaient dans un état critique – le sentiment général que Kay ressentait était une détermination tranquille.

Le volume des voix était plus bas, à tel point qu'elle pouvait entendre le grondement persistant des bouches d'aération au-dessus de sa tête.

— Il est par ici, dit Barnes en désignant un poste d'infirmières.

La responsable du service leva les yeux de son bloc-notes à leur approche et leur adressa un sourire fatigué.

— Déjà de retour, inspecteur Barnes ?

— Mon inspectrice principale, Kay Hunter, dit-il en guise de présentation. Nous nous demandions s'il y avait eu une amélioration chez votre patient, et si nous pourrions lui parler maintenant ?

L'infirmière pinça les lèvres.

— J'ai bien peur que vous ne puissiez pas parler à Xander ce soir, inspecteurs. Son médecin vient de passer le voir, et il a reçu un léger sédatif. Après cela, ce sera uniquement la famille à partir de demain jusqu'à ce qu'il reçoive le feu vert.

— Très bien, dit Kay, remerciant l'infirmière et s'éloignant du bureau. Je vais demander à Sharp d'autoriser un agent à rester en service ici jusqu'à ce que Xander parle à l'un d'entre nous. Étant donné que nous avons deux décès par kétamine sur les bras, et le vol, je pense que le jeune monsieur Beech pourrait représenter un risque de fuite dans ces circonstances.

— Ça me semble être un bon plan, chef. Je m'assurerai qu'il soit interrogé dès son réveil.

— Ça va être une discussion intéressante...

Le téléphone de Kay vibra, et elle lut le nouveau message.

— Bien. Laura dit qu'elle a parlé au laboratoire, elle a cité le nom de Peter Gregor et a organisé des tests pour demain sur les médicaments trouvés dans l'appartement de Xander.

Barnes sourit.

— Elle apprend vite.

— Eh bien, tant qu'elle ne s'attend pas à ce genre de rapidité sur chaque affaire sur laquelle elle travaille, elle s'en sortira bien.

Le sourire de Barnes s'effaça, son expression devenant inquiète alors qu'elle entendait des pas lourds derrière elle.

En se retournant, elle vit un homme qu'elle reconnut comme étant Damian Beech se précipiter vers eux, vêtu d'une veste de moto et un casque intégral sous un bras tandis qu'il passait une main gantée de cuir dans ses cheveux.

— Inspecteur Barnes ?

Il serra la main du détective plus âgé, qui présenta Kay avant de faire un geste vers les portes fermées.

— L'infirmière nous dit qu'ils ont installé Xander confortablement pour la nuit, mais je suis sûr qu'elle pourra vous en dire plus.

— Merci. Savez-vous qui lui a fait ça ?

— C'est encore tôt, Damian, mais nous avons des agents qui prennent les dépositions des voisins et nous allons vérifier les caméras de vidéosurveillance dans le quartier.

— Dès que j'ai entendu, j'ai dû venir ici. Il est tout ce qui me reste.

— Et le reste de votre famille ? demanda Barnes.

Damian grimaça.

— Notre père est mort il y a environ dix ans, et nous ne parlons pas à notre mère, elle nous a quittés quand j'avais six ans.

Kay posa sa main sur son bras.

— Nous avons quelques questions à vous poser également. Allez voir la responsable du service pour avoir des nouvelles de votre frère, et ensuite nous irons prendre un café en bas.

CHAPITRE 45

— Tenez. Noir, deux sucres, et j'ai demandé qu'ils mettent un peu d'eau froide dedans, alors buvez-le pendant que c'est chaud.

Barnes poussa un gobelet de café à emporter à travers la table en Formica vers Damian et s'assit à côté de Kay, puis il observa l'homme retirer ses épais gants en cuir, laissant les doublures en laine, et envelopper ses mains autour de la boisson chaude.

— Merci. Il fait un froid de canard dehors ce soir, et il pleut en plus. Je ne sens plus mes mains.

— Pas une bonne soirée pour être dehors à moto.

— Vous m'en direz tant.

— Damian, nous allons devoir formaliser cet entretien vu les circonstances, déclara Kay en sortant son carnet de son sac et en enlevant le capuchon d'un stylo, ses gestes efficaces alors qu'elle débarrassait la surface de la table des restes de sachets de sucre et les déposait sur le plateau en plastique à son coude.

Barnes jeta un coup d'œil par-dessus son épaule, mais

les personnes les plus proches étaient à trois tables de là –

un infirmier et une femme en blouse bleu clair qui ouvraient des sandwichs préemballés en silence avant de se tourner pour regarder un écran de télévision dans le coin opposé de la cafétéria.

Il but une gorgée de son café pendant que Kay lisait la mise en garde formelle et il contempla le frère aîné.

Il avait les cheveux plus foncés que Xander et était légèrement plus petit, portant déjà un peu trop de poids autour de la taille.

Il se demanda si Damian prenait la peine de faire du sport en travaillant de chez lui, ou s'il était le genre d'entrepreneur qui consacrait toute son énergie à son entreprise sans trop penser à sa propre santé.

Les doublures des gants qu'il portait encore commencèrent à dégager une odeur de laine humide à mesure que le gobelet de café refroidissait, et Barnes tourna son attention vers la fenêtre de la cafétéria à côté de lui pendant un moment, observant une bruine régulière créer une brume sous les lampadaires du parking et une ambulance s'éloigner d'une place de stationnement plus loin, ses gyrophares allumés alors qu'elle atteignait la sortie vers la route principale.

Son regard revint à la table lorsque Kay s'éclaircit la gorge.

— Quand nous sommes allés à l'appartement de Xander plus tôt ce soir, une quantité de drogue a été trouvée dans sa chambre, dit-elle. Était-il consommateur ?

— Bon sang, non.

Le choc de Damian était palpable. Il recula brusquement, les sourcils levés avant de rougir, réalisant peut-être que son éclat avait résonné sur les murs de la cafétéria.

— Non, je ne savais pas. Je suis sûr qu'il ne l'est pas. Je veux dire, c'est mon frère. Je le saurais. J'en suis certain.

— C'était une quantité importante, dit Kay. Avez-vous des soupçons que votre frère revendait de la drogue ?

La mâchoire de Damian se crispa et il posa son gobelet sur la table, puis ferma les yeux.

— Non, je n'en ai pas. Quel genre de drogue ?

— Nous pensons qu'elles sont identiques aux drogues volées dans un cabinet vétérinaire local lundi soir dernier, dit Barnes. Le propriétaire du cabinet était encore là quand un intrus est entré, il a ensuite été agressé et hospitalisé.

— Bon sang.

Damian secoua la tête et croisa son regard.

— Comment... comment va-t-il ? Est-ce qu'il va bien ?

— Il a reçu le feu vert de son équipe médicale hier, répondit Kay, le visage impassible. Il l'a échappé belle. Quand l'ambulance est arrivée, il était inconscient.

— Avez-vous une clé de l'appartement de votre frère ? demanda Barnes.

— Non, pourquoi est-ce que j'en aurais une ?

— Savez-vous si quelqu'un d'autre a accès à son appartement ?

— Non, je ne sais pas.

— Où étiez-vous lundi soir dernier, Damian ? demanda-t-il.

— Pardon ?

— Répondez simplement à la question, s'il vous plaît.

— Chez Xander. Il avait téléchargé un nouveau jeu vidéo que nous attendions tous les deux.

Il porta le gobelet de café à ses lèvres, puis s'arrêta alors qu'un triste sourire traversait son visage.

— Il m'a presque battu à plate couture. J'aurais aimé qu'il le fasse.

— Une idée de comment il s'est retrouvé en possession de la drogue ? demanda Kay.

— On ne passe pas beaucoup de temps ensemble, dit Damian. Je veux dire, on essaie de se retrouver une fois par mois si on peut, on aime les mêmes jeux vidéo comme je l'ai dit, ou parfois on regarde un film. Xander a une addiction malsaine à plusieurs univers de comics alors on finit généralement par en regarder un.

Barnes sourit à la résignation dans la voix de l'homme.

— Pas fan, alors ?

— Pas vraiment. Ça ne me dérangerait pas de voir quelque chose avec un peu plus de substance parfois.

— Est-ce que *vous* savez qui aurait pu lui faire ça ? demanda Kay.

— Je ne sais pas. Nous avons tendance à évoluer dans des cercles différents, détective. Je veux dire, on se voit de temps en temps, comme la semaine dernière, s'il y a quelque chose que l'un de nous fait qui intéresse l'autre, mais nous ne sommes pas proches comme certains. Avez-vous parlé à quelqu'un de la boîte de nuit où il mixe ? Je sais que parfois il a des problèmes parce que les mecs qui y vont pensent qu'il va partir avec leurs copines. C'est du n'importe quoi, bien sûr. Il est trop concentré sur sa musique.

Kay posa son stylo et Barnes remarqua les cernes sombres sous ses yeux alors qu'elle retenait un bâillement et essayait de maintenir son professionnalisme.

Il regarda sa montre, puis vida son café, grimaçant à cause du goût.

— Bien, Damian, dit-il en reculant sa chaise pendant que Kay rangeait son carnet. Vous avez déjà nos coordonnées, alors faites-nous savoir si vous pensez à autre chose.

— Ok.

L'homme regarda par-dessus son épaule alors qu'un couple plus âgé entrait dans la cafétéria, leurs visages hagards.

— Je vais peut-être monter voir si je peux m'asseoir avec lui un moment, pour lui tenir compagnie.

— Je suis désolé, ce ne sera pas possible, dit Barnes. Pas avant que nous l'ayons interrogé demain matin, du moins.

— Qu'est-ce qui va lui arriver ?

Damian leva les yeux, l'inquiétude gravée sur ses traits.

— Je veux dire, quand il sortira d'ici ? Vous allez l'arrêter ?

Barnes soupira.

— Il est déjà en état d'arrestation. Il a été officiellement mis en garde par l'un de nos officiers lorsqu'il a été transféré des urgences à l'étage.

CHAPITRE 46

Un ciel d'un bleu éclatant accueillit Kay lorsqu'elle traversa son allée pour rejoindre la voiture de Barnes qui l'attendait le lendemain matin, le soleil faisant étinceler les flaques qui bordaient la rue.

— Bonjour, dit-elle en attachant sa ceinture tandis qu'il démarrait le moteur.

— Chef.

Il attendit qu'ils soient en route, puis s'éclaircit la gorge.

— Pia se demandait, si Adam est d'attaque, si vous aimeriez venir dîner chez nous la semaine prochaine ?

— Ce serait sympa, merci. Tu veux qu'on apporte le vin ?

— Je ne dirai pas non.

Il sourit.

— Elle est impatiente de montrer les nouveaux chauffages de terrasse qui sont arrivés la semaine dernière et il ne devrait pas pleuvoir pendant un moment. Cela dit, je lui ai dit que tu étais frileuse et qu'une demi-heure dehors serait probablement suffisante pour toi.

Kay rit.

— C'est vrai. Je ferais peut-être mieux d'apporter du vin chaud à la place.

Ils tombèrent dans un silence complice pendant que Barnes se frayait un chemin à travers les derniers embouteillages sur l'autoroute, et les pensées de Kay se tournèrent vers l'entretien à venir.

Phillip Parker avait pris la relève de l'agent qu'elle avait vu à l'hôpital la veille au soir, et lui avait envoyé un message pour dire que les médecins de Xander étaient satisfaits des progrès de l'homme pendant la nuit. À contrecœur, ils avaient également accepté que l'entretien officiel ait lieu ce matin-là.

— Parker a dit si Xander allait avoir un avocat présent ? demanda Barnes en trouvant une place de parking de l'autre côté de l'hôpital.

— Oui, quelqu'un que Damian lui a trouvé, je crois.

Kay fit défiler ses e-mails tandis qu'ils marchaient vers l'entrée principale, les portes vitrées s'ouvrant automatiquement pour les laisser passer.

— C'est lui. William Taylor.

— Où va-t-on l'interroger ?

— Dans sa chambre, selon Parker. Les médecins ne veulent pas qu'il soit trop déplacé aujourd'hui.

Elle tendit le cou pour jeter un coup d'œil dans la cafétéria.

— Pas de signe de Damian.

— Les heures de visite ne sont que cet après-midi, répondit Barnes. En plus, l'avocat lui a probablement conseillé de rester à l'écart jusqu'à ce qu'on ait fini. Il s'est sûrement fait engueuler pour nous avoir parlé hier soir.

Lorsqu'ils arrivèrent dans le service, Parker se leva de l'une des chaises groupées contre le mur face au poste des infirmières et remit le dépliant qu'il lisait dans un présentoir à côté d'une paire d'extincteurs.

— Bonjour, chef... Inspecteur, dit-il. L'avocat de Xander est arrivé il y a environ cinq minutes. L'infirmière l'a fait entrer et a dit qu'elle reviendrait vous chercher.

— D'accord, merci, dit Kay. Quelque chose à signaler ?

— Rien de nouveau. Il y a quelques heures, j'ai entendu l'un des médecins dire qu'ils allaient réduire ses antidouleurs.

— Eh bien, c'est bon signe, ils doivent être moins inquiets concernant les dommages à long terme alors.

Ils se retournèrent lorsque les portes battantes menant au service s'ouvrirent vers l'intérieur et qu'une infirmière à l'air autoritaire apparut.

— Bien, vous êtes les détectives ? dit-elle brusquement. Lequel d'entre vous est en charge ?

— Moi. Je suis la détective Kay Hunter, et voici mon collègue, l'inspecteur Ian Barnes.

— Montrez-moi vos cartes.

Ils tendirent docilement leurs cartes professionnelles et malgré sa propre autorité, Kay retint son souffle.

Si le personnel médical jugeait Xander Beech trop malade pour coopérer, alors ils auraient fait un voyage pour rien – et l'enquête atteindrait une pause naturelle jusqu'à ce qu'ils en décident autrement.

— Très bien, dit finalement l'infirmière en leur rendant leurs cartes. Suivez-moi.

Barnes ouvrit la porte pour les laisser passer, et Kay se dépêcha de suivre l'infirmière, surprise par le rythme de la femme alors qu'elle les conduisait le long d'un court couloir sombre vers une porte fermée sur la gauche.

— Étant donné les circonstances, nous avons placé monsieur Beech dans une chambre séparée du service principal, dit-elle, puis elle frappa une fois et ouvrit.

Le nez de Xander avait subi le plus gros de l'attaque, avec d'épais pansements chirurgicaux et des bandages qui croisaient les parties visibles de son visage. Il la regarda à travers des paupières violacées par les ecchymoses. Une coupure à sa lèvre avait nécessité des points de suture.

Il grimaça en essayant d'ajuster l'oreiller derrière lui, sifflant entre ses dents sous l'effort.

— Je ne suis pas sûr que ce soit une bonne idée.

William Taylor se leva de son siège à côté du lit et fusilla du regard les deux détectives.

— Mon client a besoin de repos.

— Votre client a des explications à donner, rétorqua Kay.

Elle réitéra la mise en garde formelle à Xander, puis se retourna au bruit de métal raclant contre les carreaux polis pour voir Barnes traîner deux chaises supplémentaires à travers la porte.

— Merci, dit-elle en en prenant une pour la placer au pied du lit.

Résigné à l'entretien, la lèvre supérieure de Taylor se recroquevilla tandis qu'il retournait à son siège et croisait les jambes. Il sortit un bloc-notes juridique de la mallette à côté de lui, décapuchonna un stylo plume puis se pencha vers Xander et murmura à voix basse.

— Bien, monsieur Beech. Qui vous a attaqué ?

Kay observa Xander qui tripotait le coin d'un pansement sur le dos de sa main, son regard baissé sur ses doigts.

— Non ? D'accord, essayons autre chose. Peut-être pourriez-vous expliquer pourquoi une quantité de chlorhydrate de méthadone et de chlorhydrate de kétamine a été trouvée dans votre appartement après l'attaque ?

Dans le silence qui suivit, Kay pouvait entendre les pas feutrés de l'infirmière dans le couloir au-delà de la porte fermée et quelqu'un au poste des infirmières qui riait.

Xander resta silencieux, mais secoua légèrement la tête.

— Comment connaissez-vous Felicity Gregor et Gary Lovell ? insista Kay.

— Monsieur Beech, vous devez savoir que vous êtes actuellement notre seul suspect concernant le vol de ces médicaments à la clinique vétérinaire de Turner, et les surdoses subséquentes de trois personnes, dit Barnes d'un ton impatient. Nous vous avons également sur un enregistrement de vidéosurveillance avec Daisy Stiles, que nous soupçonnons d'avoir été contrainte par vous d'effectuer une reconnaissance à la clinique avant que vous n'y entriez par effraction pour voler ces médicaments.

— À moins que vous ne puissiez nous dire qui a volé ces médicaments à votre place ? ajouta Kay.

La tête de Xander bascula sur le côté avant qu'il ne se reprenne et prenne une respiration saccadée.

La machine à côté de lui émit un bip alarmant.

— Je suis désolé, murmura-t-il, les paupières vacillantes. Je n'ai rien à vous dire.

La porte s'ouvrit brusquement derrière Kay et elle se retourna pour voir l'infirmière jeter un coup d'œil à l'intérieur.

— Tout va bien ici ? Nous avons eu une alarme qui s'est déclenchée de notre côté.

Taylor se leva de sa chaise et rajusta ses manchettes.

— Je pense que c'est suffisant pour aujourd'hui, détectives. Mon client est extrêmement fatigué après cette épreuve et il a manifestement besoin de repos.

Kay serra la mâchoire, retenant la réplique qui lui venait à l'esprit tandis qu'elle fusillait Xander du regard, certaine qu'il était responsable de l'agression d'Adam et de l'avoir laissé dans un état similaire à celui dans lequel il se trouvait maintenant.

— Nous reviendrons demain matin, monsieur Taylor. Assurez-vous que votre client se repose. Il en aura besoin.

CHAPITRE 47

— Il a peur.

Barnes arpentait la moquette devant le tableau blanc, ses yeux parcourant les notes griffonnées dessus.

Kay, le coude appuyé sur le dossier d'une chaise, soupira.

— Je ne suis pas surprise. Trois personnes sont mortes à cause de la drogue qu'on a trouvée chez lui.

— Tu penses qu'il savait que la drogue était là ? dit Laura. Je veux dire, peut-être qu'elle a été placée là par celui qui l'a attaqué.

Kay secoua la tête.

— Je ne pense pas. J'ai vu son visage quand on le lui a dit. Il n'avait pas l'air surpris, comme Barnes vient de le dire, il avait l'air effrayé. En plus, c'est lui que Gavin a aperçu devant la clinique vétérinaire quelques heures avant le vol, donc nous devons envisager le fait que lui et son frère mentent sur ce qu'il faisait vraiment cette nuit-là.

— Il ne jouait pas aux jeux vidéo, je parie.

Barnes tira sur sa cravate, puis l'enroula autour de ses doigts avant de la fourrer dans sa poche.

— Il faudra aussi considérer les dealers rivaux. Peut-être que l'un d'eux s'est offusqué qu'il vende sur leur territoire et a décidé de lui donner une leçon.

— Mais alors pourquoi n'a-t-il pas pris la drogue ? demanda Laura. Pourquoi la laisser là ?

— Peut-être qu'il n'a pas eu le temps de la trouver s'il a entendu le voisin bouger à côté. Au moment où monsieur Bradley est entré dans le couloir, l'agresseur s'enfuyait déjà, dit Barnes.

— Il y a aussi l'angle de la vengeance, réfléchit Kay à voix haute. Si les familles de Felicity ou de Gary ont appris d'une manière ou d'une autre que Xander aurait pu vendre de la kétamine à leurs enfants, l'un d'eux aurait pu se faire justice lui-même.

Barnes se retourna et éleva la voix pour s'adresser à toute la salle des opérations.

— Quelqu'un a-t-il réussi à obtenir des images de vidéosurveillance des caméras de la ville dans le quartier ? Avons-nous vu quelqu'un arriver ou partir de chez Xander au moment de l'attaque ?

— Il n'y a définitivement rien de disponible dans l'immeuble, dit Phillip. Je viens de parler au superviseur et il a confirmé que les seules caméras qu'ils ont couvrent le parking à l'arrière et les poubelles. Il n'y a pas de caméras dans les cages d'escalier ni à la sortie du bâtiment.

— Il faudra un certain temps pour obtenir les enregistrements de vidéosurveillance de la ville, ajouta Debbie. J'ai laissé un message et je vais continuer à les relancer.

— Je veux que le gérant de la boîte de nuit soit réinterrogé à la lumière de la drogue trouvée chez Xander, dit Barnes. Dave, tu peux t'en charger, et aussi obtenir une note de sa part sur les connaissances qu'il aurait pu se faire en tant que DJ ?

— Pas de problème, chef.

L'agent en uniforme leva les yeux de son écran d'ordinateur.

— Vous voulez que je demande aussi les relevés téléphoniques de Xander ?

— S'il te plaît.

— Si nous voulons l'inculper pour le vol et les décès subséquents de Felicity et Gary, nous allons devoir trouver plus qu'une collection de sachets de drogue volés, dit Kay.

Alors qu'elle retournait à son bureau, son téléphone se mit à sonner, et elle bouscula un administrateur avec des excuses hâtives pour l'atteindre avant qu'il ne bascule sur la messagerie vocale.

— Inspectrice principale Hunter.

— Détective, c'est Yvonne Court du laboratoire. Laura m'a demandé de vous appeler avec les résultats des tests sur la drogue trouvée dès que je les aurais en main.

Kay tira sa chaise et ouvrit son carnet à une nouvelle page.

— C'était rapide, merci.

— La promesse de financements supplémentaires fait des merveilles, répondit Yvonne sans ironie.

— Est-ce que la drogue correspond à celle trouvée dans les échantillons prélevés sur Felicity Gregor et Gary Lovell ?

— Elles semblent similaires, oui. Évidemment, la poudre qu'ils ont prise avait été coupée avec d'autres substances, mais les résultats de base sont les mêmes.

Yvonne parlait précipitamment, comme si elle essayait d'arriver à l'essentiel de son appel le plus vite possible, et Kay retint son souffle.

— Détective, je suis inquiète de ce que je vois ici, dit l'analyste. Ce sont évidemment les drogues volées à la clinique vétérinaire Turner, le nom de la clinique est imprimé sur l'étiquette de livraison des sachets, mais il y a quelque chose qui ne va pas avec la kétamine. Elle est plus puissante, dangereuse.

— Que voulez-vous dire ? Cette substance est déjà classée comme drogue contrôlée de catégorie deux. C'est pour ça qu'Adam et son équipe la gardaient enfermée dans une armoire sécurisée.

— Est-ce qu'ils en avaient utilisé avant le vol ?

— Non, la livraison n'avait été faite que cet après-midi-là, et il leur restait deux jours de stock précédent. Ils n'en gardent pas plus de trois semaines, ce n'est pas autorisé.

— Dieu merci.

Kay se redressa.

— Pourquoi ?

— Si cela avait été administré à un animal comme anesthésique pour une procédure de routine, ça ne l'aurait pas simplement endormi. Ça l'aurait tué. C'est cinq fois plus fort que la normale.

Kay entendit Yvonne prendre l'emballage et le secouer.

— Et il n'y a rien ici qui l'indique.

Elle fronça les sourcils.

— Rien du tout ? J'ai vu des étiquettes sur certaines des boîtes que nous vous avons données.

— Non, ce que je veux dire, c'est que c'est mal étiqueté. Même en petite quantité, ce que vous avez ici est mortel.

CHAPITRE 48

Gavin s'arrêta sur le seuil de la salle d'attente animée de la clinique vétérinaire et fit un signe de tête à Scott lorsqu'il apparut de l'une des salles de consultation et se dirigea vers le groupe de chaises près de la fenêtre.

— Monsieur Harris et Spock ? dit-il.

Un homme d'une cinquantaine d'années leva la main et désigna un perroquet gris du Gabon sur son épaule.

— Il mue beaucoup à nouveau, et je ne sais pas pourquoi.

— D'accord, amenez-le et on va regarder ça.

Scott laissa son client passer devant puis se tourna vers Gavin.

— Tout va bien ?

— J'ai besoin de vous parler dès que possible. Il y a du nouveau.

— Si ça ne vous dérange pas d'attendre, je serai libre dans environ vingt minutes après monsieur Harris. Tous les autres sont prévus avec Claire, notre vétérinaire remplaçante.

— Pas de problème.

Gavin se dirigea vers le siège libre laissé par l'homme au perroquet et sourit à une femme âgée assise à côté de la fenêtre.

Un Colley noir et blanc était couché, le menton sur ses chaussures, mais se leva avec difficulté et renifla sa main quand il s'assit.

— Bonjour. Tu es gentil, n'est-ce pas ?

— Seulement parce qu'il pense que vous avez de la nourriture.

La femme esquissa un sourire fatigué.

— Le problème, c'est qu'il ne peut plus marcher aussi loin qu'avant, donc nous avons dû arrêter de lui donner autant de friandises. Sinon, il va prendre du poids.

— Ma copine menace de faire la même chose avec moi, dit Gavin en souriant. Ça ne m'empêche pas d'essayer de grignoter en douce quand elle ne regarde pas.

Elle éclata de rire, puis leva les yeux quand on appela son nom et tira sur la laisse.

— Allez, viens. C'est l'heure du contrôle.

Le chien laissa Gavin et la suivit à contrecœur dans la deuxième salle de consultation, et Stephanie croisa son regard alors qu'elle traitait un autre lot de documents sur son ordinateur.

— Des nouvelles pour nous ? demanda-t-elle.

— On a peut-être quelque chose.

Gavin jeta un coup d'œil à sa gauche vers les deux personnes qui attendaient encore d'être appelées, puis revint vers la réceptionniste.

— Je laisserai Scott vous expliquer une fois que j'aurai eu l'occasion de lui parler.

Stephanie hocha la tête et retourna à son travail pendant qu'il sortait son téléphone portable et vérifiait ses messages.

Les patients restants furent rapidement pris en charge par Scott et la vétérinaire remplaçante, et lorsque le dernier client paya et quitta la clinique, Scott émergea de la zone du personnel avec des tasses de café.

— Claire range pour moi à l'arrière, donc je n'ai pas à vous faire attendre plus longtemps, dit-il en distribuant les boissons.

Gavin fit un clin d'œil à Stephanie en remerciant le vétérinaire.

— Vous l'avez bien dressé, Stephanie.

— Croyez-moi, c'est tout ce qui nous a fait tenir cette semaine. On sera content de retrouver Adam.

Scott s'affala dans l'un des fauteuils et soupira.

— Heureusement, Claire a accepté de rester un moment, j'ai le sentiment que ça pourrait devenir un arrangement plus permanent.

— Les affaires marchent bien alors, malgré le vol ? demanda Gavin.

— C'est même encore plus occupé.

Scott grimaça.

— Que ce soit parce que les gens ont pitié d'Adam ou parce qu'ils sont curieux et veulent voir où l'attaque a eu lieu... Le temps nous le dira.

— Ce serait bien si quelque chose de positif sortait de tout ça, acquiesça Gavin.

Il posa sa tasse de café par terre et sortit de la poche de sa veste les copies des rapports de laboratoire que Kay lui avait fournies.

— À ce propos, nous espérons que vous pourrez nous aider à clarifier quelque chose sur les médicaments qui ont été volés la semaine dernière. Notre labo a fait des tests pour comparer ce qui a été trouvé dans les deux cas d'overdose avec les médicaments pris ici, pour voir si nous pouvons lier le vol à la personne qui a été vue près d'ici le jour de l'effraction. Nous savions d'après les résultats de l'autopsie que les deux personnes avaient encore dans leur système une substance très forte à base de kétamine, mais nos techniciens de laboratoire s'inquiètent des résultats qu'ils ont obtenus sur les médicaments trouvés dans l'appartement du suspect, les mêmes que ceux volés ici.

Gavin tendit le rapport à Scott.

— Il semble, d'après les résultats, que le chlorhydrate de kétamine soit plus fort que ce dont vous auriez besoin dans un scénario normal de salle d'opération. Nous nous demandions pourquoi.

Le vétérinaire déglutit après avoir lu les résultats, fronçant les sourcils, puis il traversa la réception et tendit le document à Stephanie.

— Tu peux me trouver la copie du bon de commande pour cette dernière livraison ?

— Bien sûr.

Il se retourna vers Gavin tandis que Stephanie ouvrait un tiroir de dossiers suspendus à côté de sa chaise.

— Vous avez les boîtes des médicaments, ou des photos ?

— J'ai des photos.

Gavin sortit son téléphone portable, parcourut l'album qu'il avait créé pour l'enquête et trouva les images prises dans l'appartement de Xander la veille au soir.

— Voilà.

— Voici le bon de commande, dit Stephanie.

— Merci.

Scott prit la page et la compara aux photos, puis s'assit à côté de Gavin et lui tendit le rapport, avec une note de soulagement dans la voix.

— Bon, on dirait qu'on n'a pas merdé, c'est déjà ça. Ce qui n'est pas bon, c'est ce que votre labo dit avoir vu dans les conditions de test. Voici ce que nous avons commandé.

Gavin prit le bon de commande et en parcourut rapidement le contenu.

— Est-ce qu'ils auraient pu faire une erreur en lisant ceci ?

Scott secoua la tête.

— C'est pour ça qu'on leur donne l'original. C'est la loi : comme le chlorhydrate de kétamine et les autres substances listées sur notre commande sont classés comme des médicaments contrôlés, le fournisseur doit recevoir la copie avec la signature originale. Seuls Adam ou moi pouvons la signer. Adam a passé la commande ce matin-là, il nous restait environ une semaine de stock à ce moment-là, ce qui est correct, mais il devait faire quelques opérations compliquées la semaine dernière et nous avons pensé qu'il valait mieux être prévoyants. Nous ne gardons que trois semaines de stock à la fois.

— Vous avez toujours le bordereau de livraison pour ce lot ?

— Steph ?

Scott se tourna vers la réceptionniste.

— Attends, oui, le voici.

Elle contourna le bureau et tendit une fine feuille bleue.

— C'est la signature d'Adam en bas pour confirmer la réception en bon état.

— Dès que les médicaments arrivent, nous les enregistrons dans le registre et plaçons tout dans l'armoire sécurisée. Ils n'en sortent que si moi-même et Adam, ou Claire en son absence, signons pour eux.

Scott tapota le numéro de référence dans une colonne de la page.

— Ce numéro correspond au code sur la réquisition, et sur l'étiquette de la boîte dans ces photos, vous voyez ?

Gavin fit défiler l'écran de son téléphone pour agrandir l'image.

— Ok, je le vois. À quoi correspond cet autre numéro sur l'étiquette ici ?

— Voyons voir.

Scott prit le téléphone de ses mains.

— Je ne sais pas, ça pourrait être une référence de traitement interne utilisée par le fabricant de médicaments. Ce n'est pas quelque chose que nous utilisons pour vérifier les livraisons.

— Je suppose que vous n'avez plus une des anciennes boîtes de la livraison précédente, n'est-ce pas ? demanda Gavin.

— Il se pourrait que si. Tous nos rendez-vous d'urgence et les procédures qu'Adam devait faire la semaine dernière ont été confiés à d'autres cabinets après son agression, donc nous n'en avons pas utilisé autant que nous le pensions.

Scott se dirigea vers la porte de la salle de consultation, puis s'arrêta.

— Je vais aussi chercher une des nouvelles boîtes qu'on nous a livrées jeudi dernier pour remplacer celles qui ont été volées.

— Merci.

Gavin se tourna vers Stephanie alors que le vétérinaire disparaissait par la porte.

— Quand vous avez pris des dispositions pour que les autres cabinets vétérinaires prennent en charge vos patients la semaine dernière, vous ne leur avez pas fourni le chlorhydrate de kétamine au cas où ils en auraient besoin ?

— Mon Dieu, non, c'est illégal. Nous n'avons pas le droit de partager des médicaments entre cabinets vétérinaires sauf en cas de réelle urgence, et même dans ce cas, il faudrait que tous les intervenants s'assurent que toute la paperasse et les registres de médicaments contrôlés indiquent clairement pourquoi cette décision a été prise. Adam et Scott pourraient perdre leur licence pour ce genre de chose.

— Et nous retrouver devant un tribunal si nous étions vraiment malchanceux, ajouta Scott en réapparaissant. Bon, j'ai trouvé une des vieilles boîtes vides dans la poubelle, nous avons utilisé la dernière hier. Et voici une des nouvelles.

— Aucune d'entre elles n'a ce numéro de référence étrange imprimé sur l'étiquette, remarqua Gavin.

Il reprit le rapport de laboratoire et fronça les sourcils.

— Donc évidemment, vous n'avez pas fait d'erreur puisque vous avez commandé le dosage que vous utilisez habituellement, et selon l'étiquetage, c'est ce qui est arrivé.

Il examina à nouveau l'image sur son téléphone.

— Alors pourquoi est-ce différent sur celle-ci ?

— Aucune idée, répondit Scott en regardant alternativement le bon de commande et le bon de livraison. Peut-être que quelqu'un passait une très mauvaise journée au laboratoire. Il n'y a aucune excuse pour ce genre d'erreur, cependant. Nous avons de la chance d'avoir eu un ancien stock à épuiser d'abord, sinon cela aurait pu tuer un patient. Je vais parler à l'entreprise pharmaceutique dès demain matin, croyez-moi.

— Ne vous inquiétez pas, dit Gavin. Moi aussi.

CHAPITRE 49

Adam attendait à la porte d'entrée quand Kay se gara dans leur allée, des rides d'inquiétude sillonnant son front.

— Scott vient de m'appeler, dit-il alors qu'elle fermait la porte et enlevait ses chaussures. Que se passe-t-il ?

— Sers-moi un verre de vin, et je vais te dire ce que je peux.

Elle le suivit dans la cuisine et câlina Oscar pendant qu'Adam prenait un verre et sortait une bouteille à moitié pleine de Chenin blanc du réfrigérateur.

— J'ai hâte de pouvoir boire une bière ce week-end, dit-il en ouvrant une canette de soda et en prenant une gorgée.

— Combien de jours te reste-t-il à prendre les médicaments que l'hôpital t'a donnés ?

— Seulement jusqu'à demain. Les nausées sont parties maintenant, mais ils voulaient que je continue les antibiotiques pour l'éraflure à ma tête encore un peu. Enfin bref, santé, et dis-moi ce qui se passe.

Kay prit une gorgée de vin, puis posa le verre sur le plan de travail et enroula ses doigts autour du pied.

— Gavin a parlé à Scott il y a peu, parce que nous avons reçu les résultats du laboratoire. Nous leur avions demandé de comparer ce que nous avons trouvé chez Xander avec les deux résultats d'autopsie pour essayer de tout relier. On a bien tout relié, mais il s'est avéré que ce qui a été livré à ton cabinet lundi dernier était cinq fois plus fort que ce que vous commandez d'habitude.

Adam pâlit à ces mots et s'effondra sur l'un des tabourets de bar.

— J'ai merdé ?

— Non.

Kay lui prit la main.

— Tu n'as pas merdé, Scott non plus, et Stephanie non plus.

— Dieu merci.

— Nous parlerons officiellement à l'entreprise pharmaceutique demain, dès que nous aurons parlé à notre laboratoire pour clarifier certains détails.

— Il t'a dit qu'on vérifie tout trois fois avant d'utiliser ce produit ? Même quand on doit euthanasier un animal, on doit faire attention. Ce truc est mortel à sa concentration normale, mais là...

Adam passa une main sur sa mâchoire.

— Vous avez tout récupéré ? Dans l'appartement de ce type ? Je veux dire, il n'y a aucune chance qu'il y ait encore de ce produit en circulation, n'est-ce pas ?

— C'est ce sur quoi l'équipe travaille en ce moment, dit Kay. Ils appellent tous les cabinets vétérinaires de la région pour savoir qui d'autre aurait pu passer commande, et s'il y a un numéro d'identification similaire à celui de l'emballage qui est arrivé chez vous, ou si c'était un cas isolé.

— On aurait entendu parler d'un surdosage accidentel, dit Adam en faisant tourner sa canette de soda dans un cercle grandissant de condensation. Ce genre de choses ne reste pas secret longtemps.

— Scott n'a rien mentionné de tel à Gavin.

— Tu vois, alors. Espérons que notre cabinet était le seul concerné, et que vous avez trouvé tout le stock volé pour qu'il n'y en ait plus.

Il soupira et repoussa la canette, puis passa une main dans ses cheveux.

— Quand ça se saura, ça pourrait bien ruiner l'entreprise. Je veux dire, et si on *avait* utilisé ce stock ? Et si—

— Adam, arrête.

Kay fit le tour du plan de travail et entoura ses épaules de ses bras.

— Arrête. Ce n'est pas arrivé. Le cabinet est occupé, Gavin a dit que quand il est arrivé, il avait dû attendre parce qu'il y avait tellement de patients. Vous avez une réputation incroyable localement et professionnellement. Regarde juste le nombre d'articles de revues qu'on t'a demandé d'écrire cette année. Ce n'était pas de ta faute.

— Je sais, c'est juste que...

Il se tourna pour lui faire face, les yeux troublés.

— J'ai reçu une lettre de la compagnie d'assurance aujourd'hui. Ils remettent en question nos pratiques de stockage, même si cette armoire sécurisée a plusieurs verrous et que Scott et moi gardons nos clés sur nous. Ils essaient de dire que si les clés avaient été gardées dans un coffre-fort à combinaison au lieu d'être sur mon trousseau, ça ne serait pas arrivé.

— Bon sang, soupira Kay. Ce n'est pas juste. Combien de vétérinaires utilisent un coffre-fort à combinaison ?

— Un seul à ma connaissance, et c'est uniquement parce qu'ils sont quatre à avoir besoin d'utiliser les clés. C'est un cabinet beaucoup plus grand que le mien et qui fonctionne vingt-quatre heures sur vingt-quatre et sept jours sur sept. En plus, mes clés m'ont été prises quand j'ai été assommé, dans le cabinet, là où j'en ai besoin.

Adam attrapa une lettre pliée sur un journal local gratuit et la lui tendit.

Elle parcourut le texte des yeux, puis renifla dédaigneusement.

— Eh bien, celui qui a écrit ça n'a aucune idée de comment fonctionne un cabinet vétérinaire. Regarde, il suggère qu'ils recommandent d'utiliser une armoire à code à la place.

— Je sais. Pour enfreindre ainsi toutes les règles énoncées dans les directives.

Adam reprit la lettre.

— Je leur répondrai demain, mais c'est juste une chose de plus qui s'ajoute à tout le reste.

Kay le serra dans ses bras.

— Tiens bon. On s'approche. Je le sens. Il nous manque juste quelques réponses.

— Je sais. C'est juste qu'avec ça et un appel du Royal College des chirurgiens vétérinaires cet après-midi à propos d'un audit de conformité qu'ils veulent faire à cause du vol, ça n'a pas été une bonne journée.

Elle fronça les sourcils en regardant la lettre de l'assurance sur le plan de travail, puis se redressa.

— Par curiosité, depuis combien de temps achetez-vous les médicaments chez ce fournisseur ? Vous avez déjà eu des problèmes avec eux auparavant ?

Il finit son soda et marcha vers la fenêtre, jetant au passage la canette dans la poubelle de recyclage sous l'évier.

— Nous n'avons jamais eu de problèmes avant, mais nous ne les utilisons que depuis quatre mois. Il y avait trop de problèmes et de retards pour obtenir les médicaments dont nous avions besoin de notre fournisseur habituel à cause de toutes les lois d'importation pour les acheter auprès des fabricants européens.

— Merci, j'en informerai Gavin avant que nous leur parlions demain, dit Kay.

Soudain, Adam se détourna de l'évier et se dirigea vers la porte de derrière.

Un courant d'air froid balaya la cuisine lorsqu'il l'ouvrit brusquement, et Kay frissonna.

— Qu'est-ce que tu fais ?

En réponse, il pointa du doigt Oscar, qui semblait légèrement amusé.

— Frappe préventive.

CHAPITRE 50

Le lendemain matin, Kay protégea ses yeux du soleil qui se reflétait sur les fenêtres du bâtiment pharmaceutique et leva les yeux vers le dernier étage.

— Comment était Marion Blanchett quand tu lui as parlé la semaine dernière ? demanda-t-elle à Gavin qui la rejoignait avant d'appuyer sur le bouton du panneau de sécurité à côté de la porte d'entrée.

— Assez bavarde, chef. Préoccupée qu'un de ses clients ait été attaqué, et heureuse d'aider avec les images des véhicules.

— D'accord. Espérons qu'elle sera toujours aussi coopérative quand on lui posera des questions sur les résultats du laboratoire.

Gavin leva les yeux vers une caméra de sécurité au-dessus de la porte.

— C'est nouveau, ça.

Kay se retourna lorsque le haut-parleur du panneau cracha.

— Entrez, détective Piper.

La porte bourdonna en s'ouvrant, et Kay remercia d'un signe de tête Gavin qui la tenait ouverte pour elle avant de la suivre le long d'un sol carrelé.

Elle parcourut du regard les récompenses encadrées et les articles de presse qui parsemaient les murs, puis elle se retrouva dans une zone de réception lumineuse.

— Si vous voulez bien signer.

Son attention se porta sur un homme debout à côté d'un bureau de réception, son regard de pierre fixé sur elle pendant qu'elle s'approchait.

— De retour si tôt, détective Piper ?

— Je suis désolée, je n'ai pas saisi votre nom, dit Kay. Monsieur... ?

— Peter Moore.

Il la regardait de haut.

— Je suis l'assistant de madame Blanchett. Un coup de téléphone aurait été apprécié. Nous n'aimons pas que les gens se présentent à l'improviste. Cela rend notre équipe de sécurité nerveuse.

— J'en tiendrai compte.

Elle se retourna en entendant des pas en provenance de la mezzanine au-dessus pour voir Marion Blanchett qui attendait en haut de l'escalier en colimaçon.

— Je pensais que vous auriez peut-être appelé à l'avance, détective Piper. Nous sommes extrêmement occupés en ce moment. Nous passons toujours les vendredis à mettre à jour notre conseil d'administration.

— Une affaire d'une certaine urgence s'est présentée, dit Gavin. Mon inspectrice principale Kay Hunter.

— Marion Blanchett.

Elle atteignit le bas des escaliers et serra la main de Kay, sa poigne ferme.

— C'est toujours un plaisir de rencontrer une autre femme qui s'élève au sommet de sa profession.

— De même.

Kay regarda autour du vaste espace, observant les diverses portes fermées menant à la zone de réception, certaines avec des signes de risque biologique et divers autres avertissements de santé et de sécurité affichés.

— Y a-t-il un endroit où nous pouvons parler ?

— La salle du conseil est occupée en ce moment, une vidéoconférence avec une équipe de laboratoire aux États-Unis avec laquelle nous espérons travailler, donc nous utiliserons mon bureau. Venez par ici.

Kay tourna le dos à Peter, ignorant le regard noir qu'il lui lançait, et suivit Gavin et la directrice dans le large escalier en spirale et le long d'une passerelle ouverte surplombant l'espace en contrebas.

La main courante en aluminium thermolaqué s'incurvait vers la gauche, et Marion ouvrit une épaisse porte en chêne au bout, puis leur fit signe d'entrer.

— Asseyez-vous.

Kay attendit pendant que l'autre femme s'affairait autour de son bureau, rangeant un grand agenda relié en cuir A4 et divers magazines professionnels avant de s'installer dans un fauteuil beige qui épousait sa silhouette élancée.

— J'ai environ quinze minutes avant de devoir rejoindre cette vidéoconférence, détectives, alors que voulez-vous savoir ?

Kay avait déjà convenu avec Gavin qu'il mènerait

l'entretien, étant donné qu'il était responsable de l'affaire et qu'elle ne souhaitait pas miner sa confiance – ou le rapport qu'il avait précédemment établi avec Marion Blanchett. Elle lui fit donc signe de commencer l'entretien et observa attentivement la femme pendant que les questions commençaient.

Son collègue ouvrit une mallette qu'il avait trouvée abandonnée dans l'ancien bureau de Sharp et en sortit un sac à preuves transparent contenant certaines des boîtes vides trouvées dans l'appartement de Xander Beech. Les flacons restants de chlorhydrate de kétamine avaient été retirés lorsque les échantillons avaient été envoyés pour analyse et restaient enfermés dans une boîte sécurisée dans le casier à preuves.

— Madame Blanchett, reconnaissez-vous ceci ? demanda-t-il en plaçant le sac à preuves sur le bureau.

— Cela semble être l'emballage des médicaments que nous produisons pour les cabinets vétérinaires.

Marion se pencha en avant et inclina le sachet pour mieux voir au-delà des étiquettes collées à sa surface par les techniciens de scène de crime.

— S'agit-il de ceux volés à la clinique de Maidstone ?

— En effet, répondit Gavin. Ils ont été trouvés dans un appartement en périphérie du centre-ville mercredi soir, après que le locataire a été attaqué.

Le visage de la directrice passa de l'intérêt à la confusion.

— Je ne comprends pas. Comment les a-t-il obtenus ? S'agit-il du voleur ?

— Cela fait partie de notre enquête en cours, dit Gavin, mais ce que nous aimerions comprendre aujourd'hui, c'est pourquoi ces médicaments sont cinq fois plus puissants que ceux normalement fournis aux cabinets vétérinaires pour les procédures anesthésiques.

Marion pâlit.

— Vous les avez testés ? Vous en êtes sûrs ?

— Notre laboratoire nous a envoyé ses conclusions hier, madame Blanchett, et oui, nous en sommes sûrs.

Gavin se leva et retourna le sac à preuves pour que les étiquettes sur les paquets soient visibles.

— Ce numéro de référence ici n'apparaît pas sur les anciens stocks de chlorhydrate de kétamine de votre laboratoire qui ont été fournis à la même clinique, ni sur le stock de remplacement livré jeudi dernier après le vol. Qu'est-ce que cela signifie ?

— Je... je ne suis pas sûre. Il faudrait que je demande à notre responsable des opérations, mais il participe à cette réunion en ce moment et ne peut pas être interrompu.

— Où se fait l'étiquetage ? demanda Kay. Sur place ?

— Oui, tout est fait ici. Comme je l'ai dit au détective Piper la semaine dernière, nous gérons même notre propre flotte de livraison en raison de préoccupations de sécurité.

— Y a-t-il eu des problèmes de sécurité par le passé ? dit Kay.

— Non, mais comme certains de nos fournisseurs utilisent des protéines animales, nous sommes parfois ciblés par des activistes des droits des animaux. Des choses par la poste, des appels téléphoniques menaçants occasionnels. C'est pour ça que ce bâtiment ne porte aucun logo et vous ne pouvez pas le trouver sur les imageries satellites publiques. Nous avons demandé à ce qu'il soit retiré pour des raisons de confidentialité, comme le ferait une installation militaire.

— Et votre personnel ? ajouta Gavin. Effectuez-vous des vérifications d'antécédents approfondies sur eux ?

— Oui, absolument, ainsi que des tests de dépistage de drogues aléatoires réguliers.

Marion regarda Gavin remettre le sac à preuves dans la mallette et fermer le couvercle.

— Est-ce que vous suggérez que c'était un coup monté en interne ? Que quelqu'un a délibérément saboté ces flacons ?

— Il faut l'envisager, dit Kay. Surtout à la lumière du fait que depuis le vol, trois personnes sont mortes d'overdoses liées à ce lot, dont une jeune fille de seize ans.

— Oh mon Dieu.

Marion porta une main tremblante à ses lèvres.

— Que voulez-vous faire ?

— Je pense qu'il faudra commencer par faire venir une équipe d'officiers ici dès que possible pour interroger chaque membre du personnel, dit Kay. Avez-vous vos propres processus et procédures en place pour vérifier ce qui s'est passé dans vos laboratoires en bas ?

— Oui, en effet.

Kay se leva et se dirigea vers la porte.

— Alors je vous suggère de les mettre en œuvre. Immédiatement.

Elle suivit Gavin jusqu'à l'escalier, réfléchissant déjà aux prochaines étapes qu'elle et Gavin devraient entreprendre – à commencer par réinterroger Xander Beech tant qu'ils savaient encore où le trouver.

— Détective Hunter ?

Kay se retourna, la main sur la rampe.

— Oui ?

— S'il vous plaît, est-ce que vous pensez que nous pourrions garder cela entre nous pour le moment ?

Marion s'approcha, le regard suppliant.

— Au moins jusqu'à ce que mon équipe ait eu la chance de mener un audit interne et de vous fournir une copie de nos conclusions ?

— Combien de temps cela prendra-t-il ?

— Pas plus d'une semaine.

Kay pinça les lèvres.

— Vous avez trois heures.

CHAPITRE 51

Lorsque Kay et Barnes arrivèrent à l'hôpital de Maidstone plus tard dans la matinée, une fine bruine avait remplacé le soleil matinal, et elle s'abrita sous un parapluie que son collègue tenait pendant qu'ils se hâtaient vers l'entrée.

— Dave Morrison a confirmé avoir envoyé quatre officiers au laboratoire pour commencer les entretiens avec le personnel. Ils en feront autant que possible aujourd'hui, dit-il en secouant le parapluie pour en chasser le plus gros de l'eau avant qu'ils ne trouvent un ascenseur montant à l'étage suivant.

Il attendit qu'un brancardier fasse sortir un homme en fauteuil roulant, puis appuya sur le bouton pour fermer les portes.

— Marion elle-même était enfermée dans la salle de conférence quand il est arrivé—

— Ça ne m'étonne pas.

— Ça a dû être un sacré choc pour elle d'apprendre que quelqu'un avait trafiqué leur stock.

— Mais il faut encore qu'on découvre pourquoi.

Kay fit une pause lorsque les portes s'ouvrirent, puis continua une fois qu'elle fut sûre qu'on ne pouvait pas les entendre.

— Qu'est-ce qui pousse quelqu'un à faire ça ? Je veux dire, c'est déjà assez grave que des animaux auraient pu mourir si Adam ou Scott avaient utilisé ces médicaments pendant des opérations de routine, mais on a trois personnes mortes et quatre autres encore hospitalisées depuis vendredi soir. C'est de l'homicide involontaire.

Barnes fit un signe de tête à l'agent en uniforme inconnu devant la porte de Xander Beech.

— Un signe de son avocat, William Taylor ?

— Il est déjà à l'intérieur, inspecteur. Il est arrivé il y a deux minutes.

— Merci.

Kay poussa la porte de la chambre privée, satisfaite de voir que Xander et son avocat se retournèrent tous deux avec surprise à cette interruption soudaine.

— On est bien installés ici, n'est-ce pas ? dit-elle en tirant une chaise du côté opposé du lit par rapport à William Taylor tout en récitant la mise en garde formelle. Bien, Xander. Parlez-nous de l'effraction. Pourquoi cette clinique vétérinaire en particulier ?

Le jeune homme la fusilla du regard, grimaçant alors qu'il essayait de serrer la mâchoire.

À côté de lui, Taylor resta dans un silence de pierre tout en observant son client, le visage impassible.

— D'accord, essayons une autre question, dit Kay. Qui connaissez-vous qui travaille au laboratoire de Marion Blanchett ?

La paupière gauche de Xander tressaillit, et il baissa les yeux vers la couverture avant de marmonner dans sa barbe.

— Je n'ai pas entendu, Xander, il va falloir parler plus fort, dit Barnes. Pourquoi avez-vous volé les médicaments à la clinique vétérinaire de Turner lundi dernier ?

— Avec qui travaillez-vous, Xander ? ajouta Kay. Voyons voir, vous n'avez aucun antécédent de violence avant l'attaque contre Adam Turner. Vous n'avez jamais été accusé de possession de substances illégales, et jusqu'à la semaine dernière, vous n'aviez pas de casier judiciaire. Que se passe-t-il ?

Xander expira, un souffle tremblant qui secoua sa frêle silhouette.

Pourtant, il resta silencieux.

— Rien ? dit Kay, incrédule.

Elle regarda l'avocat.

— Sérieusement ?

Reportant son attention sur Xander, elle essaya à nouveau.

— Êtes-vous sorti avec Felicity Gregor la veille de sa mort ? Avez-vous fourni à Gary Lovell la kétamine qui l'a tué vendredi soir dernier ? C'est ce que vous faisiez entre vos sets de DJ à la boîte de nuit ?

Une soudaine réalisation la saisit, et elle laissa échapper un rire amer.

— Vous n'avez pas fourni la drogue à Felicity et Gary dans la boîte de nuit comme les autres, n'est-ce pas ? dit-elle. Vous les connaissiez du club d'entrepreneurs. Du groupe auquel votre frère appartient. Qu'essayiez-vous de faire ? Les impressionner pour qu'ils fassent de vous un membre permanent ?

Xander détourna le regard, des larmes s'accumulant sur ses pommettes meurtries.

— Je ne savais pas. Je ne savais pas que c'était trop fort. Je pensais juste...

Taylor s'éclaircit la gorge, et Xander ferma la bouche.

— Xander ? insista Kay, impatiente. Qu'est-ce que vous pensiez ? Pourquoi avez-vous volé les médicaments en premier lieu ? Pourquoi étiez-vous si désespéré de les voler que vous avez attaqué un homme sans défense ?

Il secoua la tête.

— Je ne peux pas vous le dire. Ils me tueront s'ils l'apprennent.

— Qui ça ?

Il secoua la tête, l'air misérable.

— Je ne peux pas. Je suis désolé.

———

— Bon sang.

Kay frappa du plat de la main contre le distributeur automatique dans le couloir principal, puis jeta un coup d'œil par-dessus son épaule.

Il n'y avait aucun membre du personnel en vue, et elle serra les dents en fixant la carte de débit inutile dans sa main.

— Je parie qu'il m'a quand même débitée.

— Chef ? Chef, tiens.

Barnes l'appela le long du couloir, une petite bouteille d'eau à la main.

— Celui près de l'ascenseur fonctionne alors je t'ai pris ça.

Elle soupira et se détourna du distributeur, vaincue.

— Merci.

— Son avocat est toujours avec lui ?

— Oui.

Kay lança un regard noir à la porte fermée.

— J'ai l'impression qu'ils vont en avoir pour un moment.

— Qu'est-ce que tu veux faire ?

Elle dévissa le bouchon de la bouteille et but une gorgée tandis que son regard parcourait les différentes brochures exposées sur un présentoir mural, puis elle redressa les épaules.

— Il cache évidemment quelque chose, et il a encore peur.

— Et il couvre quelqu'un d'autre, ou un groupe de personnes, dit Barnes en déballant une barre chocolatée dont il prit une bouchée.

— Exactement.

Kay commença à marcher vers l'ascenseur, vit la file d'attente à côté et se dirigea vers la cage d'escalier à la place.

— On n'est passés à côté de rien, n'est-ce pas Ian ? Je veux dire, dans le dossier de Xander, il n'y a vraiment rien d'anormal, n'est-ce pas ?

— J'ai aussi jeté un coup d'œil, et je n'ai rien vu, dit-il entre deux bouchées.

Ils atteignirent le rez-de-chaussée et Kay attendit qu'il jette l'emballage dans une poubelle à côté d'une sortie de secours.

Quand il se retourna vers elle, il s'arrêta.

— Tu as ce regard, chef. À quoi tu penses ?

— Il faut qu'on retourne au début, dit-elle. Contacte Laura, où est-elle en ce moment ?

— Elle a envoyé un message pour dire qu'elle se rendait au cabinet d'Adam, qu'elle voulait vérifier quelque chose.

— Demande-lui de retourner au poste et d'amener Daisy Stiles pour un interrogatoire formel immédiatement, puis demande à Gavin de faire de même avec les membres survivants de ce club d'entrepreneurs. Peut-être que l'un d'entre eux pourra nous dire ce qui s'est passé, bon sang.

CHAPITRE 52

Lorsque Laura entra dans la salle d'interrogatoire numéro deux, sa première impression de Daisy Stiles fut que la femme avait perdu du poids depuis la dernière fois qu'elle lui avait parlé.

Elle avait des cernes sous les yeux, qui étaient rougis comme par manque de sommeil, et ses cheveux semblaient ne pas avoir été lavés depuis quelques jours.

L'avocate à ses côtés leva les yeux de son bloc-notes pendant que Laura mettait en marche l'enregistreur et récitait la mise en garde formelle.

Les mains de Daisy tremblaient lorsqu'elle cessa de tripoter une mèche de cheveux et joignit ses doigts sur la table, son regard parcourant la liasse de documents que Laura sortait d'une chemise en carton.

— Bien, Daisy, dit-elle en sortant une série de photographies. Ces deux personnes, Felicity Gregor et Gary Lovell, sont mortes d'une overdose de kétamine la semaine dernière. Ce n'est pas joli à voir, n'est-ce pas ?

La femme recula à la vue des photographies de la

scène de crime, du corps brisé et tordu de Felicity et des draps tachés de vomi froissés sous Gary.

— Voici Chantelle Evans, dit Laura, luttant pour garder une voix stable alors qu'elle retournait la photographie d'une adolescente de seize ans souriante. Elle est morte d'une overdose du même mélange de kétamine que les autres après que quelqu'un le lui a vendu dans une boîte de nuit en ville vendredi dernier. Il y a d'autres personnes encore à l'hôpital après avoir ingéré la même kétamine, dont l'une aura besoin d'une poche de colostomie pour le reste de sa vie une fois qu'ils auront fini de le remettre sur pied.

Daisy semblait sur le point d'être malade.

— Ça n'a rien à voir avec moi, parvint-elle à dire.

— Oh, mais nous pensons que si.

Laura balaya les photographies sur le côté et observa la femme se tortiller sur sa chaise.

— Depuis combien de temps connaissez-vous Xander Beech ?

— Depuis l'école.

— Êtes-vous restés en contact régulièrement ?

Daisy haussa les épaules.

— Pas vraiment. On se voit occasionnellement, je suppose.

— Où ça ?

— Dans cette boîte de nuit où il a commencé à mixer. Parfois, je le vois en ville et on va boire un verre.

— Comme c'est charmant.

Laura sortit une image agrandie de la collection d'enregistrements de vidéosurveillance que l'équipe avait passée au crible.

— Et quand le chat de votre mère est tombé malade la semaine dernière, c'est à lui que vous avez pensé en premier pour vous ramener de chez le vétérinaire, c'est ça ? Je veux dire, c'est bien vous qui montez dans sa voiture devant le cabinet vétérinaire de Turner, n'est-ce pas ?

Daisy se pencha en avant, se mordant la lèvre tandis qu'elle fixait la photographie.

— Oui.

— Vous avez bien votre permis de conduire, n'est-ce pas ?

— Oui.

— Alors pourquoi avez-vous demandé à Xander de venir vous chercher ?

— Je ne l'ai pas fait.

— Pardon ?

Laura tapota l'image.

— Vous venez de confirmer que c'est vous. Alors, pourquoi avez-vous demandé à Xander de conduire ?

— Je ne l'ai pas fait.

Daisy regarda l'avocate, puis de nouveau Laura.

— C'est lui qui me l'a demandé.

Laura plongea à nouveau la main dans le dossier, en sortit un document agrafé de deux pages et en parcourut rapidement le contenu avant de le retourner.

— Pouvez-vous confirmer qu'il s'agit de la déclaration officielle que vous avez signée sur la base de la conversation que nous avons eue la semaine dernière ? Est-ce votre signature ?

— Oui.

— Daisy, dans cette déclaration, vous nous avez dit

que le chat de votre mère était malade et que vous l'avez emmené chez le vétérinaire. Pas son vétérinaire habituel, mais celui-ci en particulier. Et puis, une fois sur place, après avoir rempli tous les formulaires et vous être vu proposer un rendez-vous de dernière minute, vous avez décidé de partir avant que votre rendez-vous ne soit appelé.

Laura fit une pause.

— Y a-t-il quelque chose que vous aimeriez changer dans cette déclaration maintenant ?

La jeune femme secoua la tête et baissa les yeux vers la table.

— Non.

Reprenant brusquement la déclaration, Laura soupira.

— Daisy, je suis allée au cabinet vétérinaire cet après-midi avant qu'on ne vous amène ici. Je me suis assise là où vous étiez assise dans cette salle d'attente. Quand la porte du cabinet d'Adam Turner s'est ouverte, la porte intérieure menant à son bureau était ouverte. J'ai pu voir l'armoire multi-serrures où ils gardent tous les médicaments contrôlés. C'est pour ça que vous y êtes allée, n'est-ce pas ? Pour repérer les lieux. Pour savoir où ils gardent le chlorhydrate de kétamine afin de le dire à Xander Beech.

Une seule larme coula sur la joue de Daisy, et elle l'essuya en reniflant.

— Pourquoi l'avez-vous aidé ? insista Laura. Vous a-t-il promis une part des ventes ?

Daisy secoua la tête et renifla à nouveau.

— Ça suffit.

Laura frappa la table du poing par frustration et les deux femmes en face d'elle sursautèrent.

— Daisy, trois personnes sont mortes à cause des drogues que Xander a volées dans ce cabinet vétérinaire. Vous avez participé à ce vol, et vous serez inculpée en conséquence. Commencez à parler.

L'avocate lui lança un regard noir, puis posa une main sur le bras de Daisy et murmura à son oreille.

Daisy essuya les larmes qui coulaient maintenant librement sur son visage, puis leva les yeux vers Laura.

— Il m'a fait du chantage.

— Comment ?

— Il a dit que s'il je ne l'aidais pas, il dirait à mes parents que j'ai une dépendance à la cocaïne.

— C'est le cas ?

Daisy hocha la tête.

— Oui. Mais je me fais soigner. Je suis clean depuis trois mois.

— Vous a-t-il dit pourquoi il voulait voler ces médicaments ?

— Non. Je lui ai demandé, mais il m'a dit que ce n'étaient pas mes affaires.

Daisy prit une grande inspiration, ses épaules tremblantes.

— Et il a dit que si j'en parlais à qui que ce soit, ils me tueraient.

— Qui ça ?

— Il ne l'a pas dit. Je n'ai pas dormi depuis. J'ai eu tellement peur.

Laura ferma le dossier et repoussa sa chaise, sa main planant au-dessus de l'enregistreur.

— Fin de l'interrogatoire à onze heures cinquante-quatre.

CHAPITRE 53

Helene Becker se détourna de son avocate lorsque Kay entra dans la salle d'interrogatoire avec Gavin, ses traits pâles accentués par un foulard coloré enroulé autour de ses cheveux.

Des yeux bleus perçants fixèrent Kay pendant qu'elle mettait en marche l'enregistreur et s'assurait que l'avertissement formel était capturé et compris, puis la femme s'éclaircit la gorge.

— Inspectrice, je n'apprécie guère d'être arrachée à mon atelier par deux de vos agents alors que tous mes voisins regardent, fit-elle en faisant la moue. Si vous vouliez me parler à nouveau, il suffisait de demander.

— Qui vendait de la drogue lors de votre club d'entrepreneurs hebdomadaire ? demanda Gavin.

L'attention d'Helene se porta brusquement sur lui.

— Pardon ?

— Répondez à la question, s'il vous plaît.

— Je ne sais rien à propos de drogue.

Elle regarda son avocate, une femme à l'air sévère avec une expression pincée qui fusilla Gavin du regard.

— Je ne comprends pas.

— Quand Xander Beech a-t-il rejoint votre groupe d'entrepreneurs ? demanda-t-il.

L'artiste agita la main devant son visage comme pour chasser une mouche importune.

— Je ne sais pas. Je ne pense pas qu'il l'ait fait un jour. Il vient avec Damian de temps en temps, c'est tout.

— On nous a dit que les gens ne participaient à ce groupe que sur invitation spéciale. L'un d'entre vous l'a-t-il invité ?

— Non, comme je l'ai dit, il apparaît juste de temps en temps.

— Que fait-il quand il est là ?

— Que voulez-vous dire ?

Gavin ouvrit son dossier et examina les différentes déclarations du groupe.

— Vous semblez tous bien réussir dans vos entreprises respectives, du moins en apparence. Pourquoi tolérer quelqu'un comme Xander, un DJ de boîte de nuit ? Comment s'entendait-il avec les autres ?

Helene gloussa.

— Ah, je vois ce que vous voulez dire. Je ne pense pas que Sebastian ait été très emballé par l'idée, il a eu des mots avec Damian il y a quelques mois. Je les ai entendus parler après le petit-déjeuner un matin. Je crois qu'ils pensaient que nous étions tous partis mais j'avais dû me précipiter aux toilettes et quand je suis revenue, je pouvais entendre des voix dans la pièce.

— Donc vous avez écouté aux portes, dit Kay.

— Je suis une personne naturellement curieuse, répondit Helene en se pavanant. En plus, je n'ai pas eu à faire beaucoup d'efforts. Ils parlaient assez fort. Sebastian disait qu'il ne trouvait pas approprié que Xander soit là.

— Qu'a dit Damian ? demanda Gavin.

— Il a demandé à Sebastian de laisser tomber, ce sont ses mots, pas les miens, et qu'il n'amenait son frère que pour le tenir à l'écart des problèmes et lui donner un objectif.

Helene soupira.

— Je pense que Xander était plus intéressé à essayer d'impressionner Felicity.

— Pas vous ?

La femme éclata de rire.

— Mon Dieu, non, détective. Il est beaucoup trop jeune pour moi.

— De quelle manière essayait-il de l'impressionner ?

— Oh, vous savez, en lui proposant de la faire entrer gratuitement dans la boîte de nuit, des pass backstage quand de plus grosses têtes d'affiche passaient en ville. Bien sûr, Gary l'a entendu et a voulu se joindre à eux.

— Comment Xander a-t-il réagi ?

— Je ne pense pas qu'il en ait été ravi, mais une fois qu'il a réalisé que Gary n'était pas intéressé par Felicity, ils semblaient bien s'entendre. Je crois qu'ils ont dû sortir ensemble de temps en temps. Ils semblaient en tout cas plus familiers l'un envers l'autre lors des petits-déjeuners quand Xander venait, comme s'ils mijotaient quelque chose.

Gavin poussa un petit sac plastique à preuves sur la

table et l'inclina pour que l'avocate puisse également le voir.

— Reconnaissez-vous cette poudre, madame Becker ?

— Non, je ne la reconnais pas. Même si on peut supposer qu'il s'agit d'une sorte de drogue.

— De la kétamine. C'est ce qui a tué Felicity et Gary, ainsi qu'une adolescente après en avoir pris vendredi soir dernier. Nous pensons qu'ils l'ont tous obtenue de Xander.

— Vraiment ?

Les sourcils ciselés d'Helene se haussèrent.

— Eh bien, cela explique certaines choses.

— Comme quoi ?

— Tout le secret.

— Le secret ?

— Oui. Nous étions au milieu d'une présentation certains vendredis, c'était le format, l'un d'entre nous faisait un exposé de quinze minutes sur quelque chose qu'il voulait partager avec le groupe pendant que nous prenions un café après le petit-déjeuner, et ces trois-là étaient d'un côté de la table en train de chuchoter ensemble. Terriblement impoli, surtout quand Sebastian ou moi avions mis tant de temps et d'efforts dans les présentations.

— Leur avez-vous dit quelque chose sur le moment ?

— Sebastian a un regard noir merveilleux, rayonna Helene. C'était souvent suffisant pour les embarrasser et les rendre plus attentifs.

Gavin tapota le sac à preuves.

— Pensez-vous que Xander aurait pu utiliser le club pour vendre de la drogue à Felicity et Gary ?

— C'est bien possible.

La femme tambourina des doigts sur la table.

— Et cela pourrait expliquer pourquoi Felicity semblait toujours un peu dans les vapes à la fin de certaines matinées. J'avais toujours mis ça sur le compte d'un excès de caféine, mais maintenant que vous le mentionnez...

— Pensez-vous que Damian était impliqué dans la drogue ?

— Mon Dieu, j'espère que non.

— Qu'est-ce qui vous fait dire ça ? demanda Gavin.

— Parce qu'il a toujours pris soin de Xander et essayé de l'empêcher d'avoir des ennuis. S'il soupçonnait que Xander utilisait notre club pour dealer de la drogue, il serait furieux.

CHAPITRE 54

Kay arpentait le couloir devant les salles d'interrogatoire en essayant de contenir sa frustration.

Gavin se tenait à côté de la porte de la salle d'observation, les mains dans les poches, les yeux baissés.

— Désolé, chef. J'aurais dû comprendre qu'ils cachaient quelque chose comme ça.

— Ce n'est pas ta faute, Gavin. N'importe lequel d'entre eux aurait pu nous faire part de ses soupçons sur les activités de Xander dans ce petit club d'affaires, et pourtant ils ont tous choisi de fermer les yeux.

— Et pour Xander, chef ? demanda Gavin.

Kay s'arrêta à côté de lui et regarda sa montre.

— Son avocat va se battre si nous essayons de lui parler à nouveau sans preuves solides, et j'imagine que Marion Blanchett est déjà en train de paniquer maintenant que nous interrogeons son personnel.

— Tu penses que c'est Damian qui a tabassé Xander ? Pour avoir discrédité son groupe d'entrepreneurs ?

— C'est ce que je veux lui demander.

Kay passa une main sur ses yeux fatigués.

— Bon sang, on aurait pu penser qu'il serait venu nous voir plutôt que de prendre les choses en main.

— Pas nécessairement, chef, le sang a ses raisons, et tout ça.

Gavin frotta son pied contre le sol carrelé.

— Très bien, allons-y. Je veux parler à Damian Beech à nouveau. Je veux savoir ce qu'il a à dire pour sa défense à propos de tout ça. Après tout, il a dit qu'il jouait aux jeux vidéo avec Xander le soir de l'effraction à la clinique vétérinaire, n'est-ce pas ?

————

Kay rangea son téléphone lorsque Gavin gara la voiture de service devant la maison de Damian et elle attacha ses cheveux alors que le vent tirait sur sa veste pendant qu'elle se précipitait vers la porte d'entrée.

— Regarde, dit-elle à voix basse en montrant du doigt la bâche couvrant la moto garée dans l'allée. Envoie le numéro d'immatriculation par texto à Barnes, tu veux bien ? Il saura quoi en faire.

Gavin fronça les sourcils, mais prit une photo et fit ce qu'elle lui demandait pendant qu'elle sonnait à la porte.

En regardant à travers la fenêtre de devant, elle ne voyait pas Damian à l'intérieur mais entendit bientôt des pas dans le couloir.

Quand la porte s'ouvrit, il avait un torchon et une tasse de café à la main.

— Inspectrice Hunter. Qu'est-ce qui vous amène ici ? Est-ce que vous avez arrêté celui qui a tabassé mon frère ?

— Pas encore. Nous pouvons entrer ?

Elle fit un pas dans le couloir avant qu'il n'ait eu le temps de répondre, et attendit que Gavin ferme la porte d'entrée.

— Pourrions-nous nous asseoir quelque part pour discuter, monsieur Beech ? J'ai encore quelques questions à vous poser.

Les yeux de Damian se posèrent sur le salon, puis il montra une porte au bout du couloir avec le torchon.

— Allez dans la cuisine, j'étais en train d'essuyer la vaisselle.

Kay regarda la vaisselle et les couverts empilés sur l'égouttoir en entrant dans la pièce et fronça les sourcils.

— Vous avez reçu du monde, monsieur Beech ?

— Non, je fais juste un grand nettoyage de printemps.

Il plaça la tasse de café dans un placard au-dessus du micro-ondes, puis retourna à l'évier et en prit une autre avant de se tourner vers elle.

— De quoi vouliez-vous me parler ?

— Où étiez-vous mercredi soir entre dix-sept et dix-neuf heures ? demanda-t-elle.

— Ici. Je regardais la télé.

— Quelqu'un était avec vous ?

— Je vis seul, inspectrice. Je regardais les informations jusqu'à ce que j'entende parler de Xander, puis je suis allé à l'hôpital.

— À moto ?

— Oui. Vous le savez. Vous m'avez vu là-bas.

— Et comment avez-vous appris que votre frère avait été agressé ?

Kay s'appuya contre un plan de travail à côté de la

cuisinière et passa ses doigts sur la surface. Ça sentait le citron.

— Pardon ?

Damian la regarda, puis Gavin, puis elle à nouveau.

Elle leva un sourcil en réponse et attendit.

— Je… j'ai reçu un texto, dit-il finalement.

— De qui ?

— Du voisin, je crois. Je n'ai pas reconnu le numéro.

— Vous l'avez toujours ?

— Non, j'ai dû le supprimer.

Il finit d'essuyer la tasse et serra le torchon dans ses mains.

— Gav ?

— Oui, chef ?

— Va vérifier le salon, tu veux bien ?

Reconnaissante que l'enquêteur ne pose pas de questions, elle observa Damian pendant que Gavin disparaissait, ses pas résonnant dans le couloir.

Elle entendit un grognement surpris quand il ouvrit la porte du salon, puis ses pas précipités qui revenaient.

— Tout a été emballé, chef. Il y a des cartons partout, et pas un seul ordinateur en vue.

— Vous allez quelque part, monsieur Beech ? Vous pensez peut-être louer cet endroit pour un moment ? dit-elle, en montrant les plans de travail. Vous avez été occupé à nettoyer ici, n'est-ce pas ? L'étage est dans le même état ?

— Je… je…

— Où allez-vous ?

— J'avais juste envie de prendre des vacances.

— Montrez-moi vos mains.

— Quoi ?

Kay traversa la pièce en quatre grandes enjambées et lui arracha le torchon des mains.

Des plaies ouvertes et à vif zébraient le dos de ses phalanges, ses doigts étaient meurtris.

Kay le fusilla du regard.

— Pourquoi avez-vous frappé votre frère, Damian ?

CHAPITRE 55

Damian s'affaissa contre l'évier.

— C'est entièrement sa faute.

Inquiète de voir le visage de l'homme se vider de ses couleurs et craignant qu'il ne s'effondre, Kay tira une chaise de sous la table et le guida vers elle.

Gavin alla chercher une deuxième chaise pour elle, et après avoir récité la mise en garde formelle, elle observa l'homme devant elle avec un intérêt renouvelé.

— Pourquoi diable deux hommes qui réussissent comme vous voleraient du chlorhydrate de kétamine dans un cabinet vétérinaire pour le vendre dans la rue ? dit-elle. C'était votre idée, ou celle de Xander ?

Il rit alors, un son amer qui résonna contre les portes des placards avant qu'il ne se reprenne, le rire se transformant en sanglot avant qu'il ne secoue la tête et détourne le regard.

— Chef, dit Gavin en s'avançant vers elle, tendant son téléphone. Barnes a envoyé ça.

Kay lut le message, puis reporta son attention sur Damian.

— Je vais vous le redemander, où étiez-vous entre cinq et sept heures mercredi soir ?

Sa question fut accueillie par le silence.

— Damian, mes collègues ont passé la plaque d'immatriculation de votre moto dans notre système de reconnaissance automatique des plaques d'immatriculation. Elle a été repérée sur les caméras de surveillance à deux rues de l'appartement de Xander à dix-huit heures quatorze.

Kay se pencha en arrière, incapable de contenir son dégoût.

— Pourquoi avez-vous agressé votre frère ?

— Parce que c'est un idiot. Il aurait dû simplement faire ce qu'on lui disait. Au lieu de ça, il a cru qu'il savait mieux que tout le monde. C'est toujours comme ça avec lui.

Damian essuya la salive de ses lèvres après cette soudaine explosion, la poitrine haletante.

— C'est entièrement sa faute.

— De quelle manière ?

— Il n'était pas censé garder la drogue. Il n'était certainement pas censé vendre cette merde.

— Je n'imagine pas que le tabasser va beaucoup arranger votre réputation non plus, dit Kay.

Damian renifla.

— De toute façon, tout ça n"est que de la poudre aux yeux, n'est-ce pas ?

— Quoi donc ?

— Tout.

Il inclina le menton vers le salon.

— Tout ce qu'il y a là-dedans.

— Que voulez-vous dire ?

Il croisa les bras sur sa poitrine et soupira.

— Je ne suis pas le grand développeur de logiciels que tout le monde croit. Je veux dire, oui, j'ai eu de la chance, et l'application que nous avons programmée pourrait rapporter beaucoup d'argent, mais...

— Mais quoi ?

— Je ne réussis pas autant que j'en ai l'air, marmonna-t-il.

— Je croyais que votre entreprise était sur le point d'être rachetée ? demanda Kay, confuse.

— C'est le cas.

Damian haussa les épaules.

— Je sous-traite la plupart du travail, tous ces programmeurs sont des contractuels. Je ne fais que gérer le projet, je suppose. Sans eux, je ne pourrais pas faire ça. Mais si je peux vendre l'entreprise, alors personne n'en saura rien, n'est-ce pas ?

— Alors comment financez-vous tout ça, la maison, le développement de logiciels...

— Ma mère paie pour ça. Elle est investisseur dans l'entreprise, même si je suis le seul directeur.

— Qui est votre mère ?

Damian renifla et fit des guillemets avec ses doigts, sa voix amère.

— La célèbre biochimiste locale, bien sûr. Marion Blanchett.

Kay grogna de frustration.

— Voilà pourquoi son nom n'est jamais apparu dans les recherches.

— Comme je l'ai dit, elle n'est pas directrice. Elle préfère ça comme ça.

— Pendant que vous prenez l'argent et fuyez, dit Gavin.

Damian grimaça.

— Eh bien, pas littéralement.

— Vous en êtes sûr ?

Kay prit un magazine d'informatique sur la table et examina l'itinéraire de voyage qui attira son attention.

— Où comptiez-vous aller ?

Elle observa Damian Beech se pencher en avant et prendre sa tête dans ses mains.

— Je pense que j'aimerais un avocat maintenant, s'il vous plaît, parvint-il à dire.

CHAPITRE 56

Gavin épousseta les miettes de son pantalon et jeta la serviette en papier dans la poubelle sous son bureau, puis il regarda son écran d'ordinateur et bâilla.

Il n'avait pas beaucoup dormi la nuit précédente, trop de fils de l'enquête tournant dans sa tête.

En tant que responsable de l'enquête sur le vol chez le vétérinaire et l'agression d'Adam, il prenait sa responsabilité dans l'affaire très au sérieux, d'autant plus que Kay devait garder un profil bas, tant sur le plan personnel que professionnel.

Même si elle avait reçu la bénédiction de la commissaire pour continuer à travailler sur les affaires, il savait que le ministère public verrait ça d'un mauvais œil si son nom apparaissait sur l'un des documents ou s'ils flairaient sa participation continue.

Alors qu'il finissait sa deuxième boisson énergisante de l'après-midi, une faible lumière s'échappa des stores de la fenêtre et brilla sur son écran tandis qu'il faisait défiler le site web des nouvelles locales.

Encore cinq minutes et il retournerait à la tâche en cours, mais pour l'instant son regard parcourait paresseusement les différentes nouvelles. Cela faisait un moment qu'il n'avait pas eu l'occasion de se tenir au courant des événements locaux, et il marmonna dans sa barbe lorsqu'il reconnut les noms de deux délinquants traduits devant le tribunal de première instance plus tôt dans la semaine pour des infractions répétées.

Sans doute s'en tireraient-ils avec une amende, et le cercle vicieux recommencerait.

Soupirant, il cliqua pour quitter l'article et revenir à la page principale, puis cligna des yeux lorsqu'un titre dans la section économique attira son attention.

Une entreprise locale dépose un brevet sur un médicament, il est question de fusion.

Il cliqua sur l'article et reconnut immédiatement la femme sur la photo qui l'accompagnait.

Marion Blanchett.

Sur l'image, elle portait un tailleur rouge vif, les bras croisés sur la poitrine. Le photographe avait orienté son objectif de manière à ce qu'elle semble le regarder avec hauteur, son sourcil gauche légèrement relevé comme si elle avait mieux à faire de son temps.

Comme mener une entreprise pharmaceutique de l'obscurité à la bourse en moins de deux ans.

Elle semblait plus sévère sur la photo, moins affable que la femme qu'il avait interrogée la semaine dernière.

Gavin fronça les sourcils en continuant à lire.

Selon l'article, Marion avait eu un début de vie difficile. Elle avait réussi à s'en sortir après s'être inscrite à l'université à la fin de la trentaine pour retourner sur le marché du travail en tant que biochimiste nouvellement qualifiée et elle avait trouvé sa voie dans la gestion, gravissant rapidement les échelons d'une autre entreprise pharmaceutique bien connue avant de démissionner et de créer la sienne deux ans plus tôt.

Il passa la souris sur l'écran et fit apparaître la déclaration qu'il avait prise de Marion Blanchett la semaine précédente, se rappelant qu'il n'avait rien demandé sur ses emplois passés. Il ouvrit un autre onglet sur son écran et tapa l'adresse du site web de l'entreprise, se familiarisant à nouveau avec le compte rendu biographique complet de l'ascension fulgurante de Marion dans l'industrie pharmaceutique.

Revenant à l'article d'actualité, il termina sa lecture et remarqua qu'il y avait un lien dans le pied de page vers un article plus ancien de l'année dernière, dont le titre contrastait avec le ton congratulatoire de l'article actuel.

Une entreprise pharmaceutique désespérée cherche une percée.

Il leva les yeux vers un remue-ménage près de la porte, la voix de Laura portant par-dessus les têtes de ses collègues alors qu'elle s'avançait vers le tableau blanc avec Kay et Barnes, le visage animé.

Envoyant l'article à l'imprimante, il se précipita pour saisir les pages qui sortaient puis rejoignit ses collègues.

— Que se passe-t-il ? demanda-t-il.

Kay souffla sa frange de son visage.

— Damian ne nous dira rien d'autre tant que son avocat ne sera pas là, et nous avons besoin d'en savoir plus avant de pouvoir aller interroger Xander à nouveau.

— Je peux peut-être aider avec ça.

— Comment ? dit Barnes, les yeux plissés.

— Je pense que je sais ce qui se passe avec le laboratoire.

Gavin leur tendit des copies de l'article de presse.

— Ils récoltent des fonds parce que tout le monde mise sur ce brevet. Selon ceci, le nouveau médicament qu'ils développent est plus fort que la version générique, ce qui signifie qu'il faut en utiliser moins, cela permettra à l'industrie vétérinaire d'économiser des millions de livres. Marion Blanchett utilise sa réputation et les espoirs qu'ils placent dans le médicament pour augmenter ce qu'ils essaient d'obtenir des investisseurs privés existants.

— Et si elle réussit, elle fera entrer l'entreprise en bourse et ses actions vont s'envoler, murmura Barnes, parcourant rapidement l'article.

Il baissa les pages et fronça les sourcils.

— Quel rapport avec l'attaque sur Adam ?

Gavin regarda ses collègues et prit une profonde inspiration avant de parler.

— Et s'ils connaissaient les problèmes avec le nouveau chlorhydrate de kétamine qu'ils développent, mais qu'il avait été accidentellement distribué au cabinet d'Adam ?

Kay fronça les sourcils.

— Mais dans ce cas, ils auraient pu simplement appeler et le dire.

Gavin brandit l'article de presse.

— Et ruiner leurs chances de gagner un milliard de livres une fois ce brevet accordé ? Chef, il n'y a rien dans aucun des articles que j'ai trouvés en ligne qui suggère qu'il y a un problème avec ce médicament. Aucun des rapports qu'ils ont déposés dans le cadre du processus ne le laisse même entendre. La seule preuve suggérant qu'il y a un problème sérieux avec cette substance similaire à la kétamine provient de notre rapport de laboratoire.

— Qu'ils pourraient contester, médita Barnes.

— Ça finirait quand même par se savoir, dit Kay. Et si c'était le cas, ça ruinerait leur réputation.

— Regardez ça.

Gavin se précipita vers son bureau et revint avec une pile d'imprimés.

— J'ai jeté un coup d'œil aux bilans de l'entreprise pour les trois dernières années. Marion a acheté l'entreprise il y a deux ans alors qu'elle était sur le point de faire faillite. Elle l'a lentement reconstruite, ils ont eu des petites percées ici et là, mais elle a encore une dette d'au moins quelques millions de livres. Si elle n'obtient pas l'approbation de ce brevet, c'est fini pour elle.

— Cambrioler le cabinet d'Adam pour récupérer les médicaments parce que le mauvais lot leur a été envoyé semble un peu drastique.

— C'est un mobile, chef.

— Barnes, les clés de voiture, dit Kay en les attrapant d'une main. Je vais aller voir ce que Marion Blanchett a à dire sur tout ça.

Gavin rassembla les documents que ses collègues avaient jetés sur le bureau à côté du tableau blanc après les avoir lus, et il se retourna vers son bureau.

— Gav ?

Il jeta un coup d'œil par-dessus son épaule à la voix de Kay pour voir toute l'équipe le regarder.

— Oui, chef ?

— Tu viens. On y va. Je pense que tu tiens quelque chose avec cette histoire de brevet.

Il se tourna vers Barnes, confus.

— Je pensais que tu y allais avec elle.

L'inspecteur rit et secoua la tête.

— C'est ton enquête, Gav. Vas-y, fonce.

CHAPITRE 57

— Donc, elle est déjà sur le point de faire fortune quand elle déposera son brevet pour le nouveau médicament à base de chlorhydrate de kétamine, et elle en gagnera encore plus quand l'entreprise informatique de Damian entrera en bourse ?

Kay secoua la tête en dirigeant la voiture de service vers une place de parking devant le laboratoire de Marion Blanchett, puis coupa le moteur.

— De quelle somme une femme peut-elle bien vouloir ?

— Je suppose que c'est addictif pour certaines personnes, répondit Gavin en observant par la fenêtre du passager trois voitures de patrouille qui se garaient derrière eux et bloquaient la sortie. Comme les drogues. Et pour Xander, chef ?

— On s'occupera de lui après. Je veux d'abord parler à Marion.

Kay se dirigea d'un pas décidé vers l'entrée du bâtiment et appuya du doigt sur le panneau de sécurité.

Elle parla dès qu'elle entendit le réceptionniste décrocher le téléphone à l'autre bout.

— C'est l'inspectrice principale Kay Hunter. Ouvrez la porte.

Un murmure surpris lui parvint, puis le mécanisme de la porte se déverrouilla.

— Qui surveille les issues de secours à l'arrière du bâtiment ? lança-t-elle par-dessus son épaule.

— Tim Wallace et un autre officier, répondit Dave Morrison. Et c'est la seule autre sortie.

— Restez ici, alors. Les autres, avec moi.

Elle poussa la porte et conduisit Gavin et les autres officiers vers le bureau de réception.

Lorsqu'ils y arrivèrent, il était abandonné, et Kay tendit le cou pour regarder la mezzanine.

— Restez ici et assurez-vous que personne n'essaie de partir, dit-elle à l'agent en uniforme le plus proche, puis elle monta les escaliers deux par deux.

Des voix parvenaient à travers la porte fermée de la salle de conférence, Marion Blanchett semblait harassée tandis que le ton tonitruant d'un homme faisait trembler les vitres dépolies.

— Heureusement que je ne prends pas les notes pour cette réunion, dit Gavin. Je pense que ma main tomberait en essayant de suivre leur rythme.

Kay leva la main, un léger bruit de vrombissement filtrant à travers les cris de colère qui avaient commencé dans la salle de conférence.

— Tu entends ça ?

— Quoi ?

— Attends ici.

Kay fit demi-tour et courut le long du palier jusqu'à la porte ouverte du bureau de Marion, puis s'arrêta net en étouffant un rire.

— C'est un peu tard pour ça, Peter.

Le réceptionniste se tenait à côté d'un déchiqueteur de papier, une liasse de documents officiels dans ses mains tandis que les restes de pages disparaissaient entre les dents métalliques tournoyantes, sa bouche s'ouvrant de stupeur en entendant sa voix.

— Détective—

— Mieux vaut garder cette pensée jusqu'à ce que nous vous emmenions au poste pour faire une déclaration officielle, dit Kay en faisant signe à une agente en uniforme. Mettez-le en garde à vue et emmenez-le dans l'une des voitures.

— Tout de suite, madame.

Kay suivit le duo le long du palier et sourit à Gavin quand elle le rejoignit.

— Tu devrais faire vérifier ton audition.

— Pardon, chef ?

— On y va ?

— Après toi.

Elle donna un coup de pied contre le cadre en bois de la porte de la salle de conférence et entra, remarquant les huit visages choqués qui se tournèrent sur leurs sièges pour lui faire face.

Marion Blanchett se tenait à la tête de la table, les manches de son chemisier bleu retroussées jusqu'aux coudes et les mains sur la table tandis qu'elle se penchait sur un microphone. Elle leva un sourcil à la vue de Kay et Gavin.

— Vous permettez ? Nous sommes en plein appel vidéo crucial avec un investisseur potentiel.

— Marion ? Que se passe-t-il ?

La voix d'un homme grésilla à travers les haut-parleurs fixés sur des supports au mur et Kay se tourna pour voir un grand écran qui avait été déroulé du plafond.

Depuis une autre salle de réunion avec en arrière-plan un paysage urbain illuminé de néons quelque part dans le monde, un homme corpulent en costume froissé la foudroyait du regard.

— Qui diable êtes-vous ? demanda-t-il.

— Désolée d'interrompre, dit-elle, puis elle regarda Gavin s'approcher de la table, tendre la main et appuyer sur un bouton de l'interphone.

— Qu'est-ce que—

La voix de l'homme fut coupée en même temps que l'écran devint noir, et Marion hoqueta.

— Que croyez-vous faire ?

— Parlez-moi du brevet, dit Kay en faisant le tour de la table et en dévisageant chacun des dirigeants à tour de rôle. Depuis combien de temps savez-vous tous qu'il y avait un problème avec le nouveau médicament à base de chlorhydrate de kétamine que vous essayiez de perfectionner ?

Une rafale de gorges qui se raclaient accueillit sa question, et elle observa l'homme à côté d'elle passer un doigt autour de son col de chemise tandis que son cou devenait écarlate.

Une jeune femme à côté de lui semblait terrifiée, son stylo tremblant alors qu'elle hésitait entre fuir ou non.

Kay parcourut des yeux le procès-verbal qu'elle

prenait, puis leva les yeux lorsque deux autres agents en uniforme apparurent à la porte.

— Intéressant, dit-elle. Vous étiez en train de faire le point, n'est-ce pas ? Bien, prenez les dépositions de tout le monde, s'il vous plaît.

Elle fit le tour de la table jusqu'à l'endroit où se tenait Marion Blanchett, la fureur dans les yeux de la femme tandis que, un par un, chacun de ses cadres était emmené par un officier. Après avoir récité la mise en garde formelle, Kay fit signe à Gavin qui posa une main sur le bras de la femme et la dirigea vers la porte.

— Comment osez-vous ? éclata Marion. Comment osez-vous, bordel ?

Gavin se tourna vers le visage choqué de la jeune employée administrative et lui adressa son sourire le plus doux.

— Vous ne devriez probablement pas noter ça.

CHAPITRE 58

Kay réprima un sourire narquois lorsqu'elle vit William Taylor assis à côté de Marion Blanchett dans la pièce quand elle et Gavin entrèrent.

Après avoir officiellement commencé l'entretien, elle regarda l'avocat et secoua la tête.

— On garde ça en famille, n'est-ce pas ? Ou bien vous prévoyez de divulguer au fils de votre cliente ce que sa mère dit de lui ?

Taylor eut la décence de paraître gêné.

— Ma cliente—

— Laquelle ? Je m'y perds.

— Ma cliente, Marion Blanchett, dit-il entre ses dents, m'a demandé de représenter son fils dans l'espoir que je puisse l'aider.

— Et maintenant ?

— Il peut trouver sa propre représentation juridique, répliqua sèchement Marion.

Kay attendit pendant que Gavin ouvrait le dossier du dessus de la pile qu'il avait apportée de la salle des

327

opérations, la fierté l'envahissant alors qu'il prenait un moment pour se composer avant de commencer son interrogatoire.

Elle prévoyait de parler au commandant divisionnaire Sharp après la conclusion de l'affaire, pour s'assurer que si son collègue souhaitait poursuivre une promotion au grade d'inspecteur à l'avenir, il y aurait une place pour lui au sein de la police du Kent.

Elle n'était pas prête à perdre une autre étoile montante, pas après cela.

— Qu'est-ce qui a mal tourné, Marion ? commença-t-il. Le besoin d'argent, ou le besoin de pouvoir ? Lequel était-ce ?

— Ne soyez pas ridicule, railla la femme. Tout ceci n'est qu'un malentendu, vous verrez. Il n'y a rien de mal avec le médicament que nous avons développé.

— Alors pourquoi trois personnes sont-elles mortes et d'autres toujours à l'hôpital avec de graves complications après avoir pris de la poudre de kétamine créée à partir de celui-ci ?

— Parce que ce sont des idiots de prendre des drogues en premier lieu, surtout si elles ont été délibérément concoctées à partir de médicaments produits par notre laboratoire pour être vendues dans la rue.

Marion soupira.

— Nos produits sont conçus pour être testés en conditions de laboratoire, puis appliqués dans des environnements rigoureusement contrôlés une fois mis sur le marché.

— Sur ce point, poursuivit Gavin en sortant le rapport de laboratoire de l'équipe du dossier. Cela ne va pas se produire de sitôt d'après ce que nos résultats nous disent. C'est létal, comme en témoignent ces décès.

— Des problèmes surviennent de temps en temps dans tous les programmes de développement de médicaments, dit patiemment Marion. C'est pourquoi la phase de recherche et développement prend tant de temps et coûte si cher.

— Sauf que la vôtre n'a pas pris si longtemps, n'est-ce pas ?

Gavin sortit une copie de la déclaration d'un des techniciens interrogés par des agents en uniforme au laboratoire.

— Selon votre personnel, vous les poussiez à précipiter ce nouveau médicament sur le marché. Cette personne en particulier déclare qu'elle vous a fait part de ses inquiétudes il y a un mois, estimant que le processus était trop rapide et qu'elle craignait qu'ils n'aient manqué quelque chose de vital.

— Détective, nous sommes sur le point d'obtenir un financement important pour ce projet, ainsi qu'un brevet, comme vous le savez probablement. Après tout, c'est dans toutes les actualités récemment.

Marion posa son bras sur la table, sa voix calme.

— Une fois le financement en place, nous prévoyons de régler tous les... problèmes qui pourraient être évidents.

— C'est curieux que vous disiez cela, dit Gavin en ouvrant un classeur contenant une épaisse liasse de papiers et en feuilletant jusqu'à une page qu'il avait marquée, car selon cette demande de brevet, il n'y a aucune indication qu'un travail supplémentaire soit nécessaire pour perfectionner le médicament, ni qu'il y ait des problèmes avec celui-ci. Il est en fait indiqué ici : « nous pensons que ce produit est prêt à être distribué sur le marché dès que le brevet aura été accordé et que le financement approprié sera en place ». Comment pensez-vous que vos investisseurs réagiraient s'ils apprenaient que vous leur avez menti ? Après tout, si ce médicament dans son état actuel était administré à un animal pour une simple opération, il entraînerait très probablement sa mort.

— Mais bien sûr, à ce moment-là, vous ne seriez plus nulle part près de l'entreprise et non affectée par toute poursuite judiciaire ultérieure, dit Kay. Vous prévoyiez de vendre votre part du laboratoire dès que le brevet serait obtenu et puis prendre votre retraite, pour laisser l'entreprise se débrouiller seule quand les avocats viendraient frapper à la porte.

Taylor baissa les yeux et écrivit sur son bloc-notes, mais pas avant que Kay n'ait remarqué la lueur de peur dans ses yeux.

Marion continuait de fixer les deux détectives du regard, le poing serré – mais elle ne dit rien.

Gavin rassembla les documents et plaça la déclaration et le rapport de laboratoire dans son dossier d'information.

— Quelqu'un au laboratoire a fait une erreur, n'est-ce pas, Marion ? Quand une commande pour le chlorhydrate de kétamine normal que vous fournissez a été reçue de la clinique vétérinaire de Turner, quelqu'un a accidentellement envoyé le nouveau médicament non testé.

— Comment une erreur comme celle-là peut-elle se produire ? demanda Kay d'un ton incrédule. Faites-vous travailler vos techniciens si dur qu'ils commettent des erreurs de base ? Qu'est-il arrivé à tous les processus et procédures que vous disiez avoir mis en place ?

— Ils sont en cours de révision, dit Marion, le menton relevé. Et le technicien qui a commis l'erreur n'est plus avec nous.

— Cela sonne de manière inquiétante, dit Gavin en jetant un coup d'œil à Kay. Pouvez-vous confirmer où il se trouve ?

— Détective, c'est une insinuation scandaleuse.

L'attention de Taylor se détourna brusquement de sa prise de notes.

— À moins que vous n'ayez des preuves...

— Il va bien, dit Marion. Il a été payé pour ses services et a trouvé un autre emploi dans un laboratoire à Sittingbourne la semaine dernière.

— Vous le surveillez, n'est-ce pas ? dit Kay.

— Je reste en contact avec lui, oui.

— Vous n'avez pas peur qu'il parle ?

Un regard glacial répondit à sa question.

— Tous mes employés signent un accord de confidentialité avant de commencer à travailler pour moi, dit-elle. Et on lui a rappelé ses obligations à cet égard quand il est parti.

— Avez-vous fait signer le même accord de confidentialité à vos fils ? demanda Gavin. Étant donné que vous semblez tellement compter sur eux deux.

Taylor se pencha en avant.

— Je dois dire—

— Non, vous n'avez rien à dire.

Kay lui lança un regard noir puis se tourna vers Marion.

— Vos deux fils risquent des peines de prison pour leur implication dans le vol et le trafic de substances illégales, et Xander en particulier fait face à de graves accusations en lien avec les morts de Felicity Gregor, Gary Lovell et d'une jeune fille de seize ans.

La femme pâlit.

— Ce n'était pas censé se passer comme ça. Ça devait être simple. Je ne savais pas que Xander allait être assez stupide pour revendre la drogue une fois qu'il l'aurait récupérée.

Taylor leva la main vers elle et se tourna vers Gavin.

— J'aimerais m'entretenir en privé avec ma cliente, et—

— Arrêtez, William.

Marion secoua la tête pour le faire taire.

— Ils savent tout, n'est-ce pas ? Ce n'est plus qu'une formalité maintenant.

Kay croisa les bras et écouta.

— Pourquoi avoir demandé à Xander de s'introduire et de les voler pour vous ? demanda Gavin. Pourquoi ne pas simplement appeler Adam Turner pour lui expliquer l'erreur et lui demander de les rendre ?

Marion laissa échapper un rire amer.

— Oh, si seulement c'était aussi simple. Je ne pouvais pas simplement les redemander, détective, car le registre des médicaments contrôlés aurait dû être officiellement mis à jour et annoté. Nous aurions récupéré les médicaments, certes, mais il est probable que le cabinet aurait alerté les autorités, qui auraient dû mener une enquête approfondie.

— Donc le processus de brevet aurait été retardé...

— Retardé ? Détective, il serait parti en fumée. Deux ans de recherche et de développement auraient été gâchés, ainsi que ma réputation. Sans le financement généré par le brevet, nous ne pouvons pas poursuivre notre travail final pour le mettre sur le marché.

— Donc Xander a utilisé son amie Daisy pour repérer les lieux et savoir où se trouvait l'armoire à médicaments contrôlés dans le bâtiment, puis il est revenu, a commis une effraction et a volé les médicaments. Et il a agressé Adam Turner au passage.

Kay grimaça lorsque Gavin sortit les photos des blessures d'Adam prises à l'hôpital cette nuit-là, et elle réprima sa colère.

— Il ne savait pas qu'il était là, insista Marion en détournant les yeux des images. C'était un accident.

— Un coup à la tête n'est pas un accident, madame Blanchett, c'est un acte de violence délibéré, dit Gavin. Bien essayé.

— Et d'après les blessures que Xander a subies lors de l'attaque dans son appartement, j'imagine que vos deux fils ont un penchant pour la violence, dit Kay. C'est Damian que vous avez envoyé là-bas, n'est-ce pas ?

La lèvre supérieure de Marion se retroussa.

— Ils sont aussi mauvais l'un que l'autre, ces deux-là, grogna-t-elle. Tous les deux inutiles. Damian m'a dit qu'il avait fouillé cet appartement à la recherche des flacons restants, mais tout ce qu'il a pu trouver, c'est l'équipement que Xander avait utilisé pour condenser le chlorhydrate de kétamine en poudre. Et puis vous arrivez et vous le trouvez tout de suite.

La femme soupira, se renversant dans sa chaise.

— J'y serais allée moi-même pour le confronter, sauf que je ne pouvais pas risquer d'être vue, n'est-ce pas ?

— Surtout que tout le monde pense que vous n'avez pas gardé contact avec eux depuis que vous les avez abandonnés, eux et leur père, il y a près de vingt ans, dit Kay.

— Et maintenant je regrette de ne pas les avoir gardés hors de ma vie, dit Marion, parce que regardez ce qu'ils en ont fait.

Kay croisa le regard de Gavin et hocha la tête.

Elle en avait assez entendu.

CHAPITRE 59

Kay faisait les cent pas sur le sol carrelé à côté d'une rangée de chaises pour visiteurs, à mi-chemin d'un couloir qui semblait interminable, tout en faisant défiler ses messages.

Marion Blanchett et Damian Beech avaient tous deux été inculpés, et l'avenir de Daisy Stiles reposait désormais entre les mains du ministère public.

Le nom de Laura apparaissait en haut de l'écran à côté d'un nouveau message confirmant que le corps de Gary Lovell avait été rendu à sa famille, et que ses funérailles ainsi que celles de Felicity Gregor étaient prévues pour la semaine suivante.

Kay poussa un soupir tremblant en lisant le message de Dave Morrison au sujet de Chantelle Evans, la jeune fille de seize ans décédée.

Placée en famille d'accueil dès son plus jeune âge, la mère biologique de Chantelle avait insisté pour assister aux funérailles dès qu'elle avait appris que la presse serait présente.

Deux des victimes d'overdose étaient sorties de l'hôpital cet après-midi-là, même si des complications à long terme signifiaient des mois, voire des années, de rééducation et potentiellement d'autres opérations.

— Je l'ai trouvé, chef.

Elle leva les yeux à la voix de Barnes pour voir l'inspecteur se précipiter vers elle dans le couloir, et elle rangea son téléphone.

— J'espère que tu ne vas pas me dire qu'il a essayé de s'enfuir, dit-elle.

— Aucune chance.

Il pointa une cage d'escalier sur leur gauche.

— Ils l'ont transféré du service de soins intensifs à un service général avant sa sortie. Phillip Parker est resté avec lui. Il a trouvé une salle privée qu'on peut utiliser pour l'interrogatoire, et apparemment il y a un nouvel avocat présent.

— De quoi a-t-il l'air ?

— L'avocat ? Exaspéré. Apparemment, Xander n'a pas arrêté de parler depuis qu'il a appris que sa mère avait été inculpée, et il n'écoute aucun conseil de son avocat.

Kay le suivit dans les escaliers et le long d'un couloir étroit, se faufilant entre les brancardiers avec leurs chariots tandis qu'un arôme de nourriture chaude flottait depuis les services qu'elle dépassait.

Son estomac grogna en signe de protestation.

Finalement, près du bout du couloir, elle aperçut Phillip Parker qui se tenait au garde-à-vous devant une porte avant que Barnes ne se tourne vers elle.

— Nous y voilà. Il est là-dedans.

Kay fit un geste vers la poignée.

— À toi l'honneur, inspecteur.

— Tu peux mener si tu veux, chef.

Il sourit.

— Mon ego a déjà été suffisamment malmené quand Piper a découvert ce brevet.

— Ah, fais-le, dit-elle en le poussant doucement. La commissaire ne me pardonnera jamais si Peter Gregor trouve mon nom quelque part dans les documents de cette affaire, même s'ils ont appelé à une trêve concernant mon implication.

— Il y a toujours un motif caché, marmonna-t-il, puis il fit un clin d'œil et remercia Phillip qui leur ouvrait la porte.

Kay la ferma derrière elle et vit que Xander semblait avoir rétréci depuis qu'elle l'avait vu ce matin, comme si le sérieux de sa situation l'avait enfin frappé.

Le plus jeune fils de Marion Blanchett était assis sur une chaise sous une affiche usée pour une initiative de sécurité du personnel, les bandages qui couvraient son visage remplacés par des pansements propres et sa blouse d'hôpital échangée contre un jean et un sweat-shirt.

Un homme en costume noir usé se détourna de la lecture d'un tableau en liège couvert de diverses notices et tendit sa carte de visite à Barnes.

— Matthew Barrett, avocat commis d'office, dit-il. Pouvons-nous commencer ? Je crois que mon client souhaite faire une déclaration complète.

— Est-ce que cela inclura une version différente de celles que vous nous avez fournies jusqu'à présent ? demanda Barnes en tirant une chaise en face de Xander.

Il récita la mise en garde puis fixa l'homme battu et dépenaillé.

— Trois personnes mortes, Xander. À cause de vous. Commencez à parler.

— Elle me déteste.

— Je suppose qu'on parle de votre mère ?

— Rien n'était jamais assez bien pour elle.

Xander s'essuya le nez avec la manche de son sweat-shirt.

— Elle ne voulait jamais rien avoir à faire avec moi à moins qu'elle n'ait besoin que je fasse quelque chose pour elle.

— Donc, quand elle vous a demandé de cambrioler le cabinet vétérinaire de Turner et de voler les fioles de chlorhydrate de kétamine qui avaient été livrées ce matin-là, vous avez accepté sans hésitation, n'est-ce pas ?

Xander fronça les sourcils mais ne dit rien.

— Ce que je ne comprends pas, c'est pourquoi quelqu'un comme vous, sans antécédents de violence ou de vol, a cambriolé un cabinet vétérinaire, et non seulement volé les médicaments mais attaqué ensuite le propriétaire de ce cabinet au point qu'il se retrouve à l'hôpital.

Barnes secoua la tête.

— Pourquoi cela ?

— Elle a dit qu'elle m'aiderait si je le faisais. Comme elle le fait avec Damian et son entreprise informatique. Elle a dit qu'elle paierait pour du vrai temps de studio pour que je puisse enregistrer et sortir quelques chansons.

— Alors pourquoi ne lui avez-vous pas remis les médicaments ?

— J'ai pensé que je pourrais obtenir plus d'argent de sa part. Elle n'offrait pas grand-chose, je n'aurais eu qu'environ une semaine de temps de studio.

— Donc, vous l'avez fait chanter, c'est ça ? dit Barnes. Quand Felicity l'a-t-elle découvert ?

Xander soupira et allongea ses jambes devant lui, sa lèvre inférieure baissée.

— Elle m'a entendu parler à Maman au téléphone. Damian avait organisé une rencontre improvisée dans un bar de Bank Street mardi soir après le travail et quelques-uns d'entre nous y sommes allés...

— Par « nous », vous voulez dire le club d'entrepreneurs de Damian ?

— Ouais.

— Comment se fait-il que vous y soyez allé ?

Xander haussa les épaules.

— Damian a suggéré que je devrais y aller. Je n'avais rien de mieux à faire, et la nourriture était gratuite alors j'ai pensé que je pourrais aussi bien y aller.

— Que s'est-il passé quand Felicity vous a entendu ?

— J'avais oublié qu'elle avait une addiction. Peu de gens le savaient. Elle était douée pour le cacher.

Le jeune homme se pencha en avant, posa ses coudes sur ses genoux et fixa le sol.

— Jusqu'à ce moment-là, Damian pensait que je prenais des arrangements avec Maman pour rendre les médicaments. Felicity a entendu ce qui se passait vraiment et a exigé que je lui en donne avant de les rendre. Elle a dit qu'elle irait à la police si je ne le faisais pas, et que son père connaissait des gens qui seraient intéressés par ce que j'avais fait. Je n'avais pas le choix.

— Vous aviez le choix.

Kay le fusilla du regard.

— Si vous ne les lui aviez pas donnés, Felicity Gregor ne serait pas morte.

— Si, juste pas la semaine dernière, ricana Xander. Ce n'était qu'une question de temps pour elle. Elle était hors de contrôle. Même si personne d'autre ne vous le dira. Ils pensaient tous qu'elle était merveilleuse, n'est-ce pas ?

— Qu'avez-vous fait quand vous avez appris qu'elle était tombée du toit du parking à étages ? demanda Barnes.

— J'ai paniqué, n'est-ce pas ? Je me suis dit que quelqu'un finirait par remonter jusqu'à moi à cause de ce qu'elle avait sur elle.

Xander soupira.

— J'avais un concert prévu pour le vendredi soir, et je me suis dit que je ne verrais jamais cet argent de Maman, alors autant en gagner en revendant ce que j'avais. J'ai pensé que je pourrais juste écouler autant de poudre que possible aux consommateurs là-bas, et ensuite me débarrasser des autres flacons. C'est déjà assez pénible à fabriquer. La première fois, ça m'a pris des heures pour tout nettoyer après.

— Comment Gary Lovell s'est-il retrouvé impliqué ? demanda Barnes, incapable de dissimuler le choc dans sa voix face au ton désinvolte de l'autre homme.

— Il m'en a piqué dans ma poche quand je ne faisais pas attention, pendant qu'on prenait le petit-déjeuner vendredi matin.

Xander regarda Kay.

— Donc vous ne pouvez pas me blâmer pour sa mort. Il a fait ça tout seul.

— L'avez-vous prévenu que vous pensiez que la drogue était dangereuse ? demanda Kay.

— Je n'en ai pas eu l'occasion. Il était déjà parti en courant, et je ne voulais pas que Damian découvre ce que j'avais fait, alors je l'ai laissé faire.

— Et puis nous avons interrogé Damian, et il a fait le rapprochement, dit Barnes.

— Il l'a dit à Maman.

Xander se leva et se tourna vers le mur.

— Et elle l'a envoyé à l'appartement pour récupérer le reste des flacons.

— Que s'est-il passé ?

Xander fit volte-face.

— Je l'ai envoyé promener, dit-il, les yeux flamboyants. Je lui ai dit que j'en avais assez qu'ils me disent quoi faire. J'ai dit que si elle voulait récupérer sa drogue, elle n'avait qu'à me la payer. Après tout, elle lui donne toujours de l'argent. Vous avez vu combien vaut son entreprise ?

— À peu près rien, après ça, répondit Barnes.

CHAPITRE 60

Il faisait déjà nuit lorsque Kay gara sa voiture sur l'allée en gravier devant sa maison et coupa le moteur.

Elle resta assise un moment, à écouter le moteur refroidir et à attendre que l'adrénaline des activités de l'après-midi s'estompe un peu de son système.

Finalement, elle descendit et remarqua que le vent était tombé. À sa place, une chaleur subtile s'accrochait au ciel nocturne tandis qu'elle scrutait les étoiles naissantes.

Un soupçon de printemps était enfin dans l'air.

Rassemblant les détritus qui s'étaient accumulés dans le coffre et les poches latérales de la voiture pendant l'enquête, elle jeta les ordures dans la poubelle à côté de la porte du garage et sortit ses clés de maison de sa poche.

En ouvrant sa porte d'entrée et en pénétrant dans le couloir, la première chose qu'elle remarqua fut l'absence de jouets pour chien éparpillés sur le tapis et les escaliers. En enlevant ses chaussures, Kay sourit en entendant le sifflement d'Adam dans la cuisine se répandre le long du couloir, appréciant ce sentiment de normalité qui revenait dans sa vie.

Pour le moment, du moins.

Alors qu'elle se lavait les mains au lavabo de la salle de bain du rez-de-chaussée, elle entendit Adam l'appeler.

— C'est toi, Kay ?

— Oui.

Elle ferma la porte et se dirigea vers la cuisine.

— Scott est venu chercher Oscar ?

— Tu l'as raté d'une demi-heure, il a dit que son propriétaire était rentré plus tôt que prévu.

Il leva les yeux du sac à dos posé sur le plan de travail, puis sourit.

— Voilà bien le visage d'une femme qui a besoin d'un verre.

— Oh, merci beaucoup.

Elle sourit et l'embrassa avant de désigner les derniers comprimés posés à côté de son téléphone portable.

— Ça te dirait d'aller au pub à pied ? Ça fait un moment qu'on n'est pas sortis, et on pourrait prendre une boisson sans alcool vu que tu n'as pas le droit de boire pendant que tu prends ces médicaments.

— Un changement de décor me ferait du bien, c'est sûr. De toute façon, ce sont les derniers comprimés.

Kay haussa un sourcil en voyant l'assortiment de dossiers et de livres sur le plan de travail.

— Tu reprends le travail demain, alors ?

— Juste une journée de paperasse, ne t'inquiète pas.

Il lui lança un regard penaud.

— D'après ce que Scott disait plus tôt, ils ont tout sous

contrôle, donc à moins qu'il n'y ait des urgences, ce sera un premier jour de reprise tranquille.

— Tu as l'air un peu déçu.

— Je crois que je réalise à quel point j'ai une bonne équipe là-bas. Je veux dire, je n'aurais pas pu traverser ces deux dernières semaines sans eux. Scott a vraiment pris ses responsabilités à cœur, et quant à Stephanie—

— Il faut qu'on trouve un moyen de la cloner.

Il rit.

— Exactement.

— Eh bien, c'est bon signe pour nos projets de vacances au moins, surtout si tu comptes garder Claire aussi.

Kay s'approcha de l'évier et remplit un verre d'eau, qu'elle lui tendit.

— Je vais aller me changer pendant que tu prends ça, et ensuite on peut y aller.

Elle se dépêcha de monter à l'étage, déboutonna son chemisier en traversant le palier vers leur chambre, et jeta ses vêtements de travail dans le panier à linge à côté de la salle de bain attenante.

Après avoir enfilé son jean usé préféré et un gros pull, Kay s'attacha les cheveux et s'arrêta un instant, son regard tombant sur la photo d'elle et Adam qu'elle gardait sur sa table de chevet.

Elle avait été prise plusieurs années auparavant, quand elle était encore enquêteuse et qu'il établissait son cabinet vétérinaire.

Elle sourit, réalisant à quel point ils avaient l'air jeunes, et que dix ans s'étaient écoulés depuis que la photo avait été prise.

Il serait probablement temps que je mette une nouvelle photo dans ce cadre, pensa-t-elle.

Elle le prit et essuya une fine couche de poussière sur le verre, puis grimaça.

— Et j'ai besoin d'une journée de ménage demain.

— Tu es prête ?

Elle reposa la photo et descendit rejoindre Adam qui attendait dans le couloir, déjà vêtu de sa veste matelassée tandis qu'il enfilait une paire de chaussures de marche usées.

— On dirait que tu n'es pas allé au pub depuis deux semaines, dit-elle.

— Ils vont se demander ce qui m'est arrivé. Je suis surpris qu'ils n'aient pas encore envoyé une équipe de recherche.

Kay secoua la tête, puis s'assit sur les marches pour mettre ses bottes.

— Au moins, Laura est de garde ce week-end. On peut se détendre, et peut-être—

Un léger sifflement parvint à ses oreilles et elle se figea, sa botte à moitié enfilée.

Elle leva les yeux vers Adam, les plissant avec suspicion.

Il arborait une expression penaude.

— Tu as accusé le chien tout ce temps, lâcha-t-elle. C'était toi !

Il leva les mains en feignant l'innocence.

— Honnêtement, je n'y peux rien. C'est à cause des médicaments que je prends.

BIOGRAPHIE DE L'AUTEUR

Rachel Amphlett est l'auteure de romans policiers et de thrillers d'espionnage les plus vendus par USA Today, et la plupart de ses livres ont été traduits dans le monde entier.

Ses romans sont disponibles en format numérique, en version imprimée et en livres audio dans les bibliothèques et chez les détaillants, ainsi que sur son site web.

Grande voyageuse et détective privée par accident, Rachel possède les nationalités australienne et britannique.

Pour en savoir plus sur les livres de Rachel, rendez-vous à l'adresse suivante : www.rachelamphlett.com.

9 781917 166386